KB159213

칼날과 햇살

문학 르네상스 1

칼날과 햇살

김용만 장편소설

도화

차례

2000년대와 1960년대의 어느 특수 상황을 교직했다. 적화통일을 목적으로 남파되었던 살인전문가의 눈에 지금의 여기 현실이 어떻게 비쳐질지, 더구나 그 무장공비를 직접 다뤘던 전직 정보형사와의 인간적인 관계항은 이 시대에 어떤 의미를 갖는지, 또 여고시절에 실성기가 있어 평생 방황하며 살아온 한 순결한 여성의 광기는 어떤 미학을 지니는지, 무척 고심하며 썼다.

노골적으로 윗뜸과 아랫뜸을 대비시킨 작품이기도 하다. 남북한 모두 한쪽으로만 경도된 타락한 동네지만 변별점을 두고 싶었다. 세상을 보는 내 눈에 혹 티가 낀 건 아닌지 조심하며 썼다.

발표 당시 과분한 평을 받았던 소설집 『뇐 내 각시더』에서 모티프를 따온 작품으로 2003년에 중앙일보에서 초판 발행되었다.

2017년 가을 문호리에서 잔아 김용만

미친 소녀

1

> 배승태 씨가 내 손을 잡고 이상한 말을 했다. 내레 자수한 기 아니었디, 어드러케 김일성 수령님을 배신 하갔어, 그런다. 무슨 말인지 도통 모르겠다.
> (1996년경에 쓴 것으로 추정)
>
> 서울에 가서 동호 씨를 찾아야겠다. 헤어진 지 삼십 년이 넘었지만 언제나 그이는 내 남편이다.
> (2001년경에 쓴 것으로 추정)

동호는 연주의 수첩에 적힌 메모를 읽으며 두 가지 내용에 놀랐다. 하나는 그녀가 배승태와 인연을 맺었다는 사실이고 다른 하나는 자기를 남편으로 여겼다는 사실이다. 한 남자를 남편이라고 자꾸 의식하다보면 진짜 아내가 되어버리는 일종의 동종주술同種呪術에 빠진 현상이 아니었나 싶다.

평창 인터체인지가 다가오고 있었다. 동호는 연주의 수첩을 접어 호주머니에 넣으며 운전 중인 박 기사에게 곧장 달리라고 지시했다. 박 기사는 사장의 뜬금없는 지시가 이상한지 고개를 갸우뚱거렸다. 평창 리조트 건설현장에 간다며 서울을 출발한 사장이 아무 설명도 없이 곧장 달리라니.

"평창 말고 어디에 가시려고요?"

"강릉쪽."

"무슨 일로요?"

"누굴 찾아가는 중인데, 삼십 사 년 전에 헤어진 사람이지."

동호는 자꾸 허튼 말을 지껄이고 싶었다. 그래야 앙감질치는 감정을 진정시킬 수 있었다.

"하지만 반갑다기보다 어쩐지 기분이 묘해지는군. 왜냐면 그 자는 말투가 거칠어서 만나기가 조심스럽거든. 내레 어드러케 살아왔건 기걸 와 묻네? 살이 피둥피둥 찐 걸 보니께니 렛날 강동호가 아니군 기래. 그렇게 시비를 걸어올지 모른단 말야."

"뭐 하시는 분인데요?"

"아주 무서운 총잡이었어. 지금은 늙었겠지만 옛날엔 남한 사람들을 벌벌 떨게한 살인병기였지. 그들은 핵폭탄보다 더 무서운 존재였다구. 자네 적화통일이라는 말 들어봤나?"

"네."

"요즘 북한 핵문제가 시끄럽지만 그거야 사이버게임에 불과할지 몰라. 육자회담이 열릴 만큼 관련국들의 이해가 얽혀 있거든. 하지만 그 총잡이들은 남한 땅 여기저기서 불을 뿜어댔단 말야."

"그분이 지금 강릉에 사시나요?"

"자네 강릉에서 주문진 쪽으로 가본 적 있나?"

"여러 번 가봤습니다."

"그 중간쯤에 사천이란 곳이 있어. 면소재진데 파출소를 지나 삼백여 미터쯤 가면 진리포구 쪽으로 꺾어지는 길이 나타날 거야."

"저도 압니다. 그 길로 내려가 포구에 다다르면 언덕길이 나오는데 오른쪽으로 꺾어지면 바로 경포대가 나오죠."

"잘 아는군."

"친구들과 가끔 다녔어요. 동해안 하면 그 근처가 젤 맘에 들거든요."

"진리포구가 맘에 든다구?"

"경포대는 너무 도시스런데 진리는 시골스러워 좋아요. 실컷 떠들다가도 조용해지고 싶을 때가 있거든요."

"하지만 진리포구는 조용한 곳이 못돼."

"왜요?"

"귀신 우는소리가 요란하거든."

동호는 얼른 대화를 끊고 창유리를 내려 얼굴에 바람을 쏘였다. 봄바람이 밀려왔다. 모처럼 연두색 계곡과 능선이 낯익어 보였다. 학창시절 서울을 오갈 때마다 비포장 국도를 달리며 보아왔던 오월의 산야도 지금처럼 연두색이었다.

승용차는 어느새 진부를 지나고 있었다. 머지 않아 대관령을 넘는다는 생각이 들자 동호는 금방 기분이 새로워졌다. 달뜬 기분과는 아주 다른 눅눅한 기분이었다. 동호의 마음 속에 품어온 대관령, 그건 늘 태고의 이끼가 뒤덮인 원시의 고개였다. 그리고 대관령을 뒤덮은 이끼는 어느 때는 울울창창한 송림이 되고, 어느 때는 뿌연 안개 뭉어리가 되고, 어느 때는 계곡을 태우는 붉은 햇살이 되었다.

2

동호가 서초경찰서에서 연주의 수첩을 인수한 것은 회사 출근 무렵이었다. 박 기사가 집 앞에 대기시켜놓은 승용차에 오르려는 순간 카폰이 울렸다. 공손한 목소리였다. 행려병자의 신원을 파악하고 싶으니 형사과로 나와달라는 부탁이었다. 동호는 회사 출근을 미루고 곧장 경찰서로 차를 몰게 했다. 경찰서는 바로 집 근처에 있었다.

"바쁘실 텐데 죄송합니다."

담당 형사는 동호에게 예의를 차리고 나서 얄팍한 서류철을 내보이며 겉장에 부착된 여자의 얼굴 사진을 확인시켰다. 분명 나연주였다. 갸름한 턱과 오똑한 코와 곱다란 눈매는 옛날과 별로 다를 게 없었다. 동호는 형사에게 그녀의 인적사항을 생각나는 대로 알려주고 나서 처녀시절에 실성기가 있었다는 말도 덧붙였다.

형사는 사진 속 여자의 신원이 확인되자 그제야 동호를 찾은 이유를 설명해주었다. 지난밤 교대 전철역에서 오십대 후반 여자가 플랫폼에 쓰러진 채 발견되었는데 소지품에서 비녀 하나와 낡은 수첩 한 권이 나왔고 그 손바닥만한 수첩에 강동호란 이름이 무수히 적혀 있었다고 했다.

"신원을 파악해보니 사장님은 전직이시더군요. 천구백팔십육 년에 서울경찰청에서 퇴직하셨고 현재는 아신건설주식회사 대표로 계시고요."

"생명에는 지장이 없나요?"

동호는 형사의 말을 한 귀로 흘리며 연주의 건강상태부터 물었다. 한달 정도의 입원 치료가 필요하다는 의사의 소견을 전해준 형사는 연주를 행려병자로 처리해야 될지 그 문제가 난처하다는 입장을 표명했다.

"내가 신병을 책임지겠소."

동호의 입에서 단호한 목소리가 튀어나왔다. 연주를 행려병자로 방치할 수 없다는 책임감이 순간 가슴을 쳤던 것이다. 길거리에 쓰러질 정도로 자기를 찾아다니기에 지친 여자, 그런 여자를 세상에 존재한 적이 없는 것처럼 잊어온 그 죄책감에 빠져 동호는 신병 책임을 거듭 다짐했다.

"신병을 인수하시면 입장이 난처할 텐데요."

"입장이 난처하다뇨?"

"혹시 배승태 씨를 아시나요?"

"배승태?"

"선배님이 강릉서에서 근무하실 때 취급했던 사람인데요."

"그래요? 그렇다면 혹시 그 사람이 아닌지 모르겠소. 삼척·울진사건 무렵에 침투했던."

"맞습니다. 남파 무장공비."

"그이를 어찌 아오?"

형사는 빙그레 미소만 지었다. 동호는 조바심을 누르지 못하고 배승태가 지금 어디에 있는지를 재우쳐 물었다. 그러자 형사는 그처럼 반가운 사람인데 왜 진작 찾지 않았느냐고 되물었다. 옳은 말이다. 마음만 먹었으면 벌써 만나봤을 텐데 왜 진작 찾지 않고 지금까지 까막 잊어왔던가.

"그럼 나연주 씨와 배승태 씨와의 동거 사실도 모르시겠군요?"

점입가경이다. 뭐에 홀리는 기분이다. 연주와 배승태가 만나서 인연을 맺다니. 형사는 미소를 머금은 채 동호의 표정을 살피다가 책상 서랍에서 낡은 수첩 한 권을 꺼냈다. 그렇구나, 저기에 형사가 말한 내용이 적혀있었구나.

"첨엔 시시한 낙서로만 여겼어요. 여기 저기 아무렇게나 긁적거린 데다 글씨도 고르지 않았죠. 대충 훑어보는데 메모 후미에 배승태란 이름이 나오고 그에 대한 이상한 내용이 적혀 있더군요."

"이상한 내용이라뇨?"

“읽어보시면 압니다.”

형사는 수첩을 누런 파일 봉투에 넣어 건네준 다음 동호를 데리고 사무실 밖으로 나왔다. 병원은 경찰서 맞은 편에 있었다.

앞장서서 횡단보도를 건너 병원까지 걸어간 형사는 곧장 현관문을 열고 엘리베이터 쪽으로 걸어갔다. 동호는 곧 연주를 만나볼 수 있다는 생각이 들자 발걸음이 떨렸다. 엘리베이터를 타고 5층에서 내린 형사는 여러 명이 누워 있는 입원실로 들어가 천천히 창문 쪽으로 다가갔다. 창가 구석 자리에 여자 환자가 눈을 감은 채 반듯이 누워 있었다. 얼핏보아 시체 같은 모습이었다. 저게 연주의 모습이라니. 사진에서와는 달리 얼굴과 손에 때가 끼어 있어 길거리를 헤맨 흔적이 역력했다. 곁으로 다가간 동호가 살포시 손을 쥐자 그녀가 눈을 떴다. 하지만 동호가 누구인지 잘 알아보지 못하는 표정이었다. 아무 말 없이 한동안 동호의 얼굴을 살피던 연주는 갑자기 몸을 움직이려 했다. 형사가 그녀를 안정시키며 동호를 알아보겠냐고 묻자 조용히 고개를 끄덕거렸다. 동호는 연주의 손을 잡고 멍하니 서 있기만 했다. 할 말이 없었다.

공식적인 확인 절차를 끝냈다는 듯 형사는 먼저 밖으로 나갔다. 동호는 입원실을 나와 원무과에서 환자를 독방으로 옮기는 수속부터 마쳤다. 한시바삐 깨끗한 방으로 옮겨주고 싶었다.

수속을 마치고 경찰서로 돌아오자 현관에 서서 기다리던 형사가 악수부터 청했다. 동호는 수고했다는 인사치레를 하고 승용차에 올라 우선 수첩부터 꺼냈다. 그때 봉투 밑바닥에 무엇이 짚혔다. 그제야 동호는 새삼 비녀를 떠올리고 얼른 봉투에 손을 넣었다.

비녀는 분명 어머니의 유품이었다. 시집오실 때 꽂고 왔을 그 옥비녀에는 아직도 어머니의 손때가 묻어 있었다. 동호는 두 손으로 비녀를 꼬옥 쥐고 어머니의 모습을 떠올리다가 가만히 뺨에 댔다. 돌아가실 무렵에 연주에게 주셨을 정표. 수십 년이 지난 여태까지 연주는 자기가 어머니의 며느리임을 증명하기 위해 마치 부적을 지니듯 깊이 간수해온 게 틀림없었다.

동호가 연주를 처음 본 것은 그녀의 실성기가 한창 심할 때였다. 주문진 읍내 길가에서 허벅지를 까내고 앉아 해바라기하던 열 칠팔 세 가량의 미친 소녀, 동호의 눈에는 그녀가 길가에 버려진 폐품처럼 보였다. 그처럼 아무도 거들떠보지 않던 연주를 집에 데려다 놓고 돌봐준 사람은 동호 어머니였다.

"고교 일학년 때 임신했다가 자기 아버지한테 칼을 맞고 실성했대. 하지만 정말 칼을 맞았는지는 잘 몰라. 연주의 몸에는 아무 데도 칼자국이 없거든. 아마 칼로 내려치려는 시늉에 지레 겁을 먹고 돌았을 게 틀림없어. 직업이 백정이라지만 자기가 낳은 딸을 소 잡는 칼로 내려칠 애비가 세상천지에 있을라구. 착한 애비니까 딸 신세를 비관하다 홧병으로 죽었겠지. 에미 없는 새끼를 근근히 키웠는데 그게 미쳤으니 맘이 오죽했겠냐."

"고등학생이 연애하다 애까지 밴 걸 보니 아주 불량한 애군요."

"그게 아녔단다. 연애하다 그런 게 아니고 겁탈을 당했대. 암튼 그 오갈 데 없는 짐승을 누가 거둬주겠니. 잘 돌봐주면 곧 성한 사람이 될 거다."

동호는 지저분한 미친데기를 집에 둔 것이 꺼림하면서도 혼자 외롭게 사는 어머니에게 그나마 의지간이 생긴 게 다행이다 싶었다. 읍내 중학교에서 교편생활을 하다 퇴직한 어머니는 아버지가 돌아가시자 혼자 외롭게 지내온 터였다.

동호가 연주를 다시 만난 것은 이태가 지나서였다. 서울에서 대학에 다니던 동호는 귀향을 늦추다가 졸업식을 마치고서야 고향에 내려왔는데 오랜만에 보는 연주는 무척 변해 있었다. 말이 약간 어눌할 뿐이지 의사표시가 정확하고 감정의 흐름도 매끄러웠다. 집안도 어머니 혼자 살 때보다 한결 깨끗해지고 분위기도 밝아 보였다.

"한 달쯤 지나면 우리 마당은 꽃밭이 될 거다. 채송화, 봉선화, 민들레, 모두 연주가 심은 거야. 네가 집에 온다니까 우리 연주가 얼마나 집단장을 했는지 몰라. 몸치장에도 정신을 쏟았구."

연주는 얼굴을 붉히며 부엌으로 달아났다. 어머니가 웃음을 띤 채 부엌에 대고 소리쳤다.

"우리 연주 만한 처녀도 드물지. 나는 평생 연주하고만 살란다. 인물 예쁘고 심덕 좋고 신부감으론 최고지. 서울것들은 되

바라져서 싫어."

어머니가 저런 식으로 연주를 치료하고 있었구나…….

동호는 어머니가 대견스러우면서도 한편 그런 부추김이 걱정스럽기도 했다. 저렇게 노골적으로 추켜세우다가 실망시켰을 경우 병이 도로 악화될 건 뻔했다. 그런 걱정을 눈치챘는지 어머니는 정색을 하며 동호의 어깨를 툭툭 쳤다.

"네가 연주를 무시하는 모양인데 사실 저애 만한 처녀도 드물다. 이제 병도 나았으니 근동에서는 보기드문 처녀야."

"도대체 무슨 말을 하시는 거에요? 저런 애한테 맘을 주라는 거에요?"

"맘을 주라는 게 아니고 인격적으로 대해주라는 말이다. 들리는 소문에는 연주네가 원래는 괜찮은 집안이었단다. 할아버지가 독립운동을 하는 바람에 풍비박산한 거래. 연주 아버지도 원래는 백정이 아니고 할아버지가 죽고 집안이 거덜나자 백정이 데려다 식구로 삼았다는 거야. 연주가 성치는 않아도 왠지 뼈대가 있어 보였니라. 하기야 그게 뭔 대수겠니. 백정 핏줄이면 어떻고 어중이 핏줄이면 어떠냐. 누구든 사람 됨됨이가 중한 법이지 집안이 뭔 소용이겠어."

그날 밤 동호는 달빛이 깔린 마당가에 서서 연주의 모습을 되새겨 보았다. 이슬방울처럼 맑은 얼굴과 훤칠한 몸매가 새삼 돋보였다. 그녀가 차린 저녁 밥상 역시 단아한 규수의 솜씨처럼 깔끔해 보였다. 저녁식사 때도 연주는 동호가 좋아하는 콩나물 무침과 두부 조림을 앞으로 당겨주곤 했는데 그 정성이 그녀의 길고 하얀 손가락만큼이나 고와보였다.

연주의 병이 정말 나은 걸까?

동호는 애써 머리 속에 그녀의 고운 모습만을 담아보았다. 아까 마루에 앉을 때 얼비치던 치마 속의 하얀 허벅지와 터져버릴 듯한 팽팽한 앞가슴이 금방 살을 자극했다. 어머니 몰래 연주를 불러내기로 작정한 동호는 미리 집을 빠져나와 소나무 서너 그루가 서 있는 뒷동산 분지 쪽으로 천천히 걸어갔다. 어린 시절에 몸을 굴리며 놀던 풀밭이었다. 소나무는 부쩍 늙어 보였다. 동호는 소나무에 몸을 기대고 서서 달빛이 뿌옇게 깔린 바다를 바라보았다. 그때 언덕 아래에서 인기척이 나는가 싶더니 하얀 원피스로 차려입은 연주가 달빛을 등진 채 걸어오고 있었다. 달빛에 반사된 하얀 원피스가 옥색처럼 반짝거렸다.

"원피스가 아름답군. 연주도 흰색을 좋아하나봐."

곁으로 다가온 연주에게 동호가 먼저 말을 걸어주었다.

"동호 씨가 사주신 건데 잊었나보군요."

연주가 손으로 입을 가리며 웃었다. 아차, 무안해진 동호는 얼떨결에 연주의 손을 잡았다. 어머니를 잘 모시는 고마움의 표시로 지난 봄에 서울에서 소포로 보냈던 선물인데 까막 잊었던 것이다.

"앞으론 어색하게 이름을 부르지 말고 그냥 오빠라고 불러."

"그럴 순 없어요."

갑자기 연주의 표정이 굳어졌다. 내숭과는 영판 다른 어떤 절박함이 그 표정에는 묻어 있었다. 동호는 남매 이상의 의미를 바라는 그녀의 의중을 무시한 채 우선 몸을 끌어안아 마른 풀섶에 뉘었다. 달빛이 젖은 그녀의 몸이 안개처럼 야울거렸다.

몸이 풀리자 동호는 연주를 밀치며 벌떡 일어났다. 연주를 껴안은 사실이 현실로 여겨지자 그녀의 몸이 금방 읍내 길가에서 해바라기하던 미친데기 꼴이 되어 떠올랐다. 담에 기댄 채 멍하니 앉아 손으로 자기 치마 속을 만지작거리던 연주의 실성한 모습. 동호는 자기의 몸에 연주의 때가 묻은 것만 같아 그녀를 버려둔 채 개울 쪽으로 달려갔다.

3

차에서 내린 동호는 바닷가에 세워진 '포구횟집' 입간판을 바라보다가 당산 자락으로 눈을 돌렸다. 생각난다. 바다를 끼고 산자락을 돌면 야트막한 분지가 나타나고, 분지 중턱에는 상여집이 있을 텐데, 그 상여집에서는 새벽마다 귀신 우는 소리가 처연했었다. 파도소리가 바위에 부딪쳐 생긴 환청이겠지만 그 음침한 소리에 홀린 어부들은 근처에 집짓기를 꺼려했다. 충청도에서 이곳 동해안까지 흘러들어온 외지인 둘이 상여집 근처에 움막을 짓고 살은 적은 있지만 무장공비사건 이듬해에 그나마 불타고 말았다. 그 당시 소문에는 귀신이 불을 질렀다는 말도 있고 함께 살던 두 사람이 불을 지르고 떠났다는 말도 있었다.

"피곤할 테니 강릉에 가서 숙소를 정하게."

옆에 서서 사장의 동정만 엿보던 박 기사는 밤늦게라도 차가 필요할지 모르니 근처에 머물겠다고 예의를 차렸다. 하지만 동호는 여기서 밤을 새울 테니 차가 필요 없다며 박 기사를 차에 태워 강릉으로 보냈다. 그리고 곧장 당산 쪽으로 걸어갔다. 산자락을 따라 자갈길이 열려 있고 그 길 밑에는 파도가 부서지고 있었다. 갈매기가 노니는 뒷섬을 끼고 모퉁이를 돌자 길 막바지에 빨간 함석지붕이 나타났다. 인적은 없고 바람소리뿐이었다. 햇살도 바람에 부서져 먼지처럼 날렸다. 시멘트 벽면에 적힌 광어, 우래기, 한치, 매운탕, 모듬회 글씨가 칠이 벗겨져 얼룩처럼 우중충했다. 동호는 걸음을 멈추고 횟집 뒤란 언덕 위에 외따로 지어진 창고를 바라보았다. 열댓 평쯤 되어 보이는 작은 블록 건물이었다. 슬레이트로 지붕을 얹은 그 건물을 연주는 창고방이라고 수첩에 적어 놓았었다. 창고를 개량해서 신방으로 꾸몄다는 창고방.

하필 상여집 터에 신혼살림을 차리다니……

그런 생각을 하며 동호는 횟집 마당으로 들어섰다. 아마 여기 횟집 자리가 충청도 사람들이 살다 간 그 움막 터일 성싶었다. 집안이 조용했다. 주인을 찾아도 대답이 없자 동호는 다시 "계십니까?"를 외쳤다. 그제야 뒤란 쪽에서 인기척이 들리고 곱상한 중년 아낙이 앞치마에 손을 닦으며 걸어나왔다.

"피서철이 아니라 손님이 좀 뜸하네요."

아낙은 손님 없는 것이 무슨 죄이기나 한 듯 미안한 표정을 지으며 묻지도 않은 대답을 주었다.

"그게 아니고…… 배승태 씨를 찾아왔는데요."

아낙의 표정이 금방 굳어졌다. 그녀는 창고방 쪽으로 손가락질을 하며 목소리를 낮추었다.

"어디서 오셨나요?"

"서울에서요."

"어떻게 찾아오셨죠? 친척은 아니실 테고. 친척이 없는 분이라서."

"친구 사입니다. 나이는 내가 훨씬 아래지만."

"친구요? 그분은 친구도 없으실 텐데…… 알고 오셨나요?"

"알고 오다뇨? 그분한테 무슨 일이 생겼습니까?"

"아직 모르시나본데, 마나님이 집을 나간 뒤로 좀 맹해졌어요. 장사도 당장 집어치고, 그러니 찾아가셔도 난처한 꼴만 보실 걸요."

"그럼 이 횟집은?"

"식당은 우리가 작년에 인수했죠. 애초에는 방파제 입구에서 장사했는데 서울 사람들은 여기처럼 구석진 곳을 좋아하더라구요."

"아주머니는 여기 분이 아닌 것 같은데요?"

"제 고향은 영월에요."

"혹시 마나님을 아시나요?"

동호는 가장 궁금한 부분을 캐물었다. 집을 나간 마나님이라면 연주가 틀림없을 텐데 배승태를 만나기 전에 더 자세한 내용을 알고 싶었다.

마나님 이야기를 꺼내자 아낙은 동호를 마루 쪽으로 데려갔다. 걷어올린 소매를 내리며 앞장서 걸어가는 모습이 장사 경험이 많은 여자 같았다.

"애초엔 우리 식당에서 일하던 여잔데 말이 조리가 없고 만날 실수를 저질렀어요. 그릇도 자주 깨고요. 여자가 좀 이상하긴 해도 맘이 착하고 부지런해서 오래 데리고 있었죠."

연주의 병이 다시 도진 걸까? 집을 나간 후로 병이 재발한 모양이구나 생각하니 동호는 가슴이 아팠다. 연주와 남매 사이로만 지냈던들 그녀의 정신은 온전했을 테고 평생 정처 없이 떠돌진 않았을 터였다.

"마나님이 여기에 처음 왔을 때가 언제죠?"

동호는 아낙에게 연주가 진리포구에 왔던 시기를 물어보았다.

"칠 년 전쯤일걸요. 그 후로 배사장님이 이 자리에 집을 짓고 영업을 하다가 마나님이 나가는 바람에 우리가 인수한 거죠."

"배사장과 함께 지낼 때는 마나님 병세가 어땠나요?"

"그분과 동거하고부터는 정신도 맑아지고 살림도 참 잘했어요. 인근에 칭찬이 자자했죠. 그런데 몇 해 지나고부터 다시 이상해지기 시작하더니 종국에는 밤중에 도망치고 말았어요. 그 후로 배사장님은 집에만 숨어 지내다가 몇 달이 지나서야 바깥출입을 했는데 그때부터 맹한 짓을 하더라구요."

"맹한 짓이라뇨?"

"손자 같은 애들과 어울려 당산에서 포복을 하며 병정놀이를 했어요. 어디서 장만했는지 군인 복장까지 갖추고요. 참, 군인 복장이 아니고 인민군 복장이래요. 지서에 잡혀갔지만 노인이라 봐줬대나 봐요."

"인민군 복장요? 그 복장을 하고 애들과 장난을 쳐요?"

"장난이 아니라 아주 진지했어요. 병정놀이를 할 땐 눈빛이 아주 무서웠거든요. 암튼 그 정도만 아셔도 그분 대하기가 수월할 거에요."

"한가지만 더 묻겠는데요. 배승태 씨는 이 집을 짓고 오기 전에는 어디에 살았나요?"

"서울에서 살았대요. 원래는 포항에서 살았고요."

"왜 여기로 와서 살까요?"

"그건 우리도 잘 모르죠."

아낙이 자리를 뜨려고 했다. 잇속 없는 대화에서 어서 빠져나오려는 눈치가 역력했다.

동호는 포구횟집을 나와 창고방 쪽으로 스적스적 걸어올라갔다. 삼십여 미터를 걸어가다가 돌계단 대여섯 개를 오르자 마당이 나타났다. 마당 자락에는 안반처럼 생긴 판판한 바윗돌이 깔려있고 담 밑에는 연산홍이 붉게 핀 아담한 화단이 있었다. 연주가 가꿨을지도 모른다는 생각이 들자 그 화단이 정답게 느껴졌다. 동호는 화단을 지나 창고방으로 다가갔다. 출입문 앞에는 헌 운동화 한 켤레가 놓여 있었다.

동호가 나직한 목소리로 주인을 찾자 안에서 뉘시오? 하는 대답이 새어나왔다. 목소리가 뜻밖에도 부드러웠다. 배승태 씨를 뵈러 왔다며 공손하게 받자 두세 차례 기침소리가 들리고 금세 문이 열렸다. 부드러운 목소리와는 달리 그의 눈빛이 잽싸게 동호의 몸을 훑었다. 알 것 같았다. 분명 배승태였다.

"나 모르겠소?"

동호가 턱을 내밀자 문턱으로 다가온 그가 얼굴을 살폈다. 눈을 연방 끔벅대지만 초점이 잡히지 않는 모양이었다. 누구인지를 알면 초점이 잡힐 텐데 안타까웠다. 살인 전문가가 세월에 먹히다니. 죽어서도 살기를 뿜어대던 그 독종들이.

"나요 나, 옛날 정보담당 강 형사."

"강 형사? 기러니께니……"

한참 동안 동호의 얼굴을 뜯어보던 그가 맨발로 뛰쳐나와 덥석 손을 잡았다. 정신이 멀쩡한 사람 같아 보여 마음이 놓이긴 해도 동호는 경계심을 늦추지 않았다. 손을 잡고 반기는 배승태에게 아무 정표도 주지 않고 그냥 서 있기만 했다. 그에게 껴안겨보고 싶으면서도 좀처럼 몸을 주지 않았다. 배승태는 동호의 그런 조심성을 이해한다는 듯 안반에 앉으며 히죽이 웃었다. 그의 어깨 너머에서 파도가 부서졌다. 하얗게 부서지는 파도 위에서 갈매기 떼가 깃을 치며 솟아오르다가 이쪽 언덕으로 날아왔다.

"무척 보고 싶었더랬어."

배승태의 목소리가 떨렸다. 동호는 그제야 미안한 마음이 들어 손을 정답게 잡아주며 곁에 앉았다. 분지 날망을 배회하던 갈매기 떼가 다시 바다로 날아가 파도에 깃을 치며 날아올랐다.

"오늘 따라 갈매기들이 와 디랄이네. 귀한 손님인 걸 알구서리 저러나 모르갔구만."

아직도 배승태의 태도를 미심쩍게 여긴 동호는 배승태의 속내를 떠보려고 좋은 봄날에 왜 방에만 틀어박혔냐고 나무랐다. 그러자 배승태가 벗하고 지낼 친구가 없다며 시무룩한 표정을 지었다.

"한 사람 있긴 했디. 일사후퇴 때 월남한 영감탱인데 포구에서 대장간을 했더랬어. 기런데 이태 전에 죽은 게야. 명서풍이 차디?"

배승태는 바람이 차다며 동호의 손을 잡고 방으로 들어갔다. 부엌을 함께 쓰는 방인 데다 홀아비 혼자 살아서 그런지 방안 냄새가 퀴퀴했다. 곰팡내 같기도 하고 해감내 같기도 했다.

"횟집은 세를 주고 여게로 나앉았어. 장사도 하기 싫구……"

배승태는 말을 중단하고 열린 문 밖으로 바다를 내다보았다. 동호는 이때다 하고 장사를 그만둔 이유를 캐물었다. 그 이유를 대려면 연주에 대한 말이 저절로 나올 터였다. 하지만 배승태는 못 들은 척하며 딴전을 부렸다.

"저 하얀 파도는 미친 게야. 미쳤으니께니 파랗디 않구 하얀 거디."

물을 뒤집듯 하얀 거품을 내며 밀려오는 파도가 연방 바위에 부서지며 포말을 날렸다. 그리고 포말이 높이 날릴 때마다 갈매기의 비행이 수직을 그었다. 파도를 따라 수평으로 날아오던 갈매기는 뒷섬 근처에 이르러 바위 너설로 피어오르는 포말을 싸안으며 허공으로 치솟곤 했다.

“여기로 오기 전에는 어떻게 지냈는가?”

동호의 물음에 배승태는 여전히 바다에 눈을 준 채 인간사 이야기는 집어치우고 파도 이야기나 나누자며 멋쩍게 웃었다.

“사실이 기러티. 처자식이 머이 소용이누. 암케나 살다 죽음 그만 아니갔어?”

“아무렇게나 살아? 그런 사람이 하필 침투했던 자리에 집을 짓고 산단 말야?”

“기걸 어케 알디?”

“이 사람아, 그런 조사야 기본 아닌가. 천구백육십구 년 봄, 캄캄한 새벽에 고무보트를 타고 저 아래 산자락으로 침투한 자네 일행은 여기 상여집에서 이틀 동안 은신하다 태백 계곡으로 숨어들었어.”

“정확하군 기래.”

“바로 자네가 침투한 곳을 얘기해줬잖아.”

“메라구? 기랬던가?”

“자네도 세월은 어쩔 수 없군. 자기가 말해주고도 까먹다니. 참 세월은 무서운 망나니야. 그럼 한가지 묻겠는데, 그때 왜 이틀 동안 상여집에 숨어 있었지?”

“산에 들어갈 기회를 노렸던 거디.”

"이 사람 끝까지 속이는군."

"메라구?"

"자네는 거기서 다음 침투조와 합류하기 위해 기다렸던 거야. 자네가 그들을 데리고 입산한 직후 신고가 들어왔는데 초등학생이 그 상여집에서 밤에 귀신을 봤다는 거야. 예키 이놈, 하고 혼내줬더니 정말로 귀신은 귀신인데 군복 같은 걸 입었다는 거야. 곧장 달려가 현장을 조사해보니 분명 사람이 거처한 흔적이 남아 있더군. 상여틀 밑에는 미숫가루가 흘려 있었어. 급히 도망치느라 미처 못 치운 거지. 자네들이 쓰던 은신처를 다음 침투조가 또 사용한 셈이야. 즉 그 상여집이 공비들의 침투 루트가 됐던 거라구. 그때 산 속에 들어간 자네 일행은 어떻게 된 거지?"

"기때 더 남하하딜 못하고 하난 사살되고 둘만 남았더랬어. 길코 한 달간 산을 헤매다가니 움막에 숨어들어가……"

"상여집 근처라 그 움막을 택한 거군?"

"기러티. 누구나 상여집은 기피하니께니."

"그런데 자네 말 중에 또 숨긴 게 있어."

"머이?"

"솔직히 말해봐. 지금도 숨길 텐가?"

"형사놈은 못 속이갔구만. 기래 맞아. 기때 우린 산속을 헤맨 거이 아니구 포항까지 내려갔더랬어. 거게서 거점을 확보하려 했디만 침투 못하고 그냥 북상중이었디. 어느새 눈이 내리더군. 기때 움막에 숨어든 게야."

"그때 상황을 자세히 말해봐. 큰 집을 택하지 않고 새로 생긴 그 주먹만한 움막을 택할 게 뭐람?"

"큰 집들은 식구가 많고 동네 복판에 있잖잖어. 뱃놈 둘이 사는 외딴 움막인데 걸릴 게 머가 있잖어. 만약 들키믄 두 놈쯤이야 단칼에 벨 수 있었으니께니. 기러구 상여집 앞에 지은 독가촌인데 걱정할 기 머갔어."

"큰 집에 가야 먹을 게 있지 가난한 움막에 뭐가 있었겠나."

"기래도 찬밥이 있었잖아. 내 판단이 옳았던 게야."

"내가 하는 말은 우연을 말하는 게 아니고 전술적인 측면을 따지는 거라구."

"전술? 하하핫. 기막힌 말이군 기래. 기러티만서두 육감이 더 쓸모 있는 경우가 많디. 긴데 내가 여게 사는 걸 어케 알았디?"

"진리포구는 자네보다 더 추억 어린 곳이지. 이 지역에서 근무도 했고, 부모님 산소도 계시고."

"기럼 고향이 여겐?"

"아냐. 하지만 고향이나 마찬가지지. 주문진이 바로 이웃이거든."

"주문진이 고향이가? 우린 묘한 인연을 개디구 있군 기래. 기노므 에미나이도 주문진이 고향이랬어."

"에미나이가 누군데?"

동호는 뻔히 알면서도 일부러 캐물었다.

"아냐. 아무것도 아냐. 기런 여자가 있더랬어."

배승태가 어줍잖게 웃었다.

"저분은 누구신가?"

동호는 윗목 벽에 걸린 액자를 바라보며 배승태에게 또 뻔한 질문을 던졌다. 사진 대여섯 장이 끼어 있는 그 액자에는 엽서만한 여자 사진 한 장이 끼어 있었다. 바다를 배경으로 찍은 스냅사진, 분명 연주였다. 그녀는 다소곳이 미소를 머금고 있었다.

"아는 여자디."

배승태가 퉁명스런 목소리로 받았다.

"아는 여자라니?"

"살다가니 헤어졌어."

"왜?"

"기런 걸 와 묻네?"

"우리 사이에 그런 것도 못 물어보나? 대답 않는 자네가 잘못이지."

"하긴 기렇군. 암튼 내레 할 얘기가 많디. 암 할 얘기가 많구말구."

"그분이 그립겠군. 사진을 걸어둔 걸 보니."

"맘이 허전해서 놔둔 게야. 일부러 빼기도 귀찮구서리."

동호는 연주에 대한 정황이 궁금했지만 더 캐묻지 않았다. 그보다는 자기와의 관계를 어떻게 고백할지가 걱정이었다. 언제 말할까? 차라리 영원한 비밀로 묻어둘까? 그 비밀을 알면 연주를 기다리는 꿈이 깨질 텐데? 동호의 얼굴이 점점 붉게 달아올랐다.

"왜서 말이 없는 게가?"

배승태는 동호의 표정을 살피며 이제 여자 이야기는 그만두고 추억담이나 나누자고 했다. .

"기래도 렛날이 젤루 행복했더랬디?"

"죽고 사는 문제가 달렸는데 행복하다니?"

"기래도 희망이 넘치고 용기가 펄펄했잖갔어?"

배승태가 희죽이 웃었다. 동호 역시 그 시절이 그리운 게 사실이어서 고개를 끄덕거려주었다. 긴박하고 위태롭던 시절의 절실한 추억말고도 그들은 서로 끈끈한 정리를 느낄 수 있어 좋았다. 경찰 출신인 동호와 무장공비 출신인 배승태가 오랜 세월이 흐른 지금에 와서까지 서로 그리워하는 것도 진정한 감동 유발이 그 시절에만 가능했기 때문이다.

체포논리와 자수논리

1

삼척·울진사건이 터진 이듬해 늦가을이었다. 절기만 가을이지 첫 눈이 내린지 오래여서 산협의 기온은 겨울 추위와 다를 게 없었다. 연초부터 무장공비 침투사건이 잦은 터라 경찰 업무중 거의가 토벌작전이었는데 동호의 직책은 정보 담당이어서 간첩이나 공비 색출이 주된 업무였다. 낙엽이 지면서부터는 공비 출몰이 더욱 극성을 부렸고 삼척·울진사건이 터진 지 한 해가 지났지만 아직도 전시를 방불케할 정도로 긴장 속에서 하루를 보내야 했다. 여기저기에서 공비 출몰 신고가 빗발쳤는데 신고가 많다보니 나무꾼이나 산행하는 사람을 오인하는 경우도 허다했다. 사실 신고사항의 대부분이 거동이 수상한 일반인을 잘못 신고한 경우여서 신고전화가 짜증스러울 정도였다. 하지만 평상시 같으면 봉급 타먹기가 민망할 정도로 한가한 시골 정보업무이고 보면 그나마의 일거리가 한편 고맙기는 했다.

사천지서에서 경비전화가 걸려온 시각은 동호가 업무 인계를 막 끝낼 무렵이었다. 지서장의 격앙된 첫마디는 공비체포였다. 이번에도 오죽잖은 위인을 검거해놓고 호들갑을 떠는 거겠지 하면서도 동호는 재빠른 동작으로 지프차에 올랐다. 보나마나 일요일 하루를 고스란히 까먹어야 되는 데다 추운 날씨에 삼십여 리의 비포장도로에서 흙먼지를 뒤집어써야 되니 그 하찮은 신고상황이 짜증스럽지만 차가 산 속으로 접어들고부터는 그런 짜증은 차츰 경계심으로 굳어갔다. 가랑잎이 우부룩한 덤불 속에서 공비의 숨은 총구가 차를 노릴 것만 같았다. 동호는 잠시도 사주경계를 늦추지 않았다. 오른손으로 허리춤에 매달린 권총자루를 쥔 채 바위 너설과 숲 속을 잽싸게 훑어보곤 했다. 골짜기 어디에서 총성이 울리는 환청이 느껴지기도 했다.

지서에 도착했을 때는 해가 중천 가까이 솟아 있었다. 지서 정문 앞에는 보초병이 서 있고 무장공비가 잡혀왔다는 소문을 듣고 구경나온 주민들이 주위에서 서성거렸다. 지프에서 내린 동호는 초병의 경례를 받으며 안으로 들어섰다.

“작대기로 패잡았답니다.”

지서 직원은 아직도 흥분된 상태였다. 그는 삼십대 중반쯤 들어 보이는 두 사내를 가리키며 자랑삼아 떠들어댔다. 자기들의 일상적인 간첩신고 교육이 거두어들인 막중한 성과임을 과시하려는 말투였다. 소내근무자의 상황설명이 끝나자 이번에는 얼굴색이 산그늘처럼 거무튀튀한 두 부락민 중 하나가 숨을 거칠게 몰아쉬며 자기네들의 그 자랑스런 공로를 인정해달라는 투로 한참 동안 지껄였다. 이악스레 상황개요를 설명하고 난 부락민이 출입문 쪽 구석에 세워진 작대기로 슬그머니 동호의 시선을 끌어갔다. 손때 묻은 참나무 작대기 하나가 경찰관의 엠투칼빈총의 위력만큼이나 견고하게 거기 버티고 서 있었다.

"저걸로 잡았습니까?"

"예에."

"용기가 대단하십니다."

동호는 보호실 쪽으로 걸어가며 건성으로 말했다. 직원 하나가 문 앞에 지키고 서 있는 침침한 보호실 구석에 뭔가가 꿈틀거리고 있었다. 쭈그리고 앉아 있는 텁수룩한 사내의 눈이 부엉이의 그것처럼 괴물스러워 보였다. 무장공비, 동호는 오싹 소름이 돋았다. 도저히 인간이랄 수가 없었다. 수세미 같은 머리털과 수염, 경계하는 눈초리와 표독스런 이빨, 영락없는 야수였다.

공비의 모습을 대충 살펴본 동호는 다시 근무석 쪽으로 나와 공비가 소지했던 권총과 단검을 살펴보았다. 그리고 두 부락민에게 의자를 내주어 책상 앞에 앉히고 십육절지 백지와 볼펜을 챙겨놓았다. 간단한 진술부터 받아둘 참이었다. 먼저 키가 크고 똘똘해 보이는 부락민에게 물었다.

"성함이 어찌 되시죠?"

"송두문인디유."

"나이는?"

"서른 둘이구먼유."

"직업은?"

"고깃배를 타쥬."

"여기가 타향 같으신데요?"

"맞어유. 충청도서 예까정 흘러왔구먼유."

"저분 성함은?"

"황억배."

"어느 사이죠?"

"한 집에 살어유. 배도 같이 타구유."

"한 집에 사시다뇨?"

"우린 고향친구 사인게유."

"검거 당시를 자상하게 설명해주시죠."

동호가 자세를 고쳐 앉자 송두문이 먼저 "그러지유" 하고 말을 받았다. 그는 담배를 두어 모금 더 빨고 나서 찬찬히 말을 엮어나갔다.

"바다에 그물을 치러 출항하기 전인디유, 마악 동이 틀려구 헐 때였슈. 저 친구가 먼점 일어나서 아침밥을 안치러 부엌으로 들어갈라든 참인디, 아궁이 앞에 쭈그리고 앉아서 졸고 있는 사내를 발견한 거유. 군복을 입었더란디 얼매나 겁이 났겄슈. 보나마나 공빌 팅게유. 맨날 공비 애길 귀따갑게 들었잖어유. 혀서 저 친구는 조심조심 되로 방에 와설랑 제 귓구멍에다 입을 대고 공비! 그랬어유. 그 소리를 듣고 냉게 얼른 신고부터 허야겄다 그런 생각이 후딱 들더라구유. 그런디 생각을 다시 혀봉게 지서는 십리나 떨어졌구, 병력이 출동할려면 시간이 쉴찮이 걸릴 테구, 그새 공비가 깨서 달아나기 십상이구, 혀서 이참에 큰 공이나 세워보자, 혀서 지서에 연락헐 걸 포기허구, 친구랑 합심혀서 작대기를 들구, 부엌으로 살곰살곰 들어갔구먼유. 조심조심 거적문을 들춘게 증말로 도깨비처럼 생긴 괴물단지가 아궁이에다 코를 쑤셔박고 졸고 있는디 참 가관이데유. 우리 둘이서 나란히 아궁이께로 살곰살곰 다가가설랑 냅다 작대기로 목쟁이를 후려쳤쥬. 대갈통을 칠려다가 목숨은 살려야 물건이 되겄다 싶었응게유. 그런디 그 요상한 것이 거꾸러질라다가는 펄떡 상체를 세우더니 품 속이서 총을 빼설랑은 제 가슴을 쏘더란 말유. 짐겁을 했쥬. 혼비백산이 바로 그런 디에 써먹는 말일 거구먼유."

"그래서요?"

"그런디 조상이 돌봐줬는지 총알이 안 터졌슈. 이때다 허구설랑 우리 둘이서 재차 작대기로 후려칭게 그때사 나자빠지더라 그 말유."

"그래서요?"

"혀서 후딱 달겨들어가지구 저 친구는 두 팔모가지를 비틀고 저는 권총을 낚아채구설랑 그놈 허리에서 칼을 뽑았쥬."

"어떻게 총을 빼앗았는지 더 자세히 설명하시죠."

"허허, 그냥 낚아채지 워뜨게 낚아채유."

"공비가 반항하던가요?"

"총이 불발헝게 넋이 빠져가지고 꿈쩍도 못허더라구유. 이제 죽었구나 허고 포기혔겄쥬. 그러구 또 저 친구가 얼매나 힘이 장사야쥬. 팔을 비트는디 닭모가지 비틀 때보담 더 쉬웠당게유."

"작대기로 맞은 부분이 정확히 어디죠?"

"허허, 목쟁이라고 말혔잖어유."

"목덜미가 맞습니까?"

"그래유."

"두 분이 동시에 쳤습니까?"

동호는 갑자기 황억배를 향해 캐물었다. 멍하니 서 있는 그의 허점을 찔렀던 것이다. 도저히 이해할 수 없는 일이었다. 총이 불발이었다 해도 가슴에서 총을 빼낼 정도로 정신이 말짱했다면 그깟 어부 둘 정도는 맨주먹으로라도 해치웠을 것이며 더군다나 시퍼런 단검도 지녔잖은가. 동호는 거듭 황억배에게 다그쳤다. 황억배는 마지못해 "실인즉슨……" 하고 말문을 열었다. 하지만 송두문의 앙칼진 시선이 얼른 황억배의 입을 막았다. 동호는 송두문의 눈치가 이상하다싶어 황억배를 다그쳤다.

"말씀을 계속해보시죠. 사실인 즉……"

"암것도 몰러."

황억배가 동호의 시선을 피하며 반말로 찍 내갈겼다.

"팔을 비틀었다면서 아무것도 모르다뇨?"

"실인즉슨 덜컥 겁이 낭게 가슴이 떨려서 암것도 뵌 게 읎어유. 공비를 워뜨게 혔는지 팔을 워뜨게 비틀었는지 쬐끔도 생각이 안 난당게유. 무조건 송씨가 시키는 대로만 혔는디 그게 생각이 잘 안 난다 그 말에유."

자기의 답변이 좀 소홀했다 싶었던지 몇 마디 토를 달고 난 황억배는 배를 내밀어 두둑한 자세로 고쳐 앉았다. 동호는 송두문의 검거 주장에 석연찮은 기미가 보여 더 캐묻고 싶었지만 공인으로서의 자기 신분을 새삼 깨닫고, "당국으로부터 그만한 대가를 받으실 겁니다. 반공업무를 담당한 저로서 깊은 감사를 드립니다" 하고 공무원다운 말로 예의를 차린 다음 악수를 청했다.

어부한테서 진술조서를 받은 동호는 미심쩍은 부분을 확인하려고 공비의 권총을 들고 뒤란으로 나가 총알 하나를 발사해보았다. 총은 아무 이상 없이 발사되었다. 의심은 더욱 깊어졌다. 동호는 공비의 손목에 수갑을 채우고 몸에 포승을 질러 호송 직원과 함께 지프에 태우면서 얼른 등짝을 훔쳐보았다. 목덜미가 아닌 등짝에 붉은 작대기 자국이 한 줄 그어져 있었다.

한 줄 뿐이라니……

타박상을 보는 순간 동호는 이번 일이 단순한 공비 압송에 그칠 업무가 아니라는 생각이 들었다.

공비는 강릉까지 달려오는 동안 묻는 말에도 입을 다문 채 살기찬 눈으로 연방 주위를 두리번거렸다. 강릉에 도착하여 유치장에 수감되고서야 공비는 몸에서 긴장이 풀리기 시작했는데 밥도 잘 먹고 담배도 곱게 받아 피웠다. 목욕을 시켜주고 새

이부자리로 잠자리를 돌봐주자 그는 숨겨온 자기의 이름과 나이도 밝혔다. 이튿날 대충 정황조사를 하는데도 그는 순순히 질문에 대답해주었다. 밥을 훔쳐먹기 위해 산에서 내려와 민가에 침투한 과정과 솥뚜껑을 열고 밥을 꺼내먹은 과정, 그리고 피로와 식곤증이 겹쳐 아궁이 앞에서 졸다가 두 사람에게 작대기로 당한 과정을 어부들이 진술한 내용과 비슷하게 진술했다. 몇 군데 차이가 나긴 해도 체포로 인정할 만했다. 그런데 조서의 핵심이랄 수 있는 기소 조건이 달린 부분에서는 입을 굳게 다물었다. 작대기에 등짝을 맞고 권총을 빼앗긴 분분이 체포논리와 자수논리가 교차하는 부분일 텐데, 동호는 의심을 떨칠 수가 없었다. 작대기로 등짝 한번 얻어맞고 권총까지 뺐는데 혹 불발이었다 해도 무술이 뛰어난 살인 전문가가 권총과 칼을 탈취당했다는 사실이 좀처럼 믿기지 않았다.

"작대기가 무서웠디요."

자수논리를 부정하려는 그의 몸부림이 안쓰럽기까지 했다. 저토록 죽고 싶은 걸까? 살기 위한 진술이 아니라 죽기 위한 진술이 연민의 단계를 넘어 재미마저 느끼게 했다. 자기에게 유리한 증언이 아닌 불리한 증언에 매달리는 공비와 그와는 반대로 용의점을 찾기보다 용의점을 벗겨주려고 애쓰는 형사의 모순된 주장 사이에서 동호는 어느새 쾌감마저 느껴졌다. 언어게임이 아니라 죽고 사는 문제를 희화시키고 있다는 쾌감이었다.

"철부지 같은 말로 통할 것 같소? 잠을 자다가도 즉발할 수 있을 텐데 어부의 작대기가 무서워 권총을 꺼내줬다, 그걸 믿으란 말요? 그런데도 검거됐다구?"

"비몽사몽이라 당했습네다. 부엌 아궁이가 뜻뜻해서 졸았디요. 기럼 졸았디."

"아무리 졸다 맞았다지만 가슴에 품은 권총을 쥐고 잤다면서 그걸 그냥 빼줘요? 방아쇠만 당기면 될 텐데? 그리고 당신 등짝에는 맞은 자국이 분명 하나였소. 그것도 피가 날 정도의 상처가 아니라 붉으스름한 흔적에 불과했소. 그 정도의 충격인데 대항하지 못했다고?"

"길쎄, 나도 기건 이상하외다. 하디만서두 느닷없는 실수, 기거이 인간의 약점 아니갔수? 느닷없이 살고, 느닷없이 죽고……."

동호는 그의 여유스런 말이 반가우면서도 "살기 싫어서 그러는 거요?" 하고 소리쳤다. 배승태와의 그 묘한 대거리는 그때부터 시작되었다.

우선 두 어부의 진술에 의심이 든 동호는 그들이 살고 있는 움막을 찾아갔다. 지서 직원을 시켜 미리 연락을 취한 터라 그들은 바다에 나가지 않고 집에서 기다리고 있었다. 아직도 기분이 달뜬 상태인 그들은 연락하러 들른 지서 직원에게 문어회를 안주 삼아 술을 대접하고 있었다. 보상금만 타면 팔자가 늘어질 판이니 세상에 부러울 게 없을 터였다.

동호는 술판 분위기가 깨지지 않도록 그들이 내미는 술잔을 사양하지 않았다. 차라리 그 술판이 잘됐다는 생각이 들었다.

그런 풀어진 분위기 속에서 허튼소리가 나오게 되고 그 허튼소리 속에 솔직한 진술이 묻어나게 마련이었다. 동호는 축하한다는 인사를 먼저 주고 나서 “두분이 고향친구 사이라고 하셨죠?” 하고 가장 편한 대화부터 꺼냈다. 그 말을 기다렸다는 듯 송두문이 먼저 말을 받았다.

“고향에도 농사치가 읎는 처지라 먹고살기 힘들어서 예꺼정 흘러왔구먼유. 들대 같으믄 농사치가 풍더분헐지 몰라도 우리네는 첩첩 산중잉게 들판이라고 혀야 미친년 볼기짝만혀서 품팔이감도 읎구먼유. 혀서 앉아 굶으나 서서 굶으나 마찬가지다 생각허구설랑은 엣다 모르겄다, 아즉은 젊은디 워디 가면 굶어 죽으랴, 그러큼 맴을 단단히 먹고 둘이 훌훌 떠났지유. 그러구선 대전꺼정은 나왔는디 거기서 워디로 갈까 허다가는 저 친구가 허는 말이 같은값이면 물고기나 실컷 먹어보자고 혀서 예꺼정 흘러왔구먼유.”

송두문은 신이 나서 말을 좔좔 엮어나갔다. 보상금은 타놓은 거나 진배없으니 돈가방 들고 처자식을 만날 날도 멀지 않았다는 표정이었다. 동호는 송두문의 말에 재미를 느끼고 일부러 두 사람에게 담배를 권한 다음 일부러 야지랑을 떨었다.

“충청도에도 물고기가 많잖아요? 저수지나 개울 같은 데에?”

“말씀 마슈. 고기란 고기는 씨가 말랐슈. 내깔은 왼 잡놈이 다 들쑤셔서 송사리 새끼 하나 읎구 저수지란 저수지는 몇 해째 가물다봉게 고기란 고기는 다 밟혀죽었지유.”

“고기가 밟혀죽다뇨?”

"으이구, 형사님은 고기가 지천인 물가에 사싱게 잘 모르시겄지만 가뭄이 들면 곡식만 타죽는 게 아니고 물고기도 타죽는다 그말에유. 그런디 일년 가야 쇠고기 한 점 구경 못 허는 세상인디 어느 시러배놈이 고기 타죽는 걸 보고만 있겄슈. 물고기나 짐승 고기나 죄 고기는 고긴디유. 그렁게 데부뚝 밑창꺼정 쫙 말라가지고 물이 째잭째잭허먼 고기가 타죽기 전에 사람 발바닥에 먼저 밟혀죽는다 그 말유. 어른 애 헐 것 읎이 왼 저수지에 사람이 백절을 치니 발바닥에 밟히는 고기가 부지기수랑게유. 그렁게 요새는 저수지서 물고기 구경허기가 처녀 사탱이 구경보다 더 힘들어유."

"그럼 여기 사시면서 고기는 실컷 드시겠네요."

"천만에유. 한 톨이라도 더 팔아서 집에 보내야 처자식 안 굶어죽쥬. 허기사 짜트리 정도는 아쉽잖게 먹는 센인디, 여하튼 예가 충청도 산골보단 훨씬 낫구먼유."

그때였다. 동호는 물론 지서 직원까지 송두문의 말에 재미있어하는 모습을 보고 황억배가 슬며시 한마디를 거들었다.

"실인즉슨 물고기도 물고기지만 객살이 낀 것도 무시할 순 읎어유."

"객살이라뇨? 역마살 말인가요?"

"그노므 것이 꼈응게 바다구경 허자구 예꺼정 왔지 워디 함부로 올 딘가유. 서울보담 몇 배나 더 먼디유. 여기 오는디 워뜨게 왔능가 아세유? 기차를 타고 서울꺼정 와설랑 거기서 또 기차를 타고 밤새 달려가지구두 이튿날 한낮이 돼서야 강릉에 당도혔어유. 그러구두 또 빼스를 타구설랑 반나절을 덜커덩덜커덩 달리고서야 사천이란 디를 왔는디, 거기서 또 시오리 길을 걸응게 그제서야 게우 바다가 뵈더라구유. 하여튼 강릉이란 디가 멀기는 육시럴허게 멀드만유."

"충청도에도 바다가 있잖아요?"

"물론 바다가 있쥬. 허지만 갯구뎅이가 씨커먼디 워디 바다 같어야쥬. 파도야 칠렁칠렁 친다지만 물이 껌정물잉게 영 기분이 아니라구유. 그뿐이 아녀유. 동해는 아침마다 해가 뜨잖어유? 멍석 만한 해가 벌겋게 뜨는 걸 보믄 늘 맘이 동헌단 말유. 사는 게 힘들어서 죽고 싶다가도 그놈의 햇뭉어리만 쳐다보믄 되로 살맛이 생긴당게유. 혀서 바다 허면 동해바다쥬."

"하지만 서해바다는 서해대로 특징이 있잖아요. 어종이나 어패류도 다르거니와 해가 지는 서해의 일몰은 더 장관이고요. 지는 해의 모습은 사람의 마음을 더 들쑤시잖아요?"

"그 말씀은 맞는 말인디유, 저처럼 세상을 헐값으로 보는 사람한테는 서해바다가 처량혀 뵌단 말여유. 바닷물이 눈물로만 뵌당게유."

갑자기 황억배의 눈자위가 붉어졌다. 동호는 그가 왜 세상을 헐값으로 보는지 그 사유가 궁금했다. 그를 허무에 빠지게 한 어떤 말못할 사연이 있을 것만 같은데 그걸 알면 그의 심상을 읽을 수 있게 되어 이번 사건을 다루는데 참고가 될 터였다. 동호는 황억배에게 술을 권하며 무슨 괴로운 일이라도 있느냐며 은근히 그의 속을 떠보았다. 하지만 황억배는 말 없이 술만 마셨고 대신 송두문이 싱겁게 한마디를 뱉았다.

"이 사람은 눈물을 등에 지고 사는 작자구먼유. 술 한잔 들어갔다 허믄……"

"시끄러! 니까짓 게 내 속을 워찌 안다고 함부로 주둥아리를 놀리는 거여?"

황억배가 고함을 쳐서 송두문의 말을 잘랐다. 그러자 이번에는 송두문이 목소리를 높였다.

"이놈아, 계집 내쫓은 게 무슨 벼슬이라도 헝 거여? 맨날 그 노므 것 땜에 신상을 달달 볶게?"

"뭐여? 이놈이 아닌 밤중에 홍두깨격으로 웬 계집 타령여?"

황억배가 발끈하자 송두문이 또 "바람 핀 여편넬 내몰았는디 뭔 미련이 남아서 저 지랄로 신상을 달달 볶는 거랴?" 하고 황억배의 속을 뒤집어 놓았다.

"너 헐 말 다혔냐? 아무리 술기운이 올랐다손 쳐도 헐 말이 있고 안 헐 말이 있는 벱인디, 더군다나 강 형사님 앞이서 나미 여편네 치부꺼정 건드려 쓰겄어? 긍게 니가 막가자 그거구먼? 쌍놈!"

"여이 썩을 놈아! 내가 니놈 여편네 치부를 건드려 득 볼 게 뭐겄냐 이놈아. 강 형사님도 그 말을 듣고 너를 무시헐 양반여? 외려 그 말을 들으믄 니 불쌍헌 영혼을 감싸주실 분잉게 그런 염렬랑 꽉 붙들어 매란 말여. 사람이 서로 친헐려믄 자기 치부부텀 까놔야 되는 벱을 너처럼 무식헌 놈이 알겄냐만, 손해봤다고 생각되걸랑 너도 내 치부를 까내봐."

“까낼 게 있어야 까내보지 이놈아. 생쥐처럼 약아빠진 니놈헌티 까낼 게 한 톨이라도 있겄냐 그 말여.”

“왜 읎어 이놈아. 우리 아버지 백정네서 머슴살이 헝 건 치부가 아니고 뭐여? 우리 여편네 푸성귀 뜯어먹다 채독 든 건 치부아니고 뭐냐구? 니놈은 쌀밥 먹고 자랐지만 난 잡쓰레기만 뒤져먹고 자랐는디 그게 치부 아니고 뭐냔 말여. 니놈도 알지? 우리 엄니 사탱이 가릴 고쟁이가 읎어서 동넷웃음 산 것 말여. 그런디도 나헌티 치부가 읎냐?”

“그건 치부가 아니고 한이잖여. 치부허구 한허구는 천양지차여 이놈아. 치부는 소름이 끼치지만 한은 눈물이 나는 벱잉겨. 치부는 맥이 빠지지만 한은 독이 오르는 벱이다 그 말여. 그렁게 치부는 살맛을 죽이지만 한은 살맛을 살리는 벱이다 그 말여. 그런디도 뭐가 워쩌? 날더러 니놈 치부를 까내보라구? 생쥐보담 더 약어빠진 놈 같으니라구.”

“그만 조용하시죠.”

동호는 이때다 하고 말머리를 돌렸다. 그는 분위기를 눙치고 나서 송두문에게 “작대기로 쳤을 때 공비는 어떤 행동을 취했나요?” 하고 말을 걸었다.

“간단했쥬. 비루먹은 나귀처럼 팍 쓰러졌응게유.”

“앞으로 쓰러졌나요 옆으로 스러졌나요?”

“옆으루유.”

“오른쪽? 왼쪽?”

“왼편으루유.”

"왼쪽이 맞습니까?"

이번에는 황억배에게 물어보았다. 순간 송두문이 황억배를 쏘아보았다.

"맞어유. 왼편으루 팍 쓰러졌슈."

"권총은 어느 쪽 손으로 빼주던가요?"

"왼편으루 쓰러졌응게 오른손으루 빼줬쥬."

"오른손이 맞습니까?"

이번에는 송두문에게 물었다.

"맞다마다유. 오르편으루 쓰러졌더라면 왼손으루 빼줬을 거구유."

"자 받으시죠."

동호는 송두문에게 빈잔을 내밀었다. 황억배가 그 빈잔을 채웠는데 술을 따르는 그의 손에 힘이 들어가 있는 걸로 보아 이번 검거에 대해 자부심을 느끼는 게 틀림없었다. 동호는 황억배의 말이 검거 당일보다 어눌하지 않고 당당해진 데에 의심이 들었지만 더 깊이 캐물을 수는 없었다. 경찰서에서는 그들의 공로를 대대적으로 선전할 채비를 갖추고 있는 중이고 이미 중앙에도 보고가 된 상태였다. 들리는 말로는 국방장관이나 내무장관이 직접 시상할 거라고 했다. 암튼 작대기를 한번 맞고 쓰러졌다는 진술이 믿기지 않지만 배승태가 그 장면에서는 입을 다물고 있으니 무턱대고 두 어부의 말을 의심할 수만은 없는 처지였다. 빌어먹을! 동호는 배승태의 어이없는 태도에 은근히 부아가 났다. 어째서 자수가 아닌 검거를 주장하는 걸까?

2

겨울 햇살이 따스했다. 눈이 녹아 질퍽하던 경찰서 마당도 땅이 보송보송할 정도로 말라 있었다. 공판을 앞두고 구내 식당에서 간단히 점심 요기를 마치고 마당으로 나온 동호는 무심코 양지 녘에 서서 압송 장면을 바라보았다. 아마 검사실로 검취를 받으러 데려가는 모양이었다. 간수 서너 명이 오륙 명의 죄수를 생선 두름처럼 포승으로 엮어 압송하는 중인데 그 중에서 늙수그레한 죄수 하나가 갑자기 오줌이 마렵다며 발을 동동 굴렀다. 직원이 큰 소리로 나무랐다.

"수갑이 너무 죄어져 피가 안 통한다고 엄살이더니 이젠 오줌타령이야? 암 소리말고 그냥 참아."

검찰청은 십 분 거리도 안되니 참을 만한 데다 모두 함께 포승을 질렀으니 한 사람을 빼기가 힘들다며 설득도 했다. 하지만 영감은 막무가냈다.

"그럼 바지다 싸란 말요?"

"그러니가 아까 미리 싸랬잖아, 이노므 영감탱이야."

"오줌이 이제 나오는 걸 어쩌란 말야. 좇대가리를 묶어매주던가."

"좋아. 끄집어내. 철사로 묶게."

"씨팔 손 묶이고 몸뚱이 묶이고 좇까지 묶여?"

"그러니까 누가 사기치랬어?"

"누가 일부러 친거야? 버릇이 그런 걸 어떡해?"

"버릇이 그러니까 벌도 깨끗이 받아야지."

"버릇도 벌주는 법 있어? 당신네들은 버릇이 한 가지도 없단 말야?"

"물론 있지. 이불 속에서 좆팽이치는 것."

"모두 인정머리라곤…… 에라 모르겠다. 더러운 몸뚱아리 아무렇게나 굴리면 어때. 여기다 싸지 뭐."

영감은 묶인 손으로 정말 오줌구멍을 열려고 했다. 간수 하나가 달려들어 포승을 풀고 수갑만 채운 채 화장실로 데려갔다. 화장실에 다녀온 간수가 허공에 대고 소리쳤다.

"저노므 영감탱이는 진짜 사기꾼야. 화장실에 가서는 오줌도 안 나오더라구. 바깥공기를 더 마시고 싶어서 일부러 땡깡을 놨다나? 허허허허……"

"이노므 영감탱이 이번에는 늙어서 봐주지만 한번만 더 그딴 짓 했다간 빵빵일 칠 거야. 알지?"

다른 직원이 엄포를 놓았다. 동호는 억지로 웃음을 참으며 유치장 쪽으로 걸어갔다. 오후에 열릴 공판을 위해 배승태를 압송해야 했다. 아직도 웃음을 머금은 채 유치장에 들어선 동호는 배승태에게 오줌을 누라고 농담 삼아 일렀다. 하지만 그는 아무 말 없이 서서 수갑과 포승을 받았다. 그의 표정은 여전히 굳은 상태였다. 공판 때문만은 아닐 성싶었다. 엊그제 누나를 면회한 후로 표정이 더욱 어두어졌는데 면회 장면을 떠올리면 동호는 지금도 기분이 언짢았다.

면회는 검사실에서 이루어졌다. 해가 질 무렵 동호는 배승태를 수갑채워서 지청으로 데려갔다. 검사실에는 검사와 배승태 누나가 의자에 앉아 기다리고 있었다. 배승태를 앞세워 검사실로 들어선 동호는 배승태를 누나 맞은편 의자에 앉혔다. 저녁 햇살이 스며든 검사실에는 긴장이 감돌았다. 무장공비가 혈육을 만나는 장면을 처음 볼 수 있는 순간이었다. 배승태가 들어설 때 벌떡 자리에서 일어난 누나는 조심조심 배승태에게 다가갔다. 하지만 배승태는 의자에 꼿꼿이 앉아 눈 한 점 까딱하지 않고 곁으로 바짝 다가간 누나가 손을 잡아주자 그 손을 매몰차게 밀쳐냈다. 누나는 배승태의 옆으로 돌아서서 그의 머리칼을 들춰 귀밑을 살폈다. 그때 까만 반점이 나타났다.

"맞다! 어무이가 말씀하신대로야! 내 동생 맞다카이! 승태야!"

누나가 동생을 껴안고 몸부림을 쳤다. 엉엉 울다가, 동생의 몸을 쓰다듬다가, 얼굴을 뺨으로 부비다가, 다시 부둥켜안고 울음을 터트렸다. 하지만 배승태는 여전히 꼿꼿한 자세로 앉아 지그시 눈만 감을 뿐이었다.

"승태야, 닌 내 동생이데이. 내 동생이 맞다카이. 어무이는 닐 보고 싶어 눈을 뜬 채 돌아가셨능기라."

누나가 동생의 목을 끌어안고 몸부림을 쳐도 배승태는 눈도 깜빡이지 않고 날카로운 목소리만 뱉았다.

"잘못 안 거외다. 내레 남조선엔 가족이 없수다레. 사람을 잘

못 봤시오.”

“그게 먼 소리고. 사람을 잘못보다니 그게 먼 소리고. 승태야 닌 내 동생인기라. 하늘이 무너져도 닌 내 동생인기라.”

누나는 계속 몸부림을 치며 눈물을 흘렸지만 배승태는 여전히 눈을 감은 채 사람을 잘못 봤다는 말만 되풀이했다. 배승태가 눈을 떠봤으면, 동호는 그런 생각을 했다. 눈을 뜨면 분명 눈물이 쏟아질 것이었다. 동호는 그가 어서 눈뜨기를 기다렸다. 하지만 배승태는 눈을 감은 채 입을 앙다물고만 있었다. 그 광경을 보다 못한 동호는 그를 향해 한마디를 쏘아붙였다.

“나쁜놈! 네놈이 뭐가 잘났다고 혈육을 속이는 거냐? 적화통일사업이 뭐가 그리 대단하다고 누나도 모르는 척해, 이 나쁜 놈아!”

그러자 누나가 동생 역성을 들었다.

“형사님, 우리 동생한테 욕하지 마이소. 누날 끼안고 싶어도 일부러 저럴 겁니더. 제 동생 처지도 살펴주이소. 인자 누나 품에 안길 테니꺼 아무 걱정 마소예.”

누나의 역성에도 배승태는 아직 눈을 뜨지 않았다. 검사실에는 햇살이 사라지고 전등불이 켜졌다. 검사 역시 아무 말 없이 지그시 눈만 감고 있었다. 누나 혼자만 동생의 몸을 껴안고 몸부림칠 뿐이었다.

법정에는 재판 시작부터 긴장감이 팽팽했다. 배승태를 호송해온 동호는 피고석 바로 뒤에 앉아 그의 태도를 지켜봤다. 방청석에 빈자리가 없을 만큼 관심이 쏠리는 재판이었다. 무장공비의 재판은 시민들의 관심을 끌기에 충분했다. 더구나 검거와 자수의 정황에 대한 심리적 분석이 방청객의 흥미를 끌기에 충분했다. 피고는 스스로 자기 목을 옭아매고 있잖은가. 방청객 태반이 피고에게 동정의 눈길을 주는 재판정이었다. 동호는 피고인에 대한 자기의 동정적인 심정이 자랑스럽기도 했다. 정의, 진실, 그거에 너무 집착하는 자기 자신이 혹시 결벽증 환자는 아닐까 하고 의심이 들 정도였지만 자부심이 느껴지는 건 어쩔 수 없었다.

인정신문이 끝나고 검사의 공소장 낭독이 있자 법정은 술렁대기 시작했다. 변호인이 등장해서야 법정은 다시 조용해졌다. 그 사실만 보아도 방청객이 심정적으로 누구 편에 동조하는 지를 읽을 수 있었는데 공교롭게도 그들 중에는 지난번 삼척·울진 사건에서 피해를 당한 가족도 끼어 있을 터였다. 창설 된지 얼마 되지 않는 예비군의 희생은 물론이고 심지어 예비군이 자기 동네에서 잠복근무를 하다가 자기 가족을 공비로 오인하고 총을 쐈다는 소문이 돌 정도로 치열한 상황이었다.

변론이 시작되었다. 변론은 바로 그동안 동호가 주장해온 진술이나 마찬가지였다. 동호는 변호인을 만날 때마다 무의지적 상태에서의 즉발능력卽發能力을 강조했고 변호인 역시 그걸 중심 변론으로 삼아왔는데 오늘도 변호인은 거기에 초점을 맞추었다. 국선 변호사일망정 나름대로 정성을 쏟고 난 변호인은 첫 번째 증인으로 동호를 내세웠다. 동호는 변호인의 반론에 한마디라도 더 보탬이 되리라 다짐하며 증인석으로 침착하게 걸어나갔다.

“송두문으로부터 처음 진술조서를 받은 사람이 증인입니까?”

“네, 그렇습니다.”

“송두문의 말에는 피고가 검거될 당시 권총을 쏘며 반항했다고 진술했다는데 사실입니까?”

“사실입니다. 조서에도 기록돼 있습니다.”

“그때 피고인도 함께 있었습니까?”

“피고인은 보호실에 있었습니다.”

“증인은 송두문의 진술을 듣고 그 총기의 성능을 검사해보았나요?”

“즉시 검사해보았습니다.”

동호는 즉시란 말에 힘을 주어 답변했다. 증인의 그런 의도를 간파하기라도 한 듯 변호인은 상세한 설명을 요구했다.

“즉시란 어느 정도의 시간 차이를 뜻하나요?”

“그러니까 서류작성을 마치고 바로 지서 뒤뜰로 가서 쏴봤습니다.”

“그래서 불발될 만한 하자라도 발견했나요? 일테면 총알이 들어 있지 않았다든가 아니면 노리쇠가 작동되지 않았다든가…….”

“격발해보니까 이상없이 발사되었습니다.”

“몇 번째 격발실험에 발사되던가요?”

"첫번째였습니다."

"그럼 총에는 이상이 없다는 말이군요."

"네."

"그런데, 이건 다른 내용의 질문일지 모르지만……."

변호인은 잠시 뜸을 들이다가 책상 위에 놓인 서류를 만지작거리면서 말을 이었다.

"검거한 장본인이 총을 쏘았다고 주장했는데도 굳이 발사실험을 하면서까지 사실 유무를 확인한 이유는 무엇이지요?"

동호 역시 답변에 뜸을 들이고 싶었다. 지금까지의 자기 진술을 객관적인 입증으로까지 다짐해주려는 변호인의 비의秘意에 동조하기 위해서였다. 다시 말해서 그렇게 뜸을 들임으로써 토벌군의 일원인 자기가 되레 무장공비의 입장을 두둔해줄 수밖에 없었던 그 당위성을 좀더 선명하게 부각시킬 성싶어서였다.

"송두문 씨의 태도에 좀 애매한 점이 있었습니다."

"구체적으로 답변해줄 수 있겠습니까?"

"같이 행동한 황억배 씨에게 진술을 요구했을 때 송두문 씨가 황씨에게 보인 예사롭잖은 눈치 때문이었습니다."

"예사롭잖다뇨?"

"황억배 씨가 실인즉슨…… 하고 말문을 열려고 하자 송두문 씨가 말조심하라는 눈치를 주었거든요."

"그래서 황억배 씨는 어떤 진술을 했습니까?"

"자기는 너무 겁이 나서 공비의 자세한 행동을 보지 못했노라고만 답변했습니다.”

“더 캐묻진 않았나요?”

“캐물어도, 실인즉슨 소리만 되풀이할 뿐이었습니다.”

“그렇다면 황억배가, 실인즉슨 하고 꺼내려 했던 진술 자체에도 관심을 가질 필요가 없잖을까요?”

“그렇기는 합니다만…… 확인 결과 총기에도 아무런 이상이 없었는데 불발이라고 주장하니, 피고인 역시 그렇게 주장하고……”

동호는 혼잣말처럼 중얼거렸다.

“총기에는 이상이 없던 걸로 보아 쏘지 않았을 거다 그 말이군요?”

동호는 확실한 대답을 피한 채 엉거주춤 앉아 있기만 했다. 변호인은 무슨 심증을 굳혔다는 듯 고개를 끄덕이고 나서 두 번째 증인으로 송두문을 불러 세웠다. 송두문은 좀 상기된 표정이었다.

“증인은 직업이 어부인데 고기를 받아다 팔기도 한다면서요?”

“돈이 아쉬게 쬐끔씩 받아 팔 때도 있지유.”

“그럼 장삿속이 밝겠군요?”

“장사를 얼매나 혔다구 장삿속이 밝데유? 그러구 바다에 안 나가면 맨날 움막에 틀어박혀 사는디 뭔 장삿속이 밝었슈.”

“왜 신고를 하지 않고 직접 검거하려고 했나요?”

“지서꺼정은 멀고 그간에 도망칠 게 뻔허잖어유.”

"상대방은 무기를 소지했을 텐데 그럴 용기가 생겼습니까?"

"졸고 있응게 황씨허구 둘이 잡을 수 있겠구나 생각혔구먼유."

"황억배 씨와는 어떤 사입니까?"

"같이 지내면서 고깃배를 타쥬."

"독립가옥이라던데 이웃이 있습니까?"

"읎어유. 즈이네 움막뿐이디유."

"황억배 씨에게 보수는 줍니까?"

"아뉴. 둘이 잡은 고기를 노놔먹어유."

"함께 지낸 지 얼마나 됩니까?"

"일 년도 안 됐슈. 오래 산 것도 아닌디 재수읎게설랑 무장공비가 들어왔구먼유."

"그런데, 다정한 고향친구 사인데 아무 말 없이 갑자기 떠납니까?"

거기에서 송두문의 답변이 잠시 머뭇거렸다. 기실 막막한 답변이었다. 황억배가 말없이 나갈 리도 없거니와 다른 곳에서 일자리를 구했다 해도 행선지를 밝혀줘야 했다. 그런 난처한 입장을 예견해서 생각해둔 빌미가 있기는 한데 그 또한 어색하기 이를 데 없는 변명에 불과했다. 하지만 계속 행방불명 쪽으로 밀어붙일 수밖에 별 도리가 없었다.

"그 친구가 종종 허는 말이, 들녘이서 머슴살이나 허겄다고 푸념했걸랑유."

"어디로 갔는지 전혀 집히는 데가 없습니까?"

"당최 모르겄는디유."

변호인은 황억배를 증언대로 세우지 못하는 것이 무척 아쉬웠지만 송두문의 증언에 비중을 둘 수밖에 없다고 생각했다.

"그럼 피고가 가슴에 품었던 권총을 꺼낸 것은 어느 순간이었나요?"

"즈이 작대기에 두들겨맞고 금방유."

"피고인이 총을 바로 쏘았나요 좀 머뭇거리다 쏘았나요?"

"금방 쐈는디유."

"어디다 대구 조준했나요?"

"지 가슴팍에다유."

"불발이었다죠?"

"예에."

"불발인 걸 어떻게 알았습니까?"

"그냥 방아쇠를 둬 번 댕기고 혔는디두……."

"방아쇠 당기는 검지의 움직임을 보았습니까?"

"예에."

"죽임을 당하는 그 긴박한 순간에 검지의 동작이 눈에 띄었다, 그 말입니까?"

두문은 그제야 변호인이 어디에다 초점을 두고 신문하는지를 눈치채고 말에 힘을 주었다.

"분명 봤당게유. 안 쏴징게 재차 삼차 댕겼슈."

"경찰관의 증언에서는 증인이 지서에서 황억배 씨가, 실인즉슨 하고 말문을 열려고 하자 무슨 눈치를 주었다고 했는데 사실입니까?"

"그건 사실인디유 암 뜻도 아녔어유. 그냥 황씨가 주변머리가 읎어가지구 엉뚱깽뚱한 말이라도 지껄일까봐 그랬어유."

"엉뚱한 말이라뇨?"

"자기가 먼점 내쳤더라면 공비는 진작 뻗었을 틴디 내가 먼점 뎀비는 바람에 잘못혔으면 황천길로 갈 뻔혔다는 둥 너절한 말을 늘어놀 게 뻔혔쥬. 그러구 그 사람 말 백 마디 중에 아흔 마디는 꼭 앞대가리에 실인즉슨이 따라붙어유."

송두문은 법정임을 까막 잊은 채 잡담처럼 지껄여댔다. 그의 지악스런 말솜씨를 귀담아들은 변호인은 판사석을 한번 바라보고 나서 자리에 앉았다.

다음에는 검사의 신문이 다시 시작되었다. 그는 배승태를 향해 나직한 목소리로 물었다.

"아궁이 앞에서 졸 때 작대기로 몇 차례나 맞았습니까?"

"두세 번 되디요."

"작대기로 처음 맞았을 때 어떤 상태였나요?"

"아무 정신이 없었습네다."

"정신이 없는데 더 맞은 걸 기억합니까?"

"나중에 생각해보니께니 기랬더랬시오."

"그럼 처음 맞았을 때 어떻게 총을 뺐습니까?"

"버릇이디오. 죽어가면서도 쏠 수 있으니께니……"

"방아쇠를 몇 번 당겼나요?"

"여러번."

"그래도 격발이 안됐나요?"

"기러티오."

"칼을 소지했는데 왜 쓰지 않았죠?"

"인차 빼앗겼시오. 너무 힘들이 쎄개디구 대항을 못했습네다."

그때 변호인이 일어나 피고인의 진술이 당치도 않다며 총의 성능검사를 예로 들며 반론을 제기하자 검사의 눈빛이 금방 반짝거렸다. 이제야 진짜 의중을 털어내리라 다짐하며 검사는 목소리를 높였다.

"총을 쏘고 안 쏘고의 문제일 수만은 없습니다. 비록 쏘지 않았다 해도 다급한 상황에서 순간적으로 사격의지가 꺾였을 뿐입니다. 잠결에 작대기가 장총으로 보일 수도 있는 거죠."

기소조건을 보강하려는 검사의 날카로운 신문이 전개되자 법정은 또 술렁대기 시작했다. 그리고 그 신문에 적극 대응하려는 변호인의 긴 변론이 이어지자 여기저기에서 신음소리 같은 한숨이 터져나왔다.

"희생물이야."

"세상을 몰라서 죽으려는 거야."

"속고 살아서 저래."

눈물을 흘리는 여인네들도 보였다. 변호인의 변론이 이어졌다.

"피고는 특수교육을 받고 남파된 사람입니다. 어떤 상황에서도 기계적으로 즉발하도록 훈련을 쌓았습니다. 잠결이라고 말씀하셨는데 그런 무의지적 상태에서의 행위는 바로 습관적인 동작을 유발합니다. 가슴 속에 품은 권총을 꼭 쥐고 잘 정도로 방어태세가 완벽했던 피고가 총을 꺼냈으면서도 발사를 억제한 행위는 자수의사가 있었음을 증명합니다."

그때였다. 난데없는 괴성이 법정에 찬물을 껴 얹었다. 배승태가 재판절차를 무시한 채 판사석에 대고 소리쳤던 것이다.

"졸던 중인데 어케 항거합네까? 기러구 산에 남아 있는 동료한테 주려고 먹다 남은 밥을 부뚜막에 놔뒀더랬는데, 기거이 자숩네까?"

얼떨결에 당한 일이어서 동호는 우선 배승태의 어깨를 눌러 자리에 주저앉혔다. 잠시 소란스럽던 법정은 다시 질서를 되찾았다. 검사가 천천히 자리에서 일어났다. 논고가 필요 없을 정도로 상황이 뒤바뀌자 맥이 빠져버린 검사는 할말을 잊은 듯 표정이 멍했다. 마지막 카드로 꺼낼 참이던 비장의 무기가 이제는 녹슨 폐품이 되고 말았잖은가. 검사의 비장 무기는 바로 피고인 스스로가 폭로한 부뚜막에 놔둔 먹다 남긴 밥이었다.

"움막에 친입한 것은 배가 고파서 먹을 걸 훔치려고 한 짓이죠?"

검사의 목소리는 물 젖은 헝겊처럼 축 늘어졌다.

"기러티오."

"배가 무척 고플텐데도 밥을 남긴 건 산에 숨어 있는 동료를 생각해서 그랬군요?"

"기러티오."

"만약 검거되지 않았으면 어쩔 참이었죠?"

"말이라구 합네까? 다시 전투해야디요."

"이상입니다."

검사는 대충 그의 자백만 확인시키고 자리에 앉았다. 도둑놈이 도둑질을 안 했다고 빡빡 우겨야 신문할 맛이 나는데 도둑질을 했노라고 되레 빡빡 우긴다면 맥이 빠질 수밖에 없었다. 검사의 얼굴에 피로한 기색이 역력했다.

동호는 답답했다. 빌어먹을! 그의 입에서 비릿한 한숨이 터져나왔다. 비록 무장공비라지만 체포인지 자수인지 진실만은 밝혀졌으면 하는 바람이 물거품이 될지 모를 순간이었다. 가슴에서 이상한 오기가 치솟았다. 법정이 까만 어둠에 싸이는 것만 같았다. 주먹이 불끈 쥐어졌다. 벌떡 일어났다. 배승태처럼 절차를 무시해볼 참이었다. 동호는 판사석을 향해 소리쳤다.

"피고는 밥을 챙길 당시만 해도 자수의사가 없었을지 모릅니다. 하지만 밤새 마음이 달라졌던 겁니다. 피고는 그 달라진 속내를 감추고 있을 뿐입니다."

그러자 이번에는 배승태가 벌떡 일어섰다.

"머가 어드레? 간나새끼! 네가 먼데 자수라고 우기는 게가!"

배승태는 눈물을 줄줄 흘렸다.

방청석의 모든 귀와 시선이 피고인에게 쏠렸다. 숨소리마저 굳어버린 장내에, 그때 침묵을 타고 한 가닥 흐느낌 소리가 들려왔다. 동호는 얼른 뒤를 돌아보았다. 예상한 대로 사십대 후반의 낯익은 여인이 뒤편에서 손수건으로 입을 싸쥔 채 울고 서 있었다. 마침 창으로 스며든 엷은 햇살이 그녀의 하얀 옷깃에 빛가루를 뿌렸다.

폐정이 되자 동호는 서둘러 방청석 뒤쪽으로 걸어 나갔다. 그때 그 여인이 다가왔다. 배승태의 누님이었다.

"수고하셨심더."

아직도 눈물이 홍건한 눈자위로 손수건을 가져가며 여인은 조용히 인사말을 주고 나서 엊그제 동생을 면회시켜준 배려에 고마움을 표시했다.

"오실 줄 알았습니다."

동호는 얼굴에 표정을 담지 않은 채 덤덤한 목소리로 말했다. 여인은 두 손을 내밀어 동호의 손을 살포시 감싸쥐었다. 차마 말로 표현할 수 없는 심정을 그런 따스한 촉감에 묻혀보였다.

"일이 잘 돼갈 테니 너무 걱정 마세요."

동호의 말에 여인은 또 눈물을 흘렸다. 동호는 여인의 어깨를 감싸듯하며 밖으로 나왔다. 한복 차림의 여인 몸에서는 해금내가 설핏했다. 풋풋한 그 내음이 깔끔한 그녀에게서 시골 아주머니다운 정감을 느끼게 했다.

"유죄등가 무죄등가 법이 알아서 하겠지만서도 동생을 껴안아보지 못하는 처지가 더 가슴 아프니더."

여인은 차디찬 벽면을 매만지며 떨리는 목소리로 말했다.

"결심공판이 끝나기 전에 한번 더 면회시켜드릴 테니 그때 동생의 마음을 달래보시죠."

"고맙심더. 이 은혤 우째 갚아드려야 할능교……."

"은혜랄 게 있나요. 사실 따지고 보면 그 사람인들 무슨 죄가 있겠습니까."

"와 죄가 없겠십니꺼…… 차라리 저 애와 함께 죽고 싶으니더."

여인은 울음을 참기 위해 입술을 자근자근 씹었다. 나이에 비해 주름살이 깊어 보이는 여인의 얼굴에는 그 노티보다 더 진한 고통의 때가 검버섯처럼 덕지덕지했다.

"어떻게든 총을 쏘지 않고 순순히 건네준 자수의지가 부각되어야 할 텐데, 오히려 자수를 부정하고 있으니 참 답답합니다."

"혹 그 앤 뭘 착각하는 게 아닝교? 그런 식으로 떼를 써야 살 방도라고 생각하는 게 아닝교?"

"솔직히 말씀드려서 배승태 씨는 추호도 자수의사가 없었습니다. 지금도 그렇고요. 다만 살고는 싶어합니다. 그게 모순이죠."

"아닙니더. 그 앤 진정 자수할 맘이었을 겁니더. 여긴 부모형제가 있는 땅인기라요. 지는 그앨 데리고 꼭 부모님 산소를 찾을 겁니더."

햇빛을 받은 여인의 눈에는 비늘 같은 물기가 반짝거렸다. 여인은 촉촉한 시선을 땅에다 흘렸다.

"경우에 따라 핏줄도 마다할 때가 있습니다."

동호는 고집스럽게 한마디를 뱉고 나서 조용히 말을 이었다.

"하지만 한 가지 수수께끼 같은 일이 있습니다. 그걸 꼭 밝히고 싶은데도 그분은 입을 다물고만 있습니다. 아예 자기가 총을 쐈는지 안 쐈는지 그 사실조차 전혀 기억 못하고 있는 것 같아요. 몽유병자처럼 말입니다."

"자수할 의사는 없었는데 와 총을 안 쐈나 그 말씀입니꺼?"

"총을 쏘지 않았다는 걸 아직 단정할 수 없잖습니까?"

"그럼 강 형사님은 동생이 총을 쐈다고 생각하십니꺼?"

여인은 여전히 동호의 시선을 피한 채 말했다.

"물론 총을 쏘지 않았다는 심증이 더 짙습니다. 법정에서 제가 그렇게 증언도 했고요. 사실 다시 산에 들어갈 맘이었다고 떳떳이 시인한 사람이 쏜 총을 안 쐈다고 우길 리도 없을 테죠."

"그만큼 그 앨 믿으신다면 총을 안 쏜 것도 믿으셔야죠. 안 그렇십니꺼?"

"반의사적인 행위일 수도 있잖습니까?"

"검찰측 주장과 같네예."

"아니죠. 제 생각은 충분히 쏠 수 있었는데 안 쏘았다 그 말입니다."

동호는 사격의지가 꺾여서 총을 쏘지 못했다는 검찰측 주장과의 차이점을 설명하려고 애썼다. 하지만 여인은 내동 숙이고 있던 고개를 번쩍 들며 어깃대는 자세를 취했다. 그녀의 난데없는 무렴한 태도에 동호는 그녀의 얼굴을 빤히 바라보았다.

"강 형사님은 잔인한 분이십니더. 넘어진 송아지를 구경만 하실겁니꺼."

"무슨 말씀이신가요?"

"지금 제 동생에게 필요한 게 뭐겠능교? 막연한 동정만으로 그 애 마음을 녹일 수 있겠능교?"

"부인, 전 배승태 씨를 인간적으로 대하고 있습니다. 절대 회유책이 아닙니다."

"알고 있심더. 하지만도 이십여 년 간 얼어붙었던 지 동생입니더. 그런 사람을 강 형사님의 정서에 맞춰 판단하는 건 무리가 아닐까요? 지금 지 동생한텐 살과 살이 비벼지는 동물적인 정만이 필요하니더."

누나는 눈물을 줄줄 흘렸다. 동호는 말대꾸를 피한 채 먼 산만 바라보았다. 산 능선에는 먹구름 한 폭이 걸려 있었다. 햇빛이 그 구름 속으로 가뭇 사라져버리자 금방 쌩한 추위가 살 속까지 피고들었다.

3

동호가 유치장으로 배승태를 찾아간 것은 공판 다음날 밤이었다. 예상한 대로 배승태는 동호를 쳐다보지도 않았다. 동호가 여느 때처럼 담배를 꺼내줘도 받지 않았다.

나를 횡보게 한 오해를 어떻게 풀어줄까?

동호는 여전히 자상한 눈으로 배승태를 바라보았지만 배승태의 얼굴은 점점 더 표독스러워졌다. 동호는 지금 구구한 해명이나 위로 따위로는 얼어붙은 배승태의 가슴을 녹일 수가 없을 것만 같았다. 울고 싶은 사람에게는 실컷 울게 하는 것이 효과적이듯 되레 그의 분노를 터뜨려 주는 게 오해를 푸는 데 이로울 성싶었다. 일종의 충격요법이랄까, 분노를 터뜨리고 나면 몸이 나른해진다. 그때 비로소 말이 통할 수 있게 된다.

"개새끼는 개처럼 다룰 수 밖에 없어."

동호는 갑자기 욕을 퍼대기 시작했다.

"개새끼들에게는 인간적인 정을 베풀 가치가 없다 그 말이다. 그동안 네놈의 솔직한 태도가 좋아서 사람 대접을 해줬는데 비밀을 지켜준 내게 적대감을 품어?"

그렇게 억지로 화를 내면서 배승태의 표정을 세밀히 살핀 다음 얼른 자리를 떴다. 밖에는 어둠이 짙게 깔려 있었다. 유치장을 빠져나온 동호는 사무실 쪽으로 걸어가다 말고 담배를 피우며 바다 쪽을 바라보았다. 모처럼 갯바람에 절어온 어린 시절이 떠올랐다. 유난히 반목과 질시가 깊던 고향마을이었지만 그곳엔 늘 한줌의 향기가 묻어 있었다. 석태에 대한 그리움이었다. 대여섯 살 위턱인데도 석태는 항상 동호와 친구처럼 놀아주었다. 유독 나무를 잘 탔던 석태는 감나무에 올라 따온 홍시를 동호의 손에 쥐어주곤 했는데 지천으로 널브러진 고향 추억 중에서도 그게 가장 고운 추억이었다. 그런데도 동호 아버지는 석태를 빨갱이놈 자식이라며 늘 미워했다. 동호는 나중에야 빨갱이가 뭔지 어렴풋이 깨달았지만 그 당시만 해도 석태와 놀지 말라는 아버지의 신칙이 그저 잔밉기만 했다. 그후 전쟁이 터지고, 어느 여름날 지서에서 석태를 끌고 간 적이 있었다. 동호는 몰래 뒤를 밟아 읍내까지 따라갔다. 지서 담벼락에 이른 그는 까치발을 디뎌 울안을 살펴보았다. 뒤뜰 헛간에서 비명이 들려왔고 이윽고 손에 몽둥이를 든 아버지가 피를 뒤발한 석태를 끌고 나왔다. 그때 동호는 처음으로 아버지한테서 무섬기를 느꼈다. 아버지는 서북청년단원이었다.

옛 생각을 털고 난 동호는 사무실로 돌아오며 곰곰이 생각해봤다. 어째서 배승태는 남의 일처럼 입을 다물고만 있는 걸까? 어떻게 해야 배승태의 속마음을 알 수 있을까?

동호가 배승태의 말을 한마디라도 더 듣고 싶어 조바심을 내는 것은 송두문의 검거 주장에 대한 진위 여부를 심증하기 위해서였다. 황억배에게서 실마리를 찾아내려고 했지만 그는 이미 움막을 떠나고 없으니 만약 송두문의 주장이 법정에서 그대로 받아들여진다면 부뚜막에 놔둔 밥그릇 문제까지 겹쳐 다음 선고공판에서 형량에 차질이 올 건 뻔했다.

동호는 밤이 이슥해서야 다시 감방을 찾아갔다. 취침시간이 깊었는데도 배승태는 담요를 방구석에 가지런히 개켜놓은 채 반듯한 자세로 앉아 있었다. 해끔한 얼굴이며 빗질된 머리칼이며가 하루 업무를 시작하려는 아침 용모와도 같이 정갈해 보여 그 비일상적인 자태가 되레 불안감마저 느끼게 했다. 그러고 보니 철책 앞 수도꼭지에 걸려 있는 마루걸레가 깨끗이 헹구어져 있기도 했다. 배승태는 나름대로 마음을 사려먹은 게 틀림없었다. 거센 반항을 그런 식으로 표출하고 있었다. 동호는 복도에 서서 배승태를 바라보다가 한참만에 입을 열었다.

"당신은 독방을 쓰는 만큼이나 특별한 죄수요. 중범이란 뜻이 아니라 일반 죄수와 다르다는 거요."

하지만 배승태의 차돌 같은 눈씨는 조금도 흔들리지 않았다. 동호는 말을 계속했다.

"내가 당신에게 관심을 갖는 것도 그 때문이오. 우리 탁 털어놓고 얘기해봅시다. 당신은 지금 날 오해하고……."

그때 갑자기 싸늘한 욕지거리가 냉큼 동호의 말을 잘랐다.

"뭐가 어드레? 오해라구? 이 간나새끼! 네깟 놈들 짜구 부리는 수작이니께니 멋대로 하라메."

배승태는 벌떡 일어나 고래고래 소리를 질러댔다.

동호는 급히 간수를 불러 수갑을 채워 끌어냈다. 그리고 복도에 세워놓고 잠을 깬 일반 죄수들이 보는 앞에서 주먹으로 얼굴과 배를 번차례로 후려쳤다. 사무실로 끌려나와서까지 배를 움켜쥘 정도로 동호의 주먹은 오달졌다. 동호는 화를 가라앉히고 나서 간수들을 돌려보냈다. 이제 사무실에 단 두 사람만이 남게 되었다. 한동안 음습한 적막이 맴돌았다. 책상과 걸상 여남은 짝이 엉성하게 자리한 실내 한복판에서 연탄난로가 두 사람의 지친 숨소리를 태울 뿐이었다. 동호는 난로 위에 놓인 물주전자를 들어 두 컵을 나누어 채운 다음 하나를 배승태에게 내밀었다. 물을 받아 마시는 동안 그의 눈빛이 점점 누어졌다.

"미안하오."

동호는 책상서랍에서 꺼낸 휴지로 배승태의 입 언저리에 묻은 피를 닦아주었다.

"내 행동이 심했던 것 같수다."

배승태가 아직 설삭은 억양으로 답례를 주었다.

"난 당신을 이해하고 있소. 당신은 내가 검찰과 짠 걸로 오해할 게 당연하오. 아마 배신감을 느꼈을 거요. 아까 성깔을 부릴 때 당신이 총을 쏘지 않았다는 걸 확인했소. 당신은 솔직한 사람이오."

동호가 배승태에게서 인간적인 정리를 느끼고 싶어한 것도 바로 그의 솔직함 때문이었다. 배승태는 심지어 검찰의 신문과정인 검취중에도 동호에게 비밀스런 말을 거침없이 털어놓은 적이 있었는데 아직 자수논리가 우세했던 당시에 그런 고백은 극형을 자초할지도 모를 자살행위나 진배없었다. 그 당시 배승태가 동호에게 고백한 자세한 상황은 이러했다.

동료 한 명과 함께 뒤에 처진 배승태는 해가 지기를 기다렸다가 야음을 틈타 계속 북상할 참이었지만 막상 밤이 되어도 허기진 상태로는 추위와 피로를 이겨낼 수가 없었다. 그래서 배승태가 민가에 숨어들어 먹을 것을 챙겨오기로 작정하고 동료는 산속에 남아 있기로 했다. 어둠을 뚫고 무사히 송두문의 움막까지 다가간 배승태는 부엌으로 들어가 조심조심 솥뚜껑을 열었다. 솥에는 밥 한 그릇이 남아 있었다. 아직 미지근한 아궁이 앞에 앉아 손으로 밥을 쥐어 먹었다. 배고픈 양으로는 밥 두 그릇도 모자랐지만 그는 반 그릇만 먹고 나머지는 산 속에 남아 있는 동료를 위해 부뚜막 위에 놓아두었다.

“나는 당신처럼 솔직한 사람을 좋아하오. 당신은 내가 검찰에 고자질한 걸로 오해한 모양인데 나는 그런 치졸한 인간이 아뇨. 아마 송두문이 검취 중에 진술했을 게 틀림없소. 부뚜막에 놓인 밥그릇을 봤을 테니 말요.”

동호의 말에 배승태는 잠자코 앉아있기만 했다. 사무실 벽에 걸린 괘종시계가 연거푸 열한 점을 쳤다. 청청한 음향이 빛 먼지를 일으키자 배승태의 몸이 다시 굳어지기 시작했다. 그의 입술에는 아직 피가 묻어 있었다. 동호는 그에게 신뢰감을 보여주기 위해 파격적인 모험을 시도해보기로 마음먹었다. 호주머니에서 수갑 열쇠를 꺼냈다. 그리고 배승태의 손목에 채워진 수갑을 푼 다음 그것을 책상 위에 놓았다.

“당신은 무슨 완력을 쓰든 날 제압하고 도망칠 수도 있소. 가슴에 찼던 권총은 마침 이층 사무실에 두고 나왔소. 당신이 적대관계인 내게 그동안 솔직하게 심정을 털어놨듯이 나도 그만한 신의를 내보이기 위해 지금 이러는 거요.”

동호는 웃옷 단추를 끌러 보이기까지 했다. 권총이 없음을 확인시켜준 그는 담배 한 모금을 깊이 빨아 천장에 후욱 내뿜고 나서 배승태에게 운신할 기회를 주기라도 하려는 듯 일부러 책상에서 멀찍이 떨어져 앉았다. 긴 침묵이 흘렀다. 그 침묵을 타고 싸늘한 적막이 밀려왔다. 배승태의 잔자룩한 목소리가 흘러나온 건 그때였다.

“강 형사님은 어드래서 날 위해줍네까?”

갑작스런 배승태의 목소리에 당황한 동호는 책상 위에 놓인 물컵을 들어 목을 축였다.

"당신을 위해주는 것이 아니라 나 스스로 즐거움을 찾기 위해서요. 이해와 용서보다 더 큰 재미가 어딨겠소."

밖에는 여전히 갯바람이 사나웠다. 바람결이 이따금 창문을 할퀼 때마다 배승태는 지그시 눈을 감곤 했다. 그 소리가 좋아서일까 싫어서일까, 도대체 무엇 때문에 비명과도 같은 그 바람소리에 귀를 흘리고 있는 걸까. 동호는 무춤해진 시선을 감당하기 위해 창께로 고개를 돌리며 말했다.

"당신 아버지가 여순사건에 가담했다가 지리산에서 돌아가신 걸 잘 알고 있소."

배승태는 입술을 씹으며 동호를 빤히 쳐다보았다.

"당신은 연고지를 찾아가던 중이었소. 그런데도 이북 출신이라며 고향을 숨겼던 거요. 당신이 포항 태생이며 육이오 당시 의용군에 자진 입대한 것도 확인했소. 이름을 곧이곧대로 밝혀준 것 고맙소. 당신이 고향을 숨긴 것은 식구들이 다칠까봐서 그랬던 걸로 이해하오."

고개를 숙인 채 동호의 말을 귀담아듣던 배승태의 어깨가 점점 강렬하게 흔들렸다. 서러움이 짙어지는 모양이었다.

웅군 달빛

바다에는 저녁 햇살이 깔리고 있었다. 모래톱에 서서 수평선을 바라보던 동호는 시선을 돌려 주문진항을 바라보았다. 건물들이 햇살을 받아 선명한 모습을 드러내고 있었다. 등대를 낀 산자락 아래에 어판장이 있을 테고 시내 도로를 따라 양양 쪽으로 가다보면 고향마을이 나타날 것이었다. 지금은 시가지로 개발되었겠지만 육십년대에는 초가집이 태반이었다. 좁다란 고샅길과 초가에 딸린 구멍가게와 이발소가 눈에 선했다. 구멍가게에는 연주 또래의 딸이 있었는데 콧날이 오똑해서 양키코라고 불리던 그녀는 눈깔사탕과 센베이과자와 잉크병과 작기장(노트)과 연필이 뒤섞인 좌판대 구석에 연주를 불러다 앉혀놓고 히히덕대는 게 일과였다.

잠시 옛 생각에 젖어 있던 동호는 핸드폰으로 집에 전화를 걸었다. 아내가 연주를 찾아갔을 테니 병세가 어떤지 알고 싶었다.

"여보, 거기가 평창이세요?"

성미의 다정한 목소리는 서울에서 듣건 동해안에서 듣건 다를 게 없었다.

"평창이 아니고 여기는 진리포구요."

"진리포구라뇨? 평창 출장간다는 분이 왜 거기에 계신 거에요?"

"그럴 이유가 있소. 집에 가서 설명하리다."

"도대체 무슨 일인데요? 중대한 일에요?"

"아무 것도 아니니 신경 쓰지 말고…… 연주의 병세는 어떻소?"

"병원측 말로는 아주 좋아지고 있대요. 내가 봐도 눈에 띄게 좋아졌고요."

"모두가 당신의 지극정성 덕이지. 그럼 나는 내일 출발하리다."

"진리포구서 주무실 건가요?"

"물론이오. 박 기사는 도착 즉시 강릉으로 보냈소."

"그럼 거기에 혼자 계시다고요?"

"좋은 친구와 함께 있지."

"좋은 친구가 누군데요?"

"집에 가서 말해줄게."

"암튼 진리포구는 잠자리가 불편할 텐데요. 지금은 얼마나 변했는지 모르지만……"

성미의 목소리에서 금방 힘이 빠졌다. 그녀에게는 진리포구가 마음에 들 리 없었다. 진리포구가 동호에게 있어 추억을 살려내고 싶은 곳이라면 성미에게는 추억을 죽이고 싶은 곳이었다. 동호가 진리포구에 발길을 끊은 것도 성미에 대한 배려 때문이었다. 성미에게 있어 진리포구는 동호를 처음 만난 추억어린 곳이면서도 한편 가슴 아픈 곳이기도 했다. 태풍에 조난당한 아버지의 시신을 건진 곳이 진리포구였다.

해가 지자 바닷바람에 노출된 창고방에는 을씨년스런 냉기가 흘렀다. 보일러 온도를 높인 배승태가 손으로 방바닥을 짚어보았다. 오월이라지만 방바닥 온기가 겨울철 군불만큼이나 정다웠다. 바닷가에서 돌아온 동호 역시 그 온기가 반가웠다. 저녁상은 동호가 돌아오기 전에 이미 차려져 있었다. 상 위에는 생선회, 해물전, 매운탕, 삶은 문어 등이 올라 있어 술상을 겸한 모양이었다. 술은 맥주와 소주가 준비되어 있었는데 독한 술을 마셔온 배승태로서는 동호의 취향을 배려해서 맥주를 추가한 듯싶었다.

“두 사람이 먹기에는 음식이 너무 많네.”

자리에 앉으며 동호가 낭비라는 투로 말하자 배승태는 왜 그런 말을 하느냐며 되레 핀잔을 주었다.

“정표디. 기런데 음식이 많고 적고가 문제겐? 자네가 좋으니깐 우래기회도 먹이고 싶구, 문어회도 먹이고 싶구, 매운탕도 먹이고 싶구, 해물전도 먹이고 싶구, 기러다보니께니 양이 많아졌디만 이런 상을 열 개 차린들 아까울 리 있갔어? 자넨 내가 살아가는 힘이 돼왔어. 내 아름다운 추억 속에는 꼭 자네가 끼어 있다. 기나더나 자넨 언제 경찰을 그만뒀네?"

"자네가 사 년 징역형을 받고 이송된 후 강릉에서 십오 년 더 근무하다가 서울로 떠났어. 그 후 서울경찰청에서 사 년 간 정보업무를 보다가 옷을 벗었지."

"정보업무란 거이 메가? 아직도 빨갱이 잡는 일이네?"

동호는 뭐라고 답변할지가 고민스러웠다. 물론 반공업무가 핵심업무의 하나겠지만 정치사찰 따위나 반국가사범 색출업무 따위를 일일이 설명해줄 수가 없었다. 과연 반국가사범이란 게 귀에 달면 귀걸이요 코에 달면 코걸이 식으로 시대에 따라 해석이 다르다보니 한마디로 이거다 하고 설명해주기가 난처했다.

"왜서 그만둔 게가?"

동호가 정보업무에 대한 대답을 미루자 배승태는 사적인 일을 물었다. 동호는 나이를 더 먹기 전에 다른 일을 해보고 싶어 그만두었노라고 대답해주었다. 사실이었다. 한 살이라도 더 먹기 전에 옷을 벗고 새로운 세계에 도전해보고 싶었다. 만날 데모 현장에 출동하여 학생들과 대거리하거나 부정선거 따위에 개입하는 업무가 그의 정서에 맞지 않았다. 동호는 허공 속에서 방황하는 기분을 느낄 때가 한두 번이 아니었다. 그래서 무조건 사표를 내고 고생길을 자청했다. 마침 건설 업체를 꾸민 대학 동창의 권유가 있어 그 회사에서 경험을 쌓으며 생계를 유지하다가 친구가 몸져눕는 바람에 사업체를 대신 운영하게 되었다.

"자네는 그동안 어떻게 지내왔는가?"

동호는 배승태의 표정을 살피며 넌지시 물어보았다. 배승태는 한참동안 입을 다물고 있다가 궁금증을 풀어주었다.

"이듬해 가석방돼개디군 누님을 따라갔디. 누님은 포항에서 큰 왜식집을 했더랬는데 거게서 장사일도 거들고 생선회 뜨는 기술도 배웠어."

배승태는 손바닥을 모로 세워 칼질하는 시늉까지 해보이며 웃었다. 그 웃음은 용맹스런 전사가 회를 뜨고 있었다는 그 희화적인 자기 운명을 비웃는 것 같기도 하고 새로운 삶을 개척했다는 자긍심을 나타내는 것 같기도 한데 그가 장사 경험을 구체적으로 설명하는 걸로 보아 후자의 의미가 더 짙은 게 아닌가 싶었다. 그는 생선의 신선도를 유지하는 방법에서부터 생선 껍질을 벗기는 요령과 재재칼질하는 각도 등은 물론 매운탕을 끓이는 솜씨까지도 실감나게 설명했다.

"회도 회디만, 내레 매운탕 하난 끝내주디. 누난 내 음식솜씨에 반했더랬어."

누나는 동생과 함께 지낸 지 일 년이 가까워지자 우선 결혼부터하라고 졸라댔다. 업소를 따로 차려줄 테니 결혼해서 부부가 함께 돈을 벌라고 했다. 배승태는 장가 들 생각이 없다고 거절했지만 누나는 집안에 하나뿐인 아들이니 가정을 꾸려야 집안꼴이 된다며 자꾸 성화를 부렸다. 마침 누나가 아끼는 젊은 종업원 아가씨가 있었는데 누나는 앞으로 그녀를 업소 지배인 격으로 점찍어 둔 상태였다.

"도화는 책임자가 되고도 남을 여잔기라. 총명하제, 바지런하제, 맘씨 곱제, 인물 곱제, 하나도 빠지는 게 없는 복덩이지러. 늬가 운이 좋아 도화 같은 여잘 만난기라. 알제? 그뿐인 줄 아나. 나이가 늬하곤 열세 살 차인기라. 그보담 더 큰 횡재가 세상천지에 어딨겠노. 안 그렇노?"

누나는 침이 마르도록 도화를 칭찬했다. 배승태 역시 그녀의 미모와 성실성에 마음이 끌려온 터라 내심 싫지는 않았다. 하지만 결혼 자체를 부정해온 그였다. 남쪽에서의 결혼은 죄를 짓는 짓이고 자기의 존재가치를 부정하는 행위나 진배없었다. 그는 이북 아내를 생각할 때만이 세상이 밝게 보였다. 아내 윤희정은 그가 아름답고 희망찬 세계를 바라볼 수 있는 눈이었다. 그 눈을 빌리지 않을 때 이 세상은 어둡고 답답할 뿐이었다. 때문에 윤희정이 없다면 그는 살 의미마저 상실하게 되었다.

"자네도 알디만 내레 리북에 두고온 식구밖에 더 있갔어. 우기고 우기다간 누나가 자꾸 조르니께니 장가를 들었디."

결혼을 하고 몇 달이 지나자 누나는 시내 목이 좋은 곳에 가게를 마련하여 동생한테 횟집을 차려주었다. 배승태는 아내와 함께 밤낮으로 장사에 매달렸다. 손님도 하나하나 불어났다. 결혼 이듬해에는 아들도 낳았다. 아들 이름은 아내의 요구대로 강할 강자에 돌림자인 식자를 붙여 강식이라고 지었다. 배승태는 새 자식을 얻게 되자 세상살이가 즐겁기만 했다. 애가 귀염떨 나이가 되고부터는 이북에 두고 온 가족 생각도 점점 희미해져갔다. 장사도 한 해가 다르게 번창해갔고 십 년이 가까워질 무렵에는 집과 상가를 장만해서 업소도 넓혔다. 배승태는 점점 사업에 재미가 붙어갔다. 주변에서도 신망을 얻게 되었고 지역 사회 일에 참여한 후로는 경계의 눈초리로 보던 사람들도 친절히 접근해왔다. 배승태의 사업 수완이 멀리까지 소문나면서 손님이 더욱 북적거렸다.

배승태는 음식 솜씨뿐 아니라 손님을 접대하는 대인관계에 있어서도 탁월한 솜씨를 보였다. 한번 찾아온 손님은 자기의 친절에 감동해서 단골이 되었다고 자랑했는데 자기의 손길에는 정성과 진실이 담겨 있기 때문이라고 토를 달았다.

"젖먹이도 진실은 느껴진다 이기야. 알간?"

배승태는 또 신분의 높고 낮음을 가리지 않고 한결같은 마음으로 손님을 대접했으며 항상 자기를 낮은 위치에 두고 손님을 왕처럼 모셨다. 종업원도 가족처럼 아껴주었다. 수입에 욕심을 부리지 않고 종업원의 복지를 먼저 배려했다. 종업원 생일날에는 꼭 선물을 챙기고 파티를 열어주었다. 종업원에 대한 배려가 얼마나 자상한지 심지어 자기의 아들이 업소에 나오는 것도 꺼려했다. 종업원들도 각자 자기의 귀여운 자식을 떼어놓고 나와 일을 하는데 주인 자식이라고 해서 업소에 나다니면 꼴이 좋지 않다는 게 그의 생각이었다.

음식만 해도 가장 질좋은 재료를 골라 준비했으며 아무리 마진이 좋아도 허술한 재료는 일체 쓰지 않았다. 배승태는 음식을 잇속을 챙기기 위한 상품으로 여기지 않았다. 얼마치의 재료로 맛을 내어 마진을 울궈먹겠다는 단순한 먹걸이로 보지 않고 음식을 인격체로 보았다.

"내레 음식에 절을 했어. 음식을 존경한 거라메."

이해가 가는 말이었다. 음식이 존경하는 대상이니 정성을 쏟을 수밖에 없을 거고 손님은 자연스레 불어나기 마련이었다. 그는 서비스의 원리를 터득했던 것이다.

"맞네. 자네야 말로 진짜 장사꾼이네. 그런데 무장공비 같은 살인 전문가가 어떻게 그런 장사속을 익혔는가?"

"기왕 장사꾼이 되려면 전문가가 돼야잖갔어?"

그는 헤헤벌쭉 웃었다. 꼭 바보 같은 웃음새였다. 사람이 환경변화에 따라 저렇게 달라질 수 있을까 하는 의문이 들자 동호는 그가 요술쟁이처럼 보였다. 눈 깜짝할 사이에 가랑잎 속에 몸을 묻어버리는 고도의 은폐술. 몸을 날리면서도 정조준하는 사격술. 그런 그가 이번에는 장사에 요술을 부린 셈이었다.

"세상이 달래 보였디. 여게가 썩은 줄만 알았더랬는데 기게 아니구나 싶었어. 장사에도 자신감이 생겼구. 기런데 에미나이는 나한테 늘 불만이었어. 손님도 모두 자기가 끌었다고 큰소리를 쳤어. 빨갱인 독해개디구 손님이 안 붙는다는 게야. 에미나인 맨날 히히대기만 하구서리 기게 장사 요령인 줄 안 거디."

헤푼 웃음은 자칫 신임을 잃기 십상이고 음식마저 품위를 잃게 된다는 것이 배승태의 생각이었다. 도화의 큰소리는 도를 넘어 드디어는 남편을 무시하는 지경에 이르렀다. 그녀가 나이 사십을 넘기고부터는 남편을 무시하는 도가 지나칠 정도였다.

단골 손님으로 드나들던 사내들과 어울려 술을 도가니로 마셔대더니 나중에는 아예 장사를 팽개친 채 밤마다 바깥 출입하는 게 일쑤였다.

도화가 바깥 나들이를 시작한지 일 년이 가까워질 무렵이었다. 그날은 아침부터 가랑비가 내렸다. 연일 찜통더위가 극성을 부리던 터라 그 잘금대는 비가 고마울 정도였다. 남편이 업소에 나가 온종일 장사에 매달리는 동안 집안에서만 뒹굴던 도화는 해가 기울 무렵이 되자 몸치장을 하고 밖으로 나갔다. 사내들과 어울릴 판이니 언제 돌아올지 모를 외출이었다.

밤 늦게야 장사를 마친 배승태는 서둘러 집에 돌아왔지만 정답게 맞이할 식구가 아무도 없었다. 벌써 오십대 중반 나이니 식솔들로부터 대접을 받아야 할 나이지만 그로서는 그깟 대접은 오히려 어색한 월조지엄에 불과했다. 사실 그는 이북에 두고온 아내를 항상 젊은 시절의 얼굴로만 기억하고 있어 자기도 그 나이 또래로 착각하며 살아오는 터라 나이 대접은 그닥 바라지 않고 지내왔다. 하지만 반겨주는 사람도 없고 집안에 덩그마니 버려져 있으면 집안 어른 대접을 받고 싶어지긴 했다. 한마디로 터전이 그리웠던 것이다. 남편을 반기는 아내의 얼굴과 아버지를 반기는 자식의 얼굴이 그리웠다. 그런데 그날 밤에는 아들녀석마저 인기척을 내지 않으니 더욱 쓸쓸했다. 자식이 새삼 그리워진 배승태는 아들 방에 대고 조심스레 말을 걸어보았다.

"강식이 방에 있네? 지금 공부 하네?"

하지만 방에서는 아무 대답이 없었다. 분명 아들이 책상 앞에 앉아 공부하고 있을 텐데, 밤늦게 밖에 나갈 리가 없었다.

"강식인 아빠 온 줄도 모르고 머 하네?"

배승태는 자상한 목소리로 재우쳤다. 그래도 아무 대꾸가 없자 손잡이를 잡고 방문을 밀어보았다. 문이 잠겨 있었다. 문이 잠긴 걸로 보아 분명 안에 있을 텐데 웬일일까?

"강식이 자네?"

이번에는 노크를 해봤다. 그때였다. 방문이 확 열리며 강식의 일그러진 얼굴이 아버지를 꼬나보았다. 방안 공기가 탁해 보였다. 담배 냄새였다.

"왜서 담배 냄새가 나는 게가?"

배승태는 이해할 수 없다는 듯 고개를 갸웃뚱거렸다. 그때 아들 입에서 쌩한 목소리가 튀어나왔다.

"와 자꾸 시끌 떠시능교?"

처음 들어보는 말투였다. 그 버릇없는 말투가 방안의 담배 냄새와 연결되는 순간 배승태는 아찔한 현기증이 일었다. 거실이 빙빙 돌았다. 저게 내 자식인가 싶었다. 강식이 방문을 쾅 닫았다. 한참동안 제자리에 서서 정신을 가다듬은 배승태는 다시 방문을 열었다. 강식은 빳빳이 서서 아버지를 꼬나보기만 했다. 배승태는 치미는 화를 눌러 참으며 조용히 물었다.

"늬한테 무슨 일이 생긴 게가?"

"……"

"늬 언제부터 담배를 피웠네?"

"……"

"기동안 말 잘 듣고 공부도 잘 했더랬는데 왜서 이러디?"

"말하기 싫소. 퍼뜩 잠이나 자소."

강식이 소리쳤다.

"메야 이 간나새끼! 기거이 애비한테 할 소리가?"

배승태는 강식의 뺨을 치며 소리를 질렀다. 가슴이 떨리고 목이 탔다. 책상을 메치고 다리를 분질러 치켜들었다.

"고맙다 이 간나새끼! 늬놈도 에미년처럼 놀아나갔다 이거디? 나도 살기 싫은데 잘됐구나야 이 간나새끼!"

"어무이를 누가 저리 만들었는데 그라요?"

"머이?"

"아부지가 한번이나 우릴 식구로 생각했능교? 우리가 남이지 식군교? 아부지 식군 이북에 있잖소."

배승태는 책상다리를 방바닥에 팽개치며 소리쳤다.

"맞디. 리북에 있는 거이 내 식구디. 네깟 종자들은 남이디. 암 남이구말구."

"그라믄서 와 날 나무라능교? 내가 담밸 피등가 술을 마시등가 와 상관잉교? 내사 나미 새끼 아닝교? 북쪽 자식이나 실컷 사랑하소."

"기럼. 기렇구말구."

배승태는 방을 나와 문을 쾅 닫았다. 여전히 가슴이 떨렸다. 서러운 생각이 가슴을 쳤다. 강식이 왜 저럴까? 왜 갑자기 반항하는 걸까? 중학생일 때 일시 부모 말을 거역하고 싸움질로 말썽을 부린 적이 있지만 고등학교 상급생이 되고부터는 마음을 잡고 공부에 열중하던 강식이였다. 얼마전까지만 해도 아버지를 따르던 착한 아들인데, 아무래도 도화가 불을 지핀 모양이었다.

기노므 에미나이가 일을 낼 모양이군 기래.

배승태는 도로 아들 방으로 들어갔다. 강식은 멍하니 의자에 앉아 있었다. 뭘 곰곰이 생각하는 모양이었다. 곁으로 다가간 배승태는 살며시 아들 어깨에 손을 얹으며 물었다.

"착한 우리 강식이가 와 이러네? 갑자기 왜서 심통이 난 게가?"

"……"

"엄마가 뭐라구 핸?"

"……"

"솔직히 말해보라메. 아빠가 멀 섭섭히 핸?"

"다 싫심더. 아부지도 어무이도 다 밉심더."

"왜서디?"

"두 분 다 저를 자식으로 여겼능교?"

"기거이 먼 소리네? 내가 와 여게서 열심히 장사하고 열심히 살고 있는 게가? 막흔 넬 위한 기 아니갔어? 물론 리북 식구가 그립기는 하갔지만서두 기건 늬도 이해했잖네? 늬도 기걸 이해할 만큼 철이 들었으니께니, 안 기렇네? 기러구 늬 엄마도 늬 하나만 믿고 사는 거디 멀 믿고 살갔어. 엄마가 바깥 나들이 하는 건 잠시 기분 푸는 거라메. 그동안 고생을 많이 하셨잖네.

기것도 늬가 이해해야디."

"모르겠심더. 지도 지 맘을 잘 모르겠심더."

강식의 얼굴이 돌덩이처럼 굳어졌다. 그 얼굴에는 아버지는 물론 어머니에 대한 원망도 섞여 있었다. 강식은 지금 아버지에게 솔직한 말을 숨기고 있었던 것이다. 어젯밤이었다. 어머니한테 그 말을 듣는 순간 강식은 어떻게 받아들여야 할지 몰라 머리가 어지러웠다. 난생 처음 들어보는 말이어서 얼른 판단이 서지 않았다.

늬도 철이 들었으모 에미 맘을 이해해얀다카이. 인자 나는 늬 아부지캉 끝장을 볼란다. 늬 아부진 인간이 아이고 무쉰기라. 앞으로 백 년이 간다 캐도 인간이 안 될 인물이지러. 그런 인간하고 먼 재미로 살겠노. 여태까정 늬 땜에 참아왔지만 인잔 더 몬 참겠는기라. 늬 아부지가 언제 내를 마누라로 여긴 적 있노? 늬한테도 맘을 제대로 준 적 있노? 늬를 살붙이로 여긴 적 있노 말이다. 늬나 내나 그 인간한텐 죄 남인기라. 그 인간한테 식구는 오직 북쪽 것들 뿐이지러. 저그들은 끼리끼린기라. 하머 아주 흉한 인간이지러. 그러니까 늬도 맘을 단단히 묵어야 한데이. 알갔제?

강식은 어머니의 말을 듣고 고개만 숙일 수밖에 없었다. 어머니 말을 액면대로 받아들일 수는 없었다. 만날 술에 취해 살고, 집안살림을 팽개친 채 바깥 나들이만 일삼는 어머니가 곱지 않았다. 그런 어머니가 이제 아버지와 헤어지겠다니.

바람이 난 게 틀림없어……

강식은 중학교 삼학년 때 본 그 광경을 아직 잊지 못하고 있었다. 과외수업을 마치고 밤늦게 집 근처 공원길을 걸어갈 때였다. 보안등 불빛이 희미하게 반사된 숲속에서 두런거리는 소리가 들려왔다. 숲이 우거진 여름철이면 밤중에 종종 보아온 광경이어서 그냥 지나칠 참이었다. 보나마나 풀섶에 나란히 앉아 속삭이거나 기껏해야 입을 맞추는 정도가 고작인데 이번에는 간드러진 웃음소리까지 들려왔다. 낯익은 웃음소리였다. 강식은 반사적으로 몸을 숨겼다. 두 남녀가 어깨동무를 한 채 잔디밭으로 걸어나오더니 한번 뺨을 부비고 나서 각자 헤어졌다. 혼자가 된 여자는 비틀거리며 아파트 단지를 향해 걸어갔다. 어머니의 뒷모습이 틀림없었다.

먼저 집에 돌아온 어머니는 뒤따라 들어온 아들을 보고도 아직 멍한 시선으로 허공만 더듬고 있었다. 밤늦게까지 공부하고 돌아온 아들을 정답게 맞아들이던 평소의 어머니가 아니었다. 저녁을 먹었느냐고 묻지도 않았다. 기껏 어서 잠을 자라는 말만 건성으로 던질 뿐이었다. 영락없이 정신이 나간 사람 같았다. 강식은 그 이튿날부터 난생 처음 불량학생들과 어울려 술을 마시고 담배를 피웠다.

"아부지는 와 어무이 맘을 모르시능교?"

한참동안 생각에 잠겨 있던 강식이 고개를 숙인 채 아버지를 책망했다. 어느새 강식의 눈자위에 눈물이 젖어 있었다. 배승태는 자식의 책망 속에 아버지에 대한 연민의 정이 묻어 있다 싫어 강식이 기특하기만 했다.

“내레 어드러케 늬 오마니 맘을 다잡갔어. 오마니는 원래 나를 안 좋아했어야. 나를 남편으로 여기디 않은 거라메.”

“와요?”

“나를 사랑하디 않았으니께니.”

“와요?”

“나를 인간으로 안 여긴 게야. 나를 빨갱이로 본 거라메. 빨갱이는 전부 나쁜 거디. 독하고 악하고 정도 없는 인간이구. 게다가니 빨갱이는 따지기만 좋아하구, 사람 죽이는 걸 좋아하구. 강식이 늬도 여태까정 기러케 배웠잖네? 빨갱이는 전투적이고 우리 민족을 불행하게 만든 악마, 기러케 배웠잖갔어? 기런 나를 늬 오마니가 진정으로 사랑하갔네?”

“그럼 와 지를 낳았능교?”

배승태의 가슴이 뛰기시작했다. 무슨 말로 대답해줄까? 배승태는 한참동안 생각한 끝에 이렇게 대꾸해주었다.

“기러니께니 아바디는 늬를 불쌍히 여기는 거라메. 불쌍하니깐 더 사랑스런 게구. 내 말 알간? 기러구 부부간의 정하고 자식 사랑과는 다르잖네? 자식을 사랑 않는 부모가 어딨갔네?”

“저를 사랑한다꼬요? 진짜 사랑하는 자식은 북에 있잖은교?”

“머이? 늬놈도 늬 오마니하고 똑같은 말을 하네? 늬놈은 자식이 아니고 머네? 기러구 나는 늬를 위대한 존재로 여기고 있어야. 왜서 위대한디 알간? 대답해보라메. 왜서 위대하디?”

“모르겠심더.”

"빨갱이하고 빨갱이를 싫어하는 사람 사이에서 태어난 자식이니께니 기러티. 기걸 보고 야속한 운명이라고 하잖네? 야속한 팔자, 참 멋지잖네?"

"와 야속한 팔자가 멋진교?"

"기거는 사람을 긴장시키디. 긴장하니께니 싱싱한 게구."

"무슨 말씀인지 도통……"

어느새 강식은 아버지의 말 속에 빠져들고 있었다.

"늬도 알디? 흐르는 물은 싱싱하고 괸 물은 썩지 않갔네?"

"……"

"썩은 물에서 고기가 살 수 있간? 살 수 없디?"

"네."

"인간도 고기처럼 생물이니께니 탁한 데서는 병들디?"

"네."

"기래서 병들지 않으려믄 긴장하며 살아야갔디?"

"그라요."

"예수님이나 석가모님도 탁한 걸 싫어하셨디? 기러니게니 긴장하며 사신 분들이디? 긴장하며 사신 분들이니깐 야속한 운명을 타고난 분들이디? 내 말 맞네? 왜서 늬가 위대한디 인자 알간? 인자 긴장이 먼디 알갔어?"

"……"

"날래 대답해보라우. 긴장이 머겐?

"아부진 쉬운 말을 와 어렵게 설명하시능교?"

"긴장은 멀 창조하려는 힘이 되는 거라메. 기럼 멀 창조한다는 거디?"

"……"

"기걸 찾아야 돼. 위대한 늬가 말이디. 알간?"

"그게 먼데요?"

"나도 모르디. 기러니께니 늬가 창조해야잖갔어?"

"아부지."

"말 하라마."

"아부지는 긴장하고 싶어 총을 좋아하셨능교?"

"머이? 내가 총잡이었다 기런 말이네? 기래서 무식하다 기런 말이네?"

"무식하단 게 아니고, 예수님이나 석가모님을 말씀하시니까……"

"총잡이도 나름이라마. 진정한 총잡이는 종국엔 고통이 먼디를 깨닫게 되는 게야. 고통이 먼디를 설명하면 늬가 알아듣기 힘들 테니깐 더 철들면 얘기해주갔어."

"한가지만 더 묻겠십더."

"말 하라마."

"어무이를 사랑하십니꺼?"

"애정은 별로디만…… 동정심은 들디. 늬 오마니는 생각할 줄 모르는 인간이라메. 머리가 텅 빈 인간이야. 기냥 바쁘게만 살고 있어. 출세가 먼디도 모르면서 허세만 부리는 사람인 게야. 행복이 먼디도 모르면서 행복을 찾겠다고 날뛰는 사람. 기러니께니 내가 늬 오마니를 동정하는 거라메."

"그러니까 엄마 같은 분이 빨갱이가 뭔지 모르는 인간형인교?"

배승태는 갑자기 머리가 멍해졌다. 자기가 머리가 텅 빈 사람 같았다. 빨갱이와 빨갱이를 싫어하는 사람으로 단순하게 구분한 그 이분법적인 사고가 오류일 성싶어 얼굴이 달아올랐다. 내가 너무 경직된 게 아닌가? 너무 독단에 빠져 있는 건 아닌가? 배승태는 재빨리 대꾸하지 못하는 자기가 점점 왜소해지는 것만 같았다. 하지만 그는 자식 앞에서 당당해지고 싶었다. 또 당당할 것만 같았다. 사실 그는 큰 무엇을 노리며 살아왔다는 자신감 속에 살아온 셈이었다. 그 자신감에 대해 설명하라면 얼마든지 말할 수 있을 것만 같았다.

"기러티. 빨갱이가 먼디 모르는 거이 확실하디. 늬 오마니는 빨갱이가 먼디 모르기 따와 남편이 어떤 인간인디 모르는 거라메. 기러니께니 천방지축으로 사는 게구. 기런 여자한테서 어캐 애정이 생기갔네. 하디만 동정심도 애정 아니갔어? 따디고 보믄 기거이 더 큰 애정이갔디."

"더 큰 애정이라뇨?"

"집단을 사랑하는…… 내레 기런 자존심이 강한 게야."

배승태는 허리를 꼿꼿이 세웠다.

벽에 걸린 괘종시계가 새로 한 점을 쳤다. 아들 방을 나온 배승태는 거실 소파에 앉아 혼자 술을 마셨다. 술기운이 오르자 갑자기 울적한 기분이 들었다. 북쪽 가족 모습을 떠올렸지만 어쩐지 그 모습도 반갑지가 않았다. 그런 감정은 처음이었다. 반역, 그렇다. 여태까지 한번도 북쪽 가족을 잊어본 적이 없고, 그리움은 세월이 흐를수록 더욱 간절했는데, 배승태는 그런 반역이 이상하다 못해 두렵기까지 했다. 희망이 사라진 거나 마찬가지였다. 북쪽 가족에 대한 그리움은 꽃이요, 향기요, 아침 햇살이며 그윽한 달빛이었다. 모든 아름다움과 순결과 보람은 그 가족에게서 시원을 이루었고 그 시원을 찾아가려는 의지가 그의 본능인 셈이었다. 그런데 북쪽 가족이 시시하게 느껴지다니. 이럴수록 북쪽 가족이 더 그리워얄 게 아닌가? 왜 그럴까? 왜 이쪽이 불행하면 저쪽도 곱게 느껴지지 않는 걸까?

하지만 그는 그런 의문을 깊이 캐보고 싶지 않았다. 아무 생각도 하기 싫었다. 그저 지금처럼 맹한 정신상태를 녹여줄 술이 탐날 뿐이었다. 배승태는 술잔을 거듭 비웠다. 술맛도 잊은 채 취하고만 싶었다. 지금은 취할 뿐이고 이유와 조리는 나중에 따질 과제였다.

괘종시계가 두 점을 쳤다. 도화는 오늘도 밤을 지새울 모양이었다. 배승태는 또 주방에서 술병을 챙겨왔다. 소주 한 병이 금방 비워졌다. 그때였다. 현관문 따는 소리가 들리고 도화의 풀어진 모습이 나타났다. 옷도 구겨지고 머리도 헝크러진 상태였다. 얼굴에는 술기운이 붉다 못해 검게 절어 있었다. 깊은 밤이라 유심히 바라볼 이웃이 없어 다행이었다. 하기야 항상 밤에만 돌아오니 그 추한 모습을 본 사람이 없을지도 모르지만 소문은 이미 퍼진 상태였다. 도화는 온 동네를 휘젓고 다니며 열

나게 자기 입장을 변명했을 테고 그 결과 동네 여론을 자기편으로 넉넉히 확보했으리라.

지금도 북에 두고온 가족을 생각하우?

너무 그러면 강식 엄마 꼴이 뭐가 되겠수.

자꾸 그러면 반감이 생기는 법이라우.

착한 사람 악처 만들지 말아요.

강식 엄마 같은 사람이 바람이 났다면 그 이유가 뭐겠수?

암 때고 이곳 처자식이 임종을 지켜줄 것 아뇨?

그쪽 아내는 이쪽 아내보다 더 늙었을 거유.

젊어서 헤어졌기에 더욱 추억이 간절하겠지만……

이제 옛날 아내가 아닐 거유. 텔레비에서 못 봤수? 장군님만 떠받드는 꼴을?

모두 아내의 말만 듣고 판단한 충고일 터였다. 배승태는 혼자 벙긋 웃었다. 자기와 하등 관계없는 여론, 누가 자기에게 노골적으로 손가락질을 해도 아무 상관없는 헛손질에 불과할 것이었다.

“또 술을 마신 게가?”

배승태는 소파에 풀썩 주저앉는 도화에게 한마디를 던졌다. 그 말은 항상 입에 붙어 있는 소리였다. 하나의 에티켓이나 다름없었다. 그냥 입을 다물고 있는 것보다야 낫다는 생각이 들어 아내가 취해 돌아올 때마다 사용한 노래의 후렴과 같은 말이었다.

“보모 몰라서 묻노?”

도화가 당당한 목소리로 받았다.

"노래방인디 지랄인디를 다녀왔군 기래?"

"당신은 와 그런 델 싫다카노? 난 요즘 춤도 배우고 있데이. 지루박, 부르스, 도롯도, 탱고, 그 중에서도 탱고는 아주 몸을 뒤트는기라. 당신도 한번 나가보레이. 얼마나 멋있능고 나가보믄 알지러."

"춤을 배운다는 게가?"

"돈을 벌었음 쓸 줄도 알아야제. 늙으모 암 소용 없는 기라. 노세노세 젊어서 노세도 모르나."

"노세고 머고 기건 서양춤 아니네?"

"서양춤이모 어떻고 동양춤이모 어떻노."

"서양춤을 나쁘단 기 아니구……"

"이잔 빨갱이 때를 훌훌 벗고 밝은 천지 밝게 살아보레이."

"머이? 빨갱이?"

"빨갱이카모 어둡잖나. 지옥처럼 어두분 게 빨갱이 아이가. 난 세상을 밝게 살고 싶지러."

"녀편네가 맨날 술을 도가니로 마셔대구, 사내들 붙들고 히히대는 거이 밝게 사는 게가? 기건 배때기 불러개디구 지랄하는 거라메."

"역시 빨갱이 말투군. 늬캉 내캉은 연분이 아닌기라. 일찌감치 구정을 내얀다카이. 미친 인간!"

도화는 꽥 소리를 내질렀다. 그녀는 장사도 당장 때려치우자며 남편을 꼬나보았다. 배승태는 그런 아내를 물끄러미 바라보다가 목소리를 높였다.

“멋대로 하라메. 날래 치우면 내가 편해 좋디.”

“자식도 날래 치우소. 퍼뜩 치우면 몸이 편하겠구려. 강식은 당신 자식이 아니잖소. 강식을 이북 자식만큼 생각했능교?”

도화는 입을 벌린 채 헤헤거렸다. 배승태는 도화가 아주 헤어지기로 작정한 모양이라고 생각했다. 하지만 그 작별이 섭섭하지도 슬프지도 않고 그저 덤덤할 뿐이었다.

2

동호에게 포항생활을 대충 털어놓은 배승태는 한숨을 내쉬었다. 그는 도화와 헤어지지 않으려고 무척 참았다는 말과 자기의 잘못이 크다는 말도 덧붙였다. 그래서 도화한테 잘해주려고 애를 썼지만 도화는 끝내 마음을 돌리지 않았다고 했다.

“오기가 생기더군. 속으로 외쳤디. 네 멋대로 개디랄하라메. 네년이 먼 지랄을 하건 나하군 상관없디야. 암 기러티. 내 맘은 리북 식구한테만 있으니께니. 기러케라도 맘을 다잡고 싶었디. 맘을 제꺽 옹그리디 않군 미치갔더라구.”

배승태는 또 한번 길게 한숨을 내쉬더니 창 밖을 내다보았다. 그는 몇 번 눈을 끔벅거리고 나서 바다에 시선을 던져둔 채 겨우 말을 이었다.

“기래도 가정파탄을 내선 안되겠다 싶어 포항 집과 상가를 팔아개디구 서울로 이사한 게야. 안해가 고향을 떠나 너른 데로 가서 너른 맘으로 살면 사람이 달라지겠디 생각했더랬어. 기런데 서울에 와서도 몇 해 지나니깐 다시 집을 비우기 시작한 게야. 에미나이는 아주 약은 인간이라메. 정을 모르는 여자였디. 사람을 리용가치로만 따진 게라구. 서울로 간 거이 되레 잘못이었어. 얼굴이 반반하고 넉살이 좋으니께니 여게저게 안 낀 데가 없었어. 선거 때마다 쏴다니더만 무슨무슨 감투도 쓴 모양이야. 무슨 회장, 무슨 자문위원, 무슨 고문, 무슨 상무이사, 세상이 요지경이디. 쎄미나 한답시고 사내들과 어울려 밤을 새기 일쑨 게야."

"그거야 사회활동이지……"

"사회활동? 기거이 머네? 오른 일을 하는 거이 사회활동 아니갔어? 사회를 올바르게 발전시키는 일이 사회활동 아니네? 비뚤어진 걸 바로세워서 공익을 창출하는 거이 목적이잖네? 제도적으로 취약한 곳을 가려개디구 어루만지고 개선하는 봉사가 사회활동 아니갔어? 나보다 먼저 남을 생각하는 거이 사회활동 맞디? 긴데 끼리끼리 명분을 내세워 이권을 챙기고 심지어 국가 예산까지 요령껏 뜯어먹는 거이 사회활동이네?"

배승태의 목소리가 점점 높아졌다. 동호는 잠자코 들어주다가 말머리를 돌렸다.

"아들은 지금 뭐하는가?"

"자식이 떠나디만 않았어도 안해와 안 헤어졌갔디."

"아들이 떠나다니?"

"군대를 제대하고 집에서 놀다가니 몰래 사라졌어. 벌써 칠 년째야."

수소문을 했디만 소식이 감감하디. 에미나이도 모른다는 게야. 죽었는지도 모르갔어. 기놈이 성깔은 더러도 맘은 고왔디."

"도화 씨와는 아주 헤어졌는가?"

"기럼."

"헤어진 걸 후회하진 않나?"

"후회가 머네. 거더 강식이 생각만 간절하디."

"아들 걱정은 말게. 아마 어디에 숨어서 잘 지낼 걸세. 나중에는 꼭 아버지를 찾아올 거라구. 그게 핏줄이지."

"기럴까? 어드러튼 내 잘못이 크디야. 맨날 에미나이한테 신경을 쓰다보니께니 기놈한테 소홀했거든."

배승태는 앉은 자세를 가다듬었다. 그는 동호가 따라준 술을 마시고 나서 강식에 대한 이야기를 덧붙였다.

고등학교를 겨우 졸업한 강식은 진학을 포기한 채 싸움질로 세월을 보냈다. 스무살이 가까워져서는 논다니들과 어울려 술에 젖거나 오토바이를 타고 질주하는 게 일상이 되다시피했다. 점점 성격이 포악해진 강식은 오토바이를 더 사납게 몰고 다니며 여자 희롱까지 일삼았고 그 일을 아버지 앞에서 떳떳하게 지껄였다. 한번은 시골 외딴 도로에서 농촌 처녀를 태워다 산 속에서 겁탈했노라고 일부러 자랑삼아 떠들었는데 강식은 아버지를 그런 식으로 괴롭혔다. 그는 술을 진탕 마신 채 오토바이를 타고 마당 정원을 쑥대밭으로 만들어놓고 이렇게 소리치기도 했다.

공비도 마누라를 팽개치능교?

그때 배승태는 화를 참으며 에멜무지로 대꾸해주었다.

"내가 팽개친 거이 아니고 네 에미가 스스로 나간 거 아니네?"

그 말을 들은 강식은 며칠 뒤 짐을 챙겨 집을 나갔고 아들을 기다리던 배승태는 이듬해 재산을 정리해서 서울을 떠났다.

동호는 배승태의 손을 잡아주었다. 바다에는 어둠이 깔려 있었다. 동호는 바다를 내다보며 옛날의 밤바다를 떠올려보았다. 캄캄한 바다, 고적한 바다, 파도소리만 우굴대던 바다, 그게 육십년대 후반의 밤바다 모습이었다.

"내레 갈 데가 어데간? 생각해봤디. 기때 떠오른 거이 여게야. 진작 생각 못한 거이 후회되더군. 내가 전사로서 투쟁한 곳, 투쟁하다 검거된 곳, 여겐 내 피와 꿈이 꿈틀대던 곳이디. 자넨 내 맘을 알갔어?"

"알고말고지."

"기러구 자네와 매일 만났던 유치장도 그리운 곳이디. 철창을 사이하군 밤새 얘기하던 시절 말이네."

"자네가 이북 생활을 회상하던 장면이 지금도 눈에 선하군. 특히 연애시절을 회상할 때면 자네 몸에서 불꽃이 타올랐지. 꼭 미친 사람 같았어."

"황홀했디야. 지금은 리북생활이 떠올라도 기때처럼 황홀하디 않아."

"당연하지. 그땐 절박한 환경이었으니까."

동호는 지금도 어느 겨울밤의 추억을 잊지 못한다. 배승태가 상부기관에서 조사를 받고 강릉경찰서 유치장에 수감된 지 한 달쯤 지나서였다. 그날 밤 동호는 여느 때처럼 밤이 깊어서야 배승태가 입감된 십일 호 독방을 찾아갔다. 그런데 웬 일인지 그의 얼굴에는 미소가 번져 있었다. 이북에 두고 온 가족을 생각한 게 틀림없었다. 이북에는 젊은 아내와 어린 아들이 하나 있는데 그는 행복했던 추억담을 틈이 날 때마다 자랑삼아 지껄이곤 했다. 특히 아내 윤희정의 모습을 회상할 때는 얼굴이 벌겋게 달아올랐다.

"달밤에 집체로 춤 출 때는 안해가 젤 고왔디랬시오."

윤희정은 근동에서 보기 드문 미모인데다 대학을 나온 지성인에 성분이 좋은 당 간부의 딸이었다. 포항에서 초등학교만 나와 농사를 짓다가 의용군에 입대한 배승태로서는 훗날 이북에서 대학에 다니는 혜택을 입긴 했지만 너무 과분한 배필이었다. 하지만 남파 요원으로서는 그만한 대우를 받을 수 있는 혜택이 주어졌다. 대개 학교나 작업장이나 영화관 같은 데서 만나거나 책을 빌려주는 구실로 만나 연애하는 게 보통이지만 특수요원의 경우는 선택된 처녀를 중매 형식으로 만나는 경우가 많았다.

"첨엔 편지로 마음을 전했디랬시오. 기러다가니 동뚝이나 영화관에서 만나곤 했시오."

배승태는 윤희정과 만나던 장면을 떠올리며 미치겠다는 말을 반복했다. 단신으로 의지간 없이 지내온 터라 아내에 대한 애정이 남달랐다. 아내의 숨결과 체취를 맡아야 생기가 살아나는 그였다. 아내는 곧 분신이나 진배없었다. 윤희정이 잠시 문밖만 나가도 날래 다녀오기오 하고 재촉했고 그녀가 곁에 없으면 어쩐지 불안하고 허전했다. 배승태는 지금도 윤희정이 써 보낸 연애편지 구절을 달달 외울 정도로 그녀를 그리워하고 있었다. 그날 밤 배승태는 윤희정의 연애편지 첫 구절을 종이에 적어 직접 읽어주기까지 했는데 목소리가 떨리고 눈에서는 불꽃이 튀었다. 〈꿈결에도 그리운 배승태동무에게〉라고 쓰기 시작한 윤희정의 편지에는 전투적인 내용이 다분했다.

> 오늘도 잎새 푸른 훈련장을 결전의 전야로 신천의 언덕으로 생각하고 무거운 혁명위업의 대로 속에 자신을 세우며 산야를 주름잡아 달리는 동무에게 어제인 듯 아니 방금인 듯…….

배승태는 연애시절의 추억 한 토막을 털어놓기도 했다.

그가 윤희정과 처음 만난 곳은 동뚝길이었다. 동뚝은 새로 정리된 논둑이나 개울둑처럼 생겼으며 폭이 넓고 높아서 적의 탱크 등 공격 병기의 전진을 막는 방어벽 역할도 했는데 청춘남녀들은 대개 그런 조용하고 은밀한 곳을 만남의 장소로 애용했다.

"색자를 신고 옹군달빛 속을 걸어오는 안해의 모습은 선녀같았시오."

색신을 신고 보름달빛 속에 나타난 윤희정은 배승태의 머리 속에 가장 추억 어린 화면으로 각인되어 있었다. 그 화면은 세월이 흘러도 색깔이 바래지 않았다. 그녀의 얼굴 모양, 머릿결, 잘록한 허리, 걸음걸이, 목소리, 발자국 소리, 치맛자락의 흔들림, 흰줄이 그어진 검은 헝겊신, 달빛이 자욱한 동뚝길 등, 그 모든 색깔과 소리와 향기는 바로 배승태의 체질 요소가 된 셈이었다.

그들은 나란히 동뚝 풀밭에 앉았다. 배승태는 다소곳한 윤희정의 앉음새가 고와보였다. 그는 무슨 말부터 꺼낼지 그 실마리를 잡지 못하고 가슴만 태웠다. 가장 아름다운 말, 가장 감동 어린 말을 꺼내얄 텐데 그 말을 찾기가 힘들었다. 윤희정 역시 마찬가지였다. 남자가 건네올 말에 어떤 식으로 대꾸할지 몰라 마음이 조마조마했다. 그들은 서로 숨소리만 흘리며 새싹이 파란 들판과 안개 낀 계곡과 물비늘을 날리는 개울과 하늘의 별빛만 번차례로 바라볼 뿐이었다. 그들은 숨이 막혔다. 그 숨통을 먼저 터준 쪽은 배승태였다.

"희정동무의 꽃치마가 참 곱습네다."

배승태는 자기의 첫마디가 좀 어색한지 "아바디께서 당 사업을 하신댔디오?" 하고 이내 말을 보탰다.

"큰아바디가 당일꾼이시고 아바디는 기업소 직장장입네다."

윤희정의 대꾸는 간단했다. 다시 침묵이 흘렀다. 배승태는 말문이 막히자 고개를 들어 하늘을 바라보았다. 그러자 윤희정이 손가락으로 하늘을 가리키며 말했다.

“저건 무슨 별자립네까?”

“제일 밝은 걸 보니께니 북두칠성 같습네다.”

“아바디께서 말씀하셨시오. 승태동무레 저런 별이 될 거라구요.”

배승태는 그 말에 금방 가슴이 두근거리고 팔뚝에 힘줄이 솟았다. 긴장 탓인지 몸도 떨렸다. 또 윤희정은 배승태의 손을 잡아주며 굳센 목소리로 말했다.

“승태동무레 수령님께 감사하얍네다. 중학교도 못 다닌 동무를 수령님께서 대학에 보내셨잖습네까. 대학생 중에서도 가장 빛나는 학생으로 키우셨잖습네까. 기러구 인민의 영웅으로 만드셨잖습네까. 저 하늘을 보시라요. 승태도무를 저 별처럼 키운 거이 바로 수령님 아니십네까? 기러티오?”

배승태는 자세를 곧추 세우며 군인이 상사에게 신고하는 목소리로 말했다.

“내레 위대하신 수령님의 뜻을 받들어 최수복 영웅 같은 전사가 되겠습네다. 충성의 열다섯 발자국을 찍은 그 자욱 그 자세처럼 달리고 또 달려서 조국통일 과업을 이루겠습네다. 기러구 그만한 정신으로 희정동무를 사랑하겠습네다. 희정동무레 꽃처럼 별처럼 곱디오.”

배승태는 가슴이 오그라드는 것만 같았다. 숨이 막혔다. 하늘에 대고 수령님 고맙습네다 라고 외치고 싶었다. 그는 삼베누더기를 걸치고 나뭇지게를 지던 어린 시절이 떠올랐다. 고향 들판에서 자기네 논은 한 다락도 없었다. 장리쌀을 갚기도 힘든 가난이었다. 그의 아버지가 장돌뱅이가 된 것도 농사치를 장만하고 싶어서였는데 장돌뱅이가 되어야 세상사에 눈을 뜰 수 있고 눈을 떠야 잘 사는 궁리를 할 수 있었다. 물감통을 메고 장터마다 찾아다니며 형형색색의 안료를 팔아온 지 십 년이 가까워질 무렵 아버지는 열일곱 살 된 배승태에게 이런 말을 했다. 남들은 의용군 입대가 끌려가는 입장일 테지만 너는 자원하는 입장이 돼야 한다. 영광스런 선택 말이다.

"오날 희정동무를 만난 건 제 아바디 공로디오."

배승태는 윤희정의 고운 손을 덧싸쥐며 떨리는 목소리로 말했다. 따지고보면 윤희정처럼 미인인 데다 대학을 나온 처녀와 연애를 하고 영웅 칭호를 얻을 수 있는 기회를 얻은 것도 아버지 덕이었다.

그들은 하루가 멀다하고 만났다. 결혼식은 처음 만나고 반년이 지나서 치러졌다. 그리고 일주일 후에 희정의 큰아버지 댁에서 결혼을 축하하는 피로연이 열렸다. 온 집안 식구와 친척과 친구들이 모여 장래를 축복해주었다.

"오날 반살기는 조카사위가 된 배승태 동지를 위해 리당비서 동지께서 특별히 차린 거라메."

윤희정 아버지가 먼저 서두를 꺼냈다. 힘찬 박수가 터져나왔다. 술잔이 돌면서 분위기가 더욱 익어갔다. 여기저기서 신부에 대한 덕담이 오갔다. 한결같이 윤희정을 근동에서 가장 예쁜 미인이라고 칭송할 때마다 배승태의 가슴은 터질 듯 부풀어 올랐다. 이 세상에서 자기보다 더 행복한 사내는 없을 것만 같았다. 그의 눈에 갑자기 눈물이 맺혔다. 자기의 행복한 모습을 보여줄 부모가 곁에 없었던 것이다.

"기런데 자수하갔어?"

배승태는 하얀 이를 드러내며 웃었다. 동호는 이제야 그 당시 배승태가 자수를 부인한 이유를 알 것 같았다.

"그래서 비밀스런 말도 거침없이 꺼냈었군? 신변에 위해가 됐을 텐데 말야."

물론 동호한테만 비밀스런 말을 했고 동호는 그 비밀을 숨김으로써 그의 신의에 보답했지만 그때부터 동호는 배승태를 더욱 신임하게 되었다. 배승태가 유치장에 입감 된 직후였다. 취침시간 무렵 동호가 감방으로 찾아갔을 때 배승태는 연필로 무엇인가를 열심히 쓰고 있었다. 북에 두고 온 처자식에게 쓴 편지라고 보여주며 히죽히죽 웃었다. 보낼 수 없는 소식인 줄 알면서 그냥 써봤을 그 편지에는 어이없게도 이런 글이 적혀 있었다. 자랑스런 인민의 전사로서 당당히 싸우다 죽겠다!

"술을 들디 않고 먼 생각을 골똘히 하네?"

배승태가 동호의 표정을 살피며 술잔을 내밀었다. 동호가 잔을 받자 배승태는 술을 채우고 나서 느닷없는 말을 꺼냈다.

"기놈들은 지금 어데 사는디 모르갔어."

"그놈들이라니?"

"뉘긴 뉘야 어부들 말이디."

동호는 그제야 송두문과 황억배를 두고 하는 말임을 알아차렸다. 그는 왜 새삼 배승태가 그들을 생각했는지 그게 궁금했다. 그리고 그들이 지금 양심에 어떤 갈등을 느끼고 있을까를 생각하니 동호 역시 그들을 만나보고 싶은 생각이 불쑥 솟아났다. 지금도 검거 주장을 고집할 것인가? 보상금을 어떻게 썼을까? 동호는 여러 가지가 궁금했다. 또 무엇보다 그들이 지금은 배승태사건에 대해 어떤 생각을 하고 있는지 그게 궁금했다. 왜 진작 그들과 만날 생각을 못했는지 후회스럽기도 했다.

"기네들 이름이 머랬디?"

"송두문, 황억배."

"기래 맞아."

"그런데 왜 갑자기 그들 생각이 났는가?"

"재판 받을 때를 생각하니깐 기네들 생각이 난 거라메."

"재판? 그긴 왜?"

"웃음이 터질 뻔했디. 내가 총을 쐈다고 우기던 놈, 기거이 누구디?"

"송두문."

"기놈 대단한 놈이었어. 보상금이 탐나개디구 기랬더랬디?"

배승태가 껄껄껄 웃었다. 동호도 따라 웃었다. 동호의 입에서는 배승태보다 더 유쾌한 웃음이 터져나왔다. 그는 뱃살을 잡기까지 했다.

"와 기러네?"

웃음을 멈춘 배승태가 의아스럽다는 표정을 지었다.

"자넨 몰라도 돼. 그럴 일이 있었어."

동호는 또 뱃살을 잡고 웃었다. 송두문과 황억배의 다투는 목소리가 몇 십년이 지난 지금도 귀에 쟁쟁했던 것이다. 언도공판이 가까워질 무렵이었다. 사천지서에서 기다리던 경비전화가 걸려왔는데 종적을 감췄던 황억배가 움막으로 숨어들었다는 기별이었다. 우선 멀리서 동정만 살피도록 당부한 동호는 급히 지프차를 몰았다. 황억배를 만나면 검거 주장에 대한 의심이 풀릴지 모를 일이었다.

송두문네 집에 도착했을 때는 해가 막 중천을 넘어서는 중이었다. 동호는 포구 쪽에 차를 세워놓고 주변을 살피며 송두문네 쪽으로 다가갔다. 초가집 토방에는 흑고무신과 헌 운동화가 짝지어 놓여 있었다. 사립문 안으로 들어선 동호는 발길을 멈추고 창호지 문짝 가까이로 귀를 세웠다. 두런거리는 소리에 섞여 이따금 쇠젓가락 소리가 들려왔다. 막걸리를 마시고 있겠지, 동호는 귀를 문 쪽으로 더 가까이 가져갔다. 그때였다. 갑자기 황억배의 쉬어터진 목소리가 발끈했다.

"이놈 보게. 그걸 말이라구 혀? 날 내쫓은 니놈 속을 모를 줄 알구?"

"니놈이 숨어야 조리가 설 팅게 꺼지라고 헝 건디 워쩌자구 악써 이놈아!"

송두문도 목소리를 높였다.

"뭐이 워쪄? 실인즉슨, 보상금 타서 혼자 팔자 고칠려고 수작을 부리구선 뭐이 워쪄?"

"보상금 좋아허네. 니놈이 주둥아리를 함부로 놀려서 다 글러먹었는디 무슨 놈의 얼어죽을 보상금여."

"입조심 안 헝 게 뭐가 있어 이놈아. 모다 니놈 시키는 대로 혔잖여? 공비 팔목쟁이를 비틀었다고 혀라 허걸레 그러큼 말을 꾸며대기두 허구, 먼 디로 도망가라고 허걸레 충청도까정 가서 숨어주기두 허구. 그런디두 이러큼 날 박대혀? 쌍놈!"

"육갑떨지 마. 니놈이 시건방지게 실인즉슨 허구 나서는 통에 다 눈치채고 자수로 처리허게 됐다는 거여."

"이놈 또 사람 잡네. 재판정이서도 니놈이 밥 보재기 말을 꺼내는 바람에 상금은 받은 거나 진배없다는디 또 벌겋게 속이는 것 좀 봐. 이 낮도깨비 같은 놈아, 죽어서도 불구덩이로 빠질 노릇이지 아무리 돈에 환장혔기로서니 총을 쐈다고 그짓말을 혀? 아무리 빨갱이라 혀도, 한 뱃속것들인디 그러큼 목을 옭아매 쓰겄냐 그 말여."

"이놈이 맘 한 번 착허게 쓰네. 그래 배곯아 죽는 게 낫냐 보상금 타 먹는 게 낫냐?"

"허면, 배곯는다고 사람을 죽여도 쓰는 벱여?"

"이놈아, 총은 안 쐈다 혀도 먹다 남긴 밥을 부뚜막에 놔둔 건 사실 아녀?"

"그것보담은 총을 안 쏜 게 더 중허잖여?"

"하여튼 우리 이러키 싸워서 피차 이득 볼 게 뭐겄나. 이참에 자넬 푸대접헌 건 내 잘못이다 치고 먼점 사과함세. 그저 가난이 죌세."

갑자기 방안이 조용해졌다. 송두문의 사과 발언에 황억배의 부아가 금방 수그러진 모양이었다. 덩달아 마음이 가라앉은 동호는 이번에는 거적으로 만든 부엌문에 허심한 시선을 던졌다. 손때 묻은 거적문의 궁상기가 눈물겨웠다. 하필 왜 우리 밥을 훔쳐먹으러 이 가난한 부엌을 찾아왔소 하고 투정부리는 듯한 거적의 울상이 가슴을 쳤던 것이다. 도저히 연행할 마음이 내키지 않았다. 동호는 그냥 발길을 돌리기로 마음먹었다. 그리고 막 사립문 쪽으로 걸어가려던 참인데 방에서 또 말소리가 들려왔다. 이번에는 활달한 목소리였다.

"그러구저러구 참 이상헌 일이구먼. 작대기에 설맞고서도 지 손으로 권총을 뽑아줬응게 말여. 증말이지 총뿌리를 이쪽으로 대는디 영락읎이 죽는 줄만 알었당게. 그런디 말여 두 숨 세 숨이 돼도 총이 불을 안 뿜더란 말여."

"난 아예 눈을 딱 감아버렸구먼. 인자 죽었구나 혔응게."

"말도 말어. 거기 있어도 죽을 거구 도망쳐도 죽을 거구 참말로 환장허겄더라구. 우리가 따로따로 쳐야 허는디 한꺼번에 달겨드는 바람에 작대기가 엉킨 거여. 그렁게 등짝으로 빗나간 거라구. 그 작자 목쟁이를 안치고 작대기끼리 부딪쳤응게 환장헐 노릇이지 원참."

"그런디 말여, 그 작자가 워째서 총을 우리헌티 줬는지 정말 귀신이 곡할 노릇 아녀? 자네는 생각혀 본 적 읎어?"

"낸들 알것남. 귀신헌티 홀렸응게 그랬지 워째 그랬을 거여."

"그려두 자네는 엔간히 빠르드먼. 그 작자가 나헌티 총을 중게 눈 꿈쩍헐 새에 칼을 뽑았잖여? 워뜨게 그 난중에 그런 생각을 혔다?"

"이래뵈도 나 휴전선서 철조망 지킨 사람여. 여하튼 귀신 덕을 봉건지 조상 덕을 봉건지 모르겄어."

"워쨋든 몇 푼 타기는 탈 것 같은디, 그 여우처럼 생겨먹은 강 형사 그놈 땜에 일이 들통날까봐 걱정이구먼. 그놈 눈치가 여우보덤 더 빠르단 말여."

"그놈이 우리허구 무슨 억하심정이 있어서 그 지랄이랴."

"혹여 그놈 빨갱이 아녀?"

"맞어, 틀림읎구먼. 빨갱잉 게 공비를 역성들지 워쩌자구 그 지랄로 감쌀 거여. 참 그 육시헐놈 땜에 재수 옴붙었구먼."

"혹여 그놈이 우리가 보상금 타는 걸 배지아파서 그러능 거 아녀?"

"설미 그건 아닐테구, 워찌 보믄 그놈이 양심 바른 놈인지도 몰러. 여하튼 서울서 높은 사람이 온다고 혔씅게 몇 푼은 아닐 거구먼."

"비러먹을, 돈이나 왕창 타가지구 떼부자나 됐으면 좋겄는디."

"여하튼 술이나 마시자구."

또 쇠젓가락 소리가 들리더니 이내 웃음소리가 겹쳤다. 동호는 조용히 마당을 나갔다. 사립문 밖에서 다시 한 번 거적문을 훑어보고 나서 발을 재게 떼어놓았다. 당산 자락을 돌아나오니 저만치 방파제 쪽에 세워진 지프차 보닛이 푸들푸들 마른 잎새 같은 햇살을 흩날리고 있었다. 동호는 지프차를 몰면서 그들이 포상금을 타도록 묵인하는 것이 옳은 일인지를 곰곰이 생각해 보았다. 뻔히 내막을 알면서까지 눈을 감아주는 그 관용이 한갓 객기가 아닐지도 모를 일이었다. 물론 그런 관용은 당국의 비의秘意가 합리화시키고 있는 건 사실이었다. 바로 이틀 전이었다. 과장이 동호를 은밀히 불러 타이르듯 말했다.

"깊이 캐지는 말게. 위에서는 자수든 체포든 진위를 따지기에 앞서 포상 자체에 의미를 두는 것 같네. 일반에게 반공의식과 신고의무를 고취시키는 데에 더 비중을 두고 있는 거겠지. 내 말뜻을 알겠나? 그래서 고위층이 내려와 직접 포상할 것 같다는 거야."

"그럼 배승태는 어떻게 되는 겁니까?"

"정상 참작이 되겠지. 사실 그 문제는 법조문과 상관없는 일 아닌가. 김신조를 어떻게 처우하고 있는지를 알면 뻔하잖아."

과장은 그 말을 하는 동안 미소 띤 얼굴로 동호의 어깨를 툭툭치기도 했다. 동호는 법과 상관없다는 말에 적이 마음이 놓이긴 했지만 그 비의에 마음 한 구석이 허전했다. 세상이 온통 꼭두각시가 춤추는 무대처럼 느껴졌다. 전쟁이 그렇고, 반공이 그렇고, 자기의 정의감 또한 꼭두각시놀음의 각본에 불과하다는 생각이 들었다. 동호는 자기의 판단이 자기 것 같지가 않았다.

배승태에 대한 언도공판이 있던 날 동호는 일부러 공판정에 참석하지 않았다. 뻔한 판결이 나올 것이었다. 일 년 징역이든

십 년 징역이든 의미 없는 판결이라는 생각이 들었다. 비록 사형이 떨어진다 해도 집행에까지는 이르지 않을 것이었다. 어쩌면 배승태 역시 그런 판결을 바라고 있을지 모른다.

사실 배승태의 표정은 밝아보였다. 감방을 찾아간 동호에게 그는 희죽거리기까지 했다. 동호는 그 웃음이 자기를 비웃는 것만 같았다. 기분이 상한 동호는 배승태와 이야기를 나누고 싶지 않아 철책 멀리에서 멍하니 서 있기만 했다. 어서 자리를 뜨고 싶었지만 그와 마지막 보내는 밤일 성싶어 차마 떠날 수는 없었다. 날이 새면 배승태는 다른 교도소로 이송될 처지였다. 동호는 천천히 철창 곁으로 다가갔다. 하지만 입이 쉬 열리지 않았다. 그때 옆 감방에서 "히히힛!" 하고 쌩한 웃음소리가 터져나왔다. 동호는 그 쪽으로 눈을 주었다. 밤이 깊었는데도 아직도 감방은 지렁이처럼 꾼틀거렸다. 켁켁 헛기침하는 사람, 가슴팍의 마른 때를 문지르는 사람, 맹숭맹숭한 눈알을 굴리며 손짭신하는 사람, 미친 듯 혼자 시부렁거리는 사람…….

"그느므 걸 쌍퉁 잘라버링게 속이 시원허등감?"

"하머 시원하제 히힛!"

소리가 나는 곳은 이쪽 벽 구석이었다. 그들은 자기들 잡담에 취해 동호의 거동마저 눈치채지 못하고 있었다.

"그러믄 느이 껀 워쩌구?"

"지년 사타쿠이도 이까 낡시카 버억 긁을라타……"

"사내 좆대가리는 쌍뚱 자르고 즈이 조갑지는 그냥 놔둬? 즈이 계집이 딴 사내허구 포개지능 거 생각만 혀두 쓸개가 녹을 틴디?"

"우짜겠노. 새끼 따머 참아야제."

"으이구, 아무리 새끼가 중혀두 바람 핀 여편네 조갑지를 성케 놔둬? 여이 배알 읎는 멍텅구리 같으니라구."

"멍텅구리사 진짜 늬 아이가?"

이번에는 잰 목소리가 느려터진 목소리를 되받아 넘겼다.

"그건 또 뭔 소리여?"

"늬가 진짜 병신이다 그 말이다."

"워째서?"

"노름을 할라 카모 기술이 있어야제 개뿔도 오기만 가지고 돈 딸 성부르나? 그라고 돈을 날렸으모 깨끗이 손 털 일이제 머한다고 칼부림을 했노?"

"허긴 그려. 허지만 눈깔이 홱 뒤집히는디 워쩔 거여. 그 얌생이 같은 놈이 살살 긁어대는 바람에 꾐에 빠졌응게 얼매나 괘씸혀야지. 그러구 그놈이 더 괘씸헌 건 쪼이로 허면 옛날에 숱허게 혀봤응게 별로 안 잃었을 틴디 그 육실헐 놈이 해필 도리지꾸땡인가 지랄인 걸로 허자구 혀서 소 판 돈을 몽땅 날린 거 아녀?"

느려터진 목소리를 끝으로 그들의 소음은 금세 숨을 죽였다. 간수의 구둣발 소리가 들려왔던 것이다. 인기척에 놀란 개구리 소리마냥 소음이 싹 가셔버리자 죄수들은 몸을 뭉그적거리며 땟국이 희번드르한 마룻바닥에 드러누웠다. 어수선하던 감방에 다시 정적이 고였다.

"재밌습네가?"

배승태의 목소리였다. 그제야 동호는 자기가 미소를 머금고 있음을 깨달았다. 민망해진 그는 웃음을 띤 채 배승태의 말을 받아주었다.

"공비도 그런 말이 재밌소?"

"공비도 사람이디."

그가 처음 동호에게 말을 놓았다. 친밀감의 표시였다. 이제 언도공판도 끝났으니 더 신경 쓸 일이 없는 데다 이송되기 전에 우정이나 맺어두자는 의도 같았다. 동호 역시 새삼 그와 헤어진다는 생각이 들자 외로움 같은 허전함이 느껴졌다. 그가 사라지면 이 유지창에 찾아올 일이 없다 싶어 죄수들마저 새롭게 보였다.

"솔직히 말해주게. 그동안 나를 어떤 인간으로 봤는가?"

동호는 농담처럼 가볍게 말을 던졌다.

"이상해 보였디. 멍청한 바보 같았어."

"고맙군."

"바보를 고맙네?"

"자네보다야 낫다는 소리잖아?"

"머이?"

"자네는 꼭두각시니까."

"기거이 먼 소리네? 날 욕하는 게가?"

금방 배승태의 얼굴이 일그러졌다.

"자네한테 한번쯤 욕을 해도 되잖아?"

“머이?”

“자네는 내 적이니까 말야.”

“기래? 기렇다면 더 센 욕을 하라메. 날 총으로 쏘든가.”

“정말 총으로 쐈으면 좋겠네.”

“강 형사는 날 못 쏠 게야. 기걸 내레 잘 알디. 기래서 강 형사는 바본 게야. 바보니깐 그 바보가 두려운 게구.”

“바보여서 두렵다?”

“기래. 네놈 같은 바본 정말 싫디. 네놈은 마약이니께니.”

“마약이라……”

“지독한 마약이디. 기러니깐 앞으로 우린 만나디 말자우.”

배승태는 입을 다물고 불빛이 뿌연 형광등을 바라보았다. 동호가 창살 사이로 손을 내밀자 두 손으로 덥석 손을 잡아주고 나서 홱 돌아앉았다. 작별의 아쉬움을 배승태는 그런 식으로 짐짓 삭이는 중이었다. 그게 이별의 정표였다. 동호는 그의 뒷모습을 바라보다가 조용히 자리를 떴다.

3

“자네는 기억하나?”

동호가 술잔을 들다말고 배승태에게 느닷없는 질문을 던졌다.

“멀 말이네?”

"우리가 마지막 헤어졌던 밤 말야."

"기억하고 말고디. 나도 방금 기때를 생각했어."

파도소리가 더욱 가까이 들려왔다. 동호는 앉은 채 창문을 열고 캄캄한 수평선을 바라보았다. 갑자기 통통통 소리가 가까이서 들려오더니 어선 한 척이 뒷섬을 스치며 지나갔다. 옛날에는 돛단배가 많았는데 이제는 어선도 모두 동력선이었다. 동호는 옛날의 뒷섬을 떠올려보았다. 지금은 그 바위섬이 모래톱과 연결이 돼 있지만 그때는 물 가운데에 잠긴 외딴 섬이었다. 그 바위에는 가끔 물개가 나타나기도 했는데 동호는 한가한 시간이면 바위 꼭대기에 앉아 책을 읽기도 하고 물에 잠긴 바위틈에서 해삼이나 멍게를 잡기도 했다. 영동고속도로가 생기기 이전이어서 서울 해수욕객이 거의 없던 시절이라 그 아름다운 해변에는 늘 파도소리만 괴괴했었다.

"여기서 지낼 때가 내 인생의 황금기였어."

"기보라우. 자네도 기때가 좋댔디? 기러니께니 여게 사는 나를 생각해보라우. 내레 사는 거이 머갔어. 추억 하나밖에 더 있갔어? 렛날 사생결단으로 대든 곳이 여게가 아니냐 말야. 깜깜한 절벽을 타고 오를 때나 송장 메나르는 상여틀 밑에 눴을 때 먼 생각을 했는디 알간? 조국통일이었디. 내 가족이 한아름 품고 살 통일 말이네."

"가족이 한아름 품다니?"

"무식하긴. 자넨 통일이 메라구 생각하네?"

"……"

"꽂다발 아니갔어?"

"……"

"모르갔거든 잘 생각해보라메. 암튼 기래서 상여터하고 움막터가 떠오른 게야. 맨날 여게 포구에 와개디구 살다시피했디. 기때 에미나이를 만났더랬어. 횟집에서 일하고 있더랬는데 아주 곱고 착했디. 한눈에 반했어야."

갑자기 배승태의 목소리가 떨렸다. 동호가 얼른 술을 따라주자 단숨에 삼키고 나서 말을 이었다.

"당장 움막터를 사서 포구횟집을 지었어. 길코 나중에 상여집을 옮겨주고 거게다 창고를 지었어."

"함께 살고 싶어서?"

"기래."

"이제 다시 장가를 들어야지. 더 늙기 전에."

"장가? 기거이 머가 중하네? 길코 내레 장가들 처지갔어? 인자 머가 신나는 인생이라고 계집 얻어 살간. 거더 괴롭게 살다가니 팍 거꾸러지는 거이 젤루 빛나는 거디."

"빛나다니?"

"기거이 사는 의미 아니간?"

"미친 사람……"

"기럼, 미쳤디. 미치구말구디. 미친 거이 얼마나 멋지누."

배승태가 깔깔깔 웃음을 날렸다.

"자 받아."

동호가 술잔을 내밀자 배승태가 얼굴을 돌린 채 팔만 뻗었다. 잔을 채워주자 후딱 비우고 다시 팔을 뻗었다. 어서 잔을 채워줘, 그런 오기였다. 그 오기가 애처러웠다. 동호는 한 손으로 그의 술잔 들린 손을 감싸쥐고 한 손으로 술을 채웠다.

"강 형사는 행복하네? 출세했디? 얼굴이 부하군 기래."

배승태가 술잔을 비우고 또 따라달라며 팔을 뻗었다. 그 빈 잔을 동호가 낚아챘다.

"보고 싶겠군."

"누굴? 연주년 말이네?"

배승태의 입에서 처음 연주란 이름이 튀어나왔다.

"그분과 얼마 동안 함께 지냈지?"

"꿈이디. 내레 육 년 간 꿈을 꾼 게야."

"그토록 사랑했나?"

"사랑? 머가 얼어죽을 사랑이네? 서로 미쳤을 뿐이래두."

배승태의 눈자위가 붉어졌다. 동호는 고개를 숙였다. 차마 배승태의 얼굴을 바라볼 수 없었다. 무슨 말로 저 영혼을 위로해줄까?

"지금 날 동정하는 게가? 절대 날 동정하디 말라우. 내레 아직도 통일전사야. 알간? 당장이래도 네 목을 찌를 수 있어. 알간?"

"떠들지 말고 술이나 따라!"

동호가 술잔을 내밀며 소리쳤다. 배승태가 술을 채워주자 동호는 술 잔을 입으로 가져가다말고 멍하니 잔 속에 담긴 술을 바라보았다. 술이 연주의 눈물 같아보여 그 맑디맑은 액체로

온 몸을 적시고 싶었다. 그런 용기를 부려보고 싶었다. 용기, 그렇다. 그런 만용으로라도 그는 자기의 죄업을 용서받고 싶었다.

"와 울상이네?"

갑자기 배승태가 소리쳤다.

"머가 슬픈 게가? 늬 같은 간나새끼가 슬픔이 먼딜 알간? 배때기에 기름살 쪄개디구 슬픔이 먼딜 알갔어? 게우 낭만을 개디구서리……"

동호는 배승태의 꾸지람이 숫제 고마웠다. 뺨이라고 쳐줬으면 좋을 것 같았다.

"낭만이 아니라 사연일세."

"사연? 기래 늬깟 거이 먼 사연이 있네?"

"나한테도 슬픈 사연이 있잖겠나?"

"배부른 소리 말라우. 늬깟것들은 슬픔이 먼디를 몰라."

배승태가 침을 뱉듯 말을 내뱉었다. 그 말이 동호의 가슴을 찔렀다. 사실 연주에 대한 죄책감 역시 스스로 위안을 받기 위한 수작에 불과할지 모를 일이었다. 동호는 지그시 눈을 감았다. 보따리를 끌어안고 걸어오는 연주의 모습을 상상하다가 그녀의 발자취를 추정해보았다. 어머니가 돌아가신 해인 1970년에 처음 집을 나간 후로 지금까지 행방불명이 된 셈이었다. 영월댁의 말대로 팔 년 전에 여기에 왔다면 자기를 찾기 위해 서울에서 지낸 일 년을 빼고도 이십 년 동안 어디에서 무엇을 하며 지냈단 말인가.

낯선 세계

1

연주의 병세가 좋아질 무렵 동호는 서초경찰서에 근무하는 후배인 구 경사에게 전화를 걸었다. 송두문과 황억배의 거처를 알고 싶었다. 이튿날 아침 구 경사한테서 전화가 걸려왔다. 그런데 찾기는 찾았지만 무척 힘들었노라고 엄살을 떨었다.

"다음부턴 쉬운 일을 부탁하세요."

"쉬운 일이면 왜 경찰에 부탁해."

동호는 수고했다는 말을 덧붙여주었다.

"송두문은 현재 서울에 살고 있고요 황억배는 공주 근처에 살고 있답니다."

"두 사람 직업은?"

"현주소만 알아봐달라고 하셨잖아요?"

“형사가 왜 그리 둔해? 더 캐봐서 남 주나? 나는 옛날에 선배가 한가지를 물으면 열 가지를 대답했어. 요새 직원들한테 물들었나본데 요샛사람들은 단순해서 탈야.”

동호는 그와 더 노닥거리고 싶어 일부러 시비를 걸었다.

“뻔한 말씀 마세요. 선배님 시절보다야 요새 직원들이 훨씬 똘똘하죠. 그 시절엔 모두 졸거나 더듬었잖아요?”

“더듬다니?”

“잘 안 보여서 더듬고, 더듬으라고 하니까 더듬고, 더듬기 좋아해서 더듬고.”

“무슨 말인지 잘 모르겠군. 더듬었다고 하길래 나는 여자 사탱이를 먼저 생각했지. 암튼 자네 똑똑해졌네. 요즘 근무자들은 똑똑한 걸 좋아한다며?”

“그건 무슨 말씀이죠?”

“피장파장일세. 어려운 말은 어렵게 받을 수밖에.”

“똑똑한 사회니까 똑똑해야죠.”

구 경사가 한마디를 불쑥 내밀었다.

“그럼 나도 한마디하지. 그땐 미련한 사회였으니까 미련했던 거구.”

저쪽에서 껄껄껄 웃는 소리가 들려왔다. 유별난 후배, 명문대 철학과를 나온 그는 학문에 정진하지 않고 졸업과 동시에 경찰관이 되었는데 경찰생활 딱 오 년만하고 석박사과정을 시작한다더니 벌써 삼십 년을 넘기고 있었다.

동호는 구 경사를 미스터 구라고 부르다가 나중에는 구평이라고 불렀다. 원래 이름은 구조평이어서 조를 빼고 구평이라고 불렀는데 이름에 계급을 달아 부르고 싶지 않아 그냥 구평이라고 압축했던 것이다. 사회적인 간판이 없는 순수한 개체로 여겨야 그를 상대하기가 수월했다. 합기도 3단인 그는 원래 서울 기동대에 소속되어 있었는데 데모진압이 싫다며 시골 근무를 자청했던 인물이다. 시골에서 서울로 발령 나기가 별 따기보다 힘든 판국에, 더구나 기동대 근무를 마치면 서울의 일류 경찰서에 배치될 텐데 그걸 마다하고 좌천길을 택했으며, 강원도에서도 춘천이나 원주를 마다하고 기왕이면 바닷바람이나 쐬자며 외딴 동해안 근무를 지원한 인물, 그야말로 괴짜였다.

동호가 구평을 처음 만난 것은 강릉경찰서에서 근무할 때인 1970년대 후반이었다. 그와는 나이와 계급을 떠나 친구처럼 지내온 사이로 그와 어울린 지 일 년쯤 지난 어느 해 봄이었다. 퇴근 후에 교동에서 동료들과 술을 마신 동호는 자정이 넘자 숙직실에서 잠을 자기 위해 경찰서 쪽으로 걸어가고 있었다. 통금에 묶인 아스팔트길은 발자국 소리가 울릴 만큼 조용했다. 도로 양 켠으로 펼쳐진 들판에는 대여섯 개의 방범등이 어둠을 밝히고 그 잔영이 파출소 건물을 희미하게 드러내고 있었다. 왜 파출소에 불이 꺼졌을까? 그런 생각을 하며 터덜터덜 걸어가는데 어둠 속에서 사위스런 목소리가 들려왔다. 어느 후미진 시골길에서 들었다면 소름이 끼칠만큼 음침한 목소리였다.

"구평이지?"

동호는 어둠 속에 대고 소리쳤다.

"네 접니다. 한잔 하셨군요?"

"했지. 그것도 아주 많이."

"쉬었다 가시죠."

"또 인생론을 강의할려구?"

"여기에 삶은 문어하고 초장이 있습니다."

"술도 있겠군."

가까이 다가가자 구평의 모습이 드러났다. 그는 출입문 밖 정원석 안반에 앉아 혼자 술을 마시고 있었다. 출입문은 활짝 열려 있고 소내근무석에서 간들거리는 감씨 만한 촛불 하나가 벽과 책상 위에 우중충한 환영을 그리고 있었다.

"자네를 어서 파면시켜얄 텐데."

"자의로는 물러날 수 없으니 타의로라도 구제해줬으면 해요."

"왜 전등을 끄고 촛불을 켰는가? 전화 벨소리가 들리도록 문을 열어놨으니 그걸 근무상태로 인정해야겠군."

"지겨워 죽겠어요. 사람 소리는 고사하고 새 소리도 안 들려요. 공연히 시골 근무를 자청했나봐요. 서울 같으면 지금쯤 파출소가 바글댈 텐데."

"시끄러운 게 좋은가?"

"그게 아니라 여기가 너무 조용하다는 거죠."

"조용하다고? 해변에 쳐진 철조망을 보게나. 그런 말이 나오겠나. 중앙에서는 병력을 자꾸 증원한다네. 자네도 철저한 반공주의자가 되게. 그건 현실적인 문제니까. 현실보다 더 중한 게 뭐겠나."

"그렇게 말씀하시는 분이 배승태 사건을 비현실적으로 다뤘나요?"

"비현실적이라구? 그것관 다르지. 적은 적이고 양심은 양심이고."

"정의는 정의고…… 그 빌어먹을 정의!"

"또 타령인가?"

"드시죠."

굳이 마다하는 동호의 손목을 꽉 잡고 그가 소주를 따랐다.

"콜린 윌슨이라는 사람이 말했죠. 실존주의는 종교와 마찬가지로 타락한 인간이란 개념에서 출발한다고요."

"나 그냥 갈라네. 골치가 띵띵 아픈 사람한테 더 골치 아픈 소릴 해? 나는 무식해서 그런 얘긴 못 알아들어."

"그러니 선배님을 타락이란 눈금에 놓고 재단해야겠죠?"

구평이 동호의 손목을 잡은 채 난데없는 말을 계속 지껄였다.

"저는 자꾸 제 껍질을 벗기고 싶어요. 양파 같은 제 껍질을 벗기고 벗겨서 보이지 않는 속이 나올 때까지 벗기면…… 씨팔 죽고 싶어요. 도대체 저는 어떤 인간인지 모르겠어요. 왜 뚱딴지같은 생각만 하는지 모르겠어요. 남들은 밝은 세계를 찾는데 저는 왜 자꾸 굴속으로 들어가는지 모르겠어요."

"보석을 캐려면 굴속으로 들어가야잖아?"

"히야, 역시 우리 선배님은 멋쟁이야."

"어림잡아 해본 소리네. 자네한테 아부 좀 했지. 그나저나 지금 서울서는 야단이라네."

"이노므 나라는 만날……"

"자네나 나나 월급 받는 것만큼만 생각하며 살자구. 그 이상 생각하는 건……"

"그 이상 생각하는 건 뭐죠?"

"……"

"말씀을 못하시는군요."

"술이나 한잔 더 딸게."

구평이 동호의 빈 술잔을 채웠다.

"이것만 드시고 그만 드세요."

"아부하는 건가?"

"네."

"아부 싫어. 자넨 언제까지나 나한테 시비를 걸어야 해. 내가 썩지 않도록 말야."

"명심하겠습니다."

"그럼 술판을 치우도록 하지. 술 좀 마셨다고 근무 소홀하면 안 돼. 뒤숭숭한 시국인데 주문진 사건 같은 게 안 터지란 법 없네."

주문진 사건은 무장공비들이 국군 복장을 하고 주문진항 임검소를 습격하여 임검경찰관을 죽이고 주민등록증을 탈취해가다 사살된 사건이었다. 그때 동호를 따르던 염 경장이 등에 칼을 맞고 순직했는데 칼자국은 정교하게 빨치산 표시로 찍혀 있었다.

이슥한 밤이었다. 근무교대가 이루어진 임검소에는 염 경장과 순경 한 명과 십대 나이의 사환이 남아 야간근무를 하고 있었다. 밤이 깊어지자 어선이 빽빽이 정박 중인 항구에는 무거운 적막이 쌓여갔다. 순경이 부두 순찰을 돌기 위해 밖으로 나갔을 때였다. 국군 복장을 한 장교와 사병 등 다섯 명이 불쑥 임검소에 들어와 다짜고짜 경찰관을 닦아세웠다.

"당신들 이 따위로 근무하기야!"

"우리 근무 태도가 어때서?"

"상관이 이 따위로 근무시킬 리 없잖아!"

얼떨결에 당한 수모여서 염 경장은 조리 있게 따질 새가 없었다. 군인이 경찰업무에 시비를 걸다니, 자존심이 상한 염 경장은 숨을 돌리고 나서 장교한테 항의 조로 대들었다. 그때였다. 염 경장 뒤에 서 있던 하사관이 단도로 염 경장의 등을 찍었다. 염 경장이 쓰러지자 괴한들은 사환을 책상다리에 묶어두고 주민등록증만 탈취해서 달아났다. 사환은 두려움보다 어서 공비습격사건을 알려야겠다는 생각에 팔목과 손목을 뒤로 묶은 포승을 책상다리 모서리에 문질러댔다. 피가 나는 것도 모른 채 계속 문질러 포승줄을 끊은 사환은 즉시 지서로 달려가 습격사건을 알렸고 순식간에 비상이 걸렸다.

경찰과 예비군이 출동해서 항구를 뒤졌지만 괴한들은 보이지 않았다. 그런데 방파제에 숨어 바다를 응시하던 감시근무자의 눈에 어둠이 깔린 물 위에서 무엇이 어른거리는 모습이 보였다. 그곳을 향해 일제히 총알을 퍼부었다. 그러자 저쪽에서도 응사해왔다. 사격이 끝나고 어른거리던 모습도 사라졌다. 날이 밝자 그곳에는 고무보트 하나가 둥둥 떠 있을 뿐이었다. 지휘관들이 머리를 맞대고 상황 분석에 골몰했다. 그때였다. 한 경찰 지휘관이 부하 직원에게 명령했다.

"총알 구멍을 모두 때워봐. 그리고 보트 위에다 장정 다섯 명 무게만큼 모래 가마니를 실어서 집중사격한 장소에 띄워봐."

작업을 끝내자 그가 또 명령을 내렸다.

"이번에는 방파제로 사수들을 보내 어젯밤 시격했던 위치에서 다시 총을 쏘도록 해봐."

총알을 맞은 보트는 뱅그르 돌다가 모로 기울면서 모래 가마니가 물속으로 가라앉았다.

"됐어!"

지휘관은 환호성을 질렀다. 즉시 주문진 관내에 있는 데구릿배(저인망어선)들과 데구리들이 전부 동원되었다. 잠수복을 입은 데구리들이 공기 호수를 투구에 매달고 물속으로 잠수하자 데구릿배마다에서는 펌프질이 요란했다. 쉴 틈 없이 펌프질을 해야 데구리가 호흡을 유지할 수 있는데 작업하는 어부들의 사기를 돋아주기 위해 막걸리 통이 배달되었다.

"작전을 잘 할라모 술도 무기라카이."

"하머, 하머, 술이 총보다 낫지러."

"아이다. 대포보담도 더 쎈 게 술인 기라."

긴장이 풀리는 듯 싶자 여기저기서 농담이 싹을 돋았다. 그러자 부두에 백절치듯 모인 인파 중에서 나이 든 아낙 하나가 데구릿배에 손짓을 하며 덜퍽진 한마디를 쏟아냈다.

"저기 뽐뿌질 하는 주정뱅이가 우리 영감탱인기라. 참말로 작전 잘하제?"

아낙의 그 말을 동호는 잘 이해할 수 있었다. 그녀의 말은 대다수 어민들의 심정을 대변하고 있는 셈이었다. 사실 어민들은 공비 침투니 토벌작전이니 하는 시국사건보다 어획이 당장 문제였다. 사건을 싫어하는 것도 국가적인 방위개념보다 고기를 잡는데 지장을 주기 때문이었다. 피뜩하면 출항금지다 출항통제다 하고 배를 묶어둬야 하고 그게 아니면 배를 모래톱으로 올려놔라, 배를 선단으로 묶어놔라, 하는 따위의 귀찮은 품을 사주기 때문이었다. 어민들한테는 정말 지겨운 지시였다. 그 화를 은근히 농담으로 풀어냈던 것이다.

한나절이 지나자 드디어 시체를 건져내기 시작했다. 다섯 구였다. 벌써 시체마다에는 골뱅이가 다닥다닥 붙어 있었다.

"에메, 골뱅이 팔아먹긴 영 글렀지러."

어부가 공비의 시체를 발견했다는 데에 자부심이 느껴진 어민들은 그런 말로 자랑을 늘어놓았다. 비록 어패류 판매에 지장을 초래한다 해도 그깟 손해 정도로 애국심을 훼손시키지는 않겠다, 하는 그런 자부심이 묻어 있었다.

구평이 유치장 간수로 발령이 난 후로는 두 사람의 만남이 더욱 빈번해졌다. 범죄심리를 연구한답시고 간수 근무를 지망

한 구평은 술 생각이 날 때마다 동호를 다방이나 술집으로 불러내곤 했다. 그 당시에는 다방에서 위스키를 팔고 있어 가벼운 한두 잔 술은 다방에서 마시게 마련이었다. 특히 겨울에 톱밥을 태우는 난로 옆에서 매캐한 연기 내를 맡으며 위티 잔을 기울이는 재미는 일종의 멋이 되기도 했다. 한창 유행 중이던 위티는 위스키에다 커피를 탄 술인데 찻값보다 훨씬 비싼 술이어서 마담이나 레지는 손님이 들어오면 한 잔이라도 더 팔고 싶어 손님 곁에 바짝 붙어앉아서 향숫내를 풍기곤 했다.

구평이 간수 근무를 시작한지 일 년이 가까워질 무렵이었다. 그날도 퇴근길에 만난 동호와 구평은 다방에 들어가 위티부터 주문했다. 자정 무렵까지 위티 대여섯 잔씩을 마시며 이야기를 나누던 그들은 다방 문이 닫힐 무렵에야 밖으로 나왔다. 거리는 조용했다. 곧 통금 사이렌이 울릴 테니 모두 서둘러 집에 돌아간 모양이었다. 동호는 구평의 청에 못 이겨 역전 골목에 들렀다. 구평은 술을 좋아하는 편이어서 꼭 이 차를 들러야 직성이 풀렸다.

술집마다 커튼이 쳐져 있어 골목이 어둑신했다. 하지만 보나마나 방안에는 술판이 벌어져 있을 것이었다. 그런 업태業態 위반을 단속해야될 경찰관 신분으로서 단속 대상 골목을 걷기가 민망해도 가끔 찾아가던 발길이었다. 동호는 단골집 문을 노크했다. 커튼이 열리고 마담 얼굴이 삐죽 내비쳤다.

"어매, 통금인디 웬 일여?"

홍 마담이 반색을 하며 두 사람을 맞아들였다.

"다른 처갓집이 생겨서 안 오나 혔는디…… 그려두 아즉 의리가 살어 있구먼?"

"오랜만에 장모님이 보고 싶어서."

구평이 능청을 떨었다.

"속은 뻔하지 뭐."

"그럼 어서 딸이나 내놔."

방을 치우는 홍 마담에게 구평이 손가락 두 개를 내밀었다.

"아따 성미도 급하긴. 순사 눈을 피해서 올라면 시간이 쉬찮이 걸릴 틴디."

벌써 단골손님을 데리고 여관에 간 모양인데 일을 끝내고 돌아오려면 시간이 꽤 걸린다는 말이었다.

"꿩 대신 닭이지 뭐."

동호가 분위기를 잡아주었다. 빨라도 네 시 통금시간이 끝나야 돌아올 텐데 공연히 미련을 둘 필요가 없었다.

"같은 형산디두 입맛이 이러큼 다르댜? 하나는 햇것을 좋아허구 하나는 묵은 걸 좋아허구? 그려서 내가 강 형사를 더 좋아헌당게."

그녀는 헤헤 웃었다. 그 웃음이 푸짐해보였다. 이곳 술집 골목은 좀 후진 편이지만 그녀의 웃음만큼이나 소박해서 좋았다. 술값과 화대 역시 무척 쌌다. 아가씨들도 영악스럽지 않고 태도가 투박하고 인심도 푸푸했다. 홍 마담은 이곳에 자리를 잡은 지 겨우 반년이 지났지만 벌써 터주대감 노릇을 하고 있었다. 그만큼 오지랖이 넓은 여자였다.

"그나저나 충청도 사람이 왜 멀고먼 예까지 스며들었소?"

동호가 모처럼 홍 마담에게 농을 걸었다. 여러번 술자리를 같이 했지만 그녀에게서 양반 소리를 들어온 그였다.

"왜냐구? 그게 궁금헝거여?"

"궁금하니까 물었지."

"다름이 아니라 내 그것은 말여, 석 섬 짜리 간장독만혀서 멍청도 사내만으론 다 채울 수 읎당게. 인자 강원도 뱃놈 걸 다 빨아먹으믄 서울로 가서 진짜 한번 붙어볼 참잉게."

"뭘 붙어?"

"서울 놈들 중에서도 나처럼 헤벌렁헌 물건을 좋아허는 놈이 많단 말여. 인자사 마흔 하난디 아즉은 쓸만 허구먼."

"그동안 너무 무리했잖아? 이젠 기계를 쉬게 해야지."

"얼래, 인자 봉게 강 형사도 쌍것이구먼. 나 이래뵈두 무리한 적 읎어."

"하긴 그럴 거야. 골라먹기만 했을 테니."

구평이 끼어들었다.

"으이구 지랄, 영광의 별을 꼬집는 말잉감?"

홍 마담이 눈을 흘겼다. 구평은 고개를 갸우뚱거렸다. 영광의 별? 낯익은 말이었다.

구평이 유치장 근무를 처음 시작하는 날이었다. 먼저 실정을 파악하기 위해 1호 감방부터 차례차례 눈여겨보며 근무 데스크가 놓인 중앙부를 지나 맨 끝 방인 20호 쪽으로 걸어갈 때였다. 두 개의 여감방 중 첫 방인 19호 앞을 지나가는데 철책 안에서 간드러진 인사가 들려왔다.

"어서 오세유 홀아버님."

홀아버니라니, 그걸 어떻게 알았을까? 구평은 혀를 내둘렀다. 죄수들은 간수의 신상을 귀신처럼 알아낸다지만 어떻게 신상을 캐냈는지 놀라울 정도였다. 구평은 근무 데스크로 돌아오자마자 홍 마담의 신상부터 살펴보았다.

간통범인 그녀는 대전에서 다방 마담생활을 할 때 횡령으로 걸려든 적이 있어 별이 두 개째였다. 하지만 그녀는 별이 하나라고 고집을 부렸다. 횡령은 전과로 수긍이 가지만 이번에 들어온 간통은 범죄가 아니라고 우겼다. 횡령의 별은 수치스런 별이지만 간통의 별은 영광의 별이란 것이 그녀의 주장이었다. 다시 말해서 법보다 더 구속력이 강한 사랑의 흔적이기 때문이라고 했다. 간통죄는 수치나 징벌의 고통을 초월하는 순교자적인 희생이라고 으스대는 판이었다.

"사랑허는 사인디 말유, 워째서 통정을 매도허는지 모르겄슈."

홍 마담은 그렇게 지껄인 적이 있지만 며칠 내로 합의가 이루어져 풀려날 거라던 그 며칠이 몇 달이 가도 풀리지 않고 지금은 묵은 돼지가 되어 빵장에까지 이르렀다. 그녀는 어구상을 하는 어느 유부남과 눈이 맞아 몰래 동거생활을 해오다 남자의 아내에게 들통이 났던 것이다.

"빨래 좀."

구평이 감시 근무차 다시 19호 앞을 지나갈 때 홍 마담이 혀를 내밀려 알랑거렸다.

"규정 시간에 빨도록 해요."

"그것 땜에 그러는디."

"그게 뭔데?"

"이봐유, 결혼 전과자가 그것도 몰러유?"

홍 마담이 하얀 이를 까내며 웃었다.

"나는 멘스하는 여자와 살아본 적이 없소. 암튼 이따 근무교대 직전에 시간을 내줄 테니 그때 빨아요."

구평은 발길을 돌렸다. 그때 안동이 고향이라는 절도범 아가씨가 빵장한테 점수를 따보겠다고 수작을 부렸다. 접대부 출신인 그녀는 삼척 탄광지대에서 논다니 생활을 하던 중 손님 금반지를 훔쳤다가 걸려들었다.

"이따 말고예 당장 문을 따주소. 우리 언니 을마나 이쁜교. 맘도 갈대꽃처럼 연하지러."

"야, 방정맞게 나서지 말어. 누가 너한티 비행기 태달라구 혔어?"

홍 마담이 눈꼬리를 치켜올렸다. 대개 고참은 신참이 간수와 얘기하고 통하는 걸 은근히 꺼렸다.

"언니는 와 화를 내능교."

"뭐여? 요게 깐죽거려? 니가 깐죽거리면 워쩔 참여?"

"언니를 역성들어서 한 말인데 와 험한 말을 하능교?"

"요년이 뒈질려구 환장혔나? 감히 누구헌티 눙깔을 굴려?"

"아니, 당신이 먼데 그러능교? 당신캉 내캉 머가 다른교? 새장에 갇히긴 매한가진데 와 텃센교?"

"요게 썅!"

간수 앞에서 차마 때리지는 못하고 홍 마담은 사지를 부르르 떨었다.

"그만들 그쳐요."

구평이 조용히 타일렀다.

"저런 도둑년이 태어났는디두 안동을 선비고장이라구?"

"머라? 당신은 충청도 양반이라 나미 서방캉 붙었능교?"

"히야, 요것봐라. 못허는 말이 읎네. 좋아, 내가 참지. 그 대신 너 이따 보자!"

홍 마담은 이를 갈았다. 그 말에 절도범 아가씨는 금새 얼굴이 파랗게 질리며 싹싹 빌었다. 빵장의 위세를 새삼 깨달은 것이다. 머리채를 뜯길 게 뻔했다. 햇돼지는 묵은 돼지한테 실컷 터지고도 감히 일러바치지를 못했다. 사실 그쯤의 피해로서 그네들은 원망을 품지 않는다. 그만큼 그네들은 포기라고 하는 생활방식을 익혀가는 것이다. 그들은 점점 행복이란 어휘가 낯설어지게 마련이었다. 그네들은 때리고 맞았으면서도 지루한 밤이면 발을 모으고 앉아 노래를 홍얼댔다.

> 풀잎새 매만지며 사랑을 했었건만
> 지금은 철장신세 비운의 여수란다
> 누가 오라 여기 왔나 누가 가라 여기 왔나
> 십구호야 이십호야 하얀 내 집 여감방아.

"때리지 말고 타일러요."

구평은 홍 마담을 빨래터로 보내주며 그 절도범 아가씨를 구타하지 말 것을 다짐받고 옆방으로 향했다.

2

성미는 매일 병원을 찾아가 연주를 문병했다. 성미는 간병인을 별도로 두었으면서도 연주를 지극정성으로 보살펴주었다. 영양식 선택에서부터 환자의 위생과 몸치장에 으르기까지 친형제 이상으로 애정을 갖고 간병에 신경을 썼다. 그런 보살핌을 받으며 독실에서 편히 지내서인지 연주의 병은 날마다 차도가 보였다. 얼굴에 혈색이 돌고 스스로 치장을 할 수 있고부터는 몸에 귀티마저 풍겼다.

외모뿐이 아니었다. 더듬거리던 말이 점점 매끄러워지고 불안감이 맴돌던 눈의 초점이 안정을 찾아갔다. 마치 긴긴 꿈에서 깨어난 사람처럼 연주는 모든 사물을 신기한 눈빛으로 바라보았다. 창 밖으로 보이는 도시 풍경이나 먼 산을 바라보는 시선 역시 그 느낌 차이에 따라 섬세함이 달라져 보였다.

연주는 동호와 성미에 대한 호칭도 어떻게 불러야 친밀하고 품위가 있을지 고심하는 눈치였다. 그런데 성미를 사모님이라고 부르면서 동호한테는 사장님이란 호칭을 쓰지 않았다. 옛날처럼 동호 씨란 호칭도 쓰지 않았다. 응당 오빠라고 부르는 게 자연스러울 테지만 그 호칭이 잘 나오지 않는 모양이었다.

"아내한테 사모님이라고 부르지 말고 언니라고 불러줘. 나한테는 오빠라고 부르고."

동호가 일부러 말문을 트여주자 그제야 연주는 생긋 웃으며 고개를 끄덕거렸다. 연주의 그런 태도 역시 낯설게 보였다. 고개를 끄덕거리는 모습이나 웃는 모습이 옛날의 모습과는 사뭇 달랐다. 옛날에는 자기 행동에 어떤 의지가 개입되지 않은 질질 흐르는 모습이었는데 지금은 생기가 돌았다. 또 옛날의 행동이 흉내처럼 기계적이었다면 지금은 고갯짓과 웃음새를 자기 나름대로 꾸며보였다.

"정신이 온전해졌나봐요."

성미는 동호와 똑같은 생각을 하고 있었다.

"당신이 돌봐준 덕이야. 당신은 대단한 여자라구. 미친 사람 정신마저 돌려놨구려."

"이럴 때일수록 더 조심해야 될 것 같아요. 이참에 아주 고쳐드려야 해요."

"병을 완치시키긴 어렵겠지만 노력해봐야지."

동호는 성미의 손을 잡아주었다. 애정 이상의 어떤 외경심마저 느껴지는 여자, 성미의 그런 모습은 옛날 어머니의 말에서도 예견된 터였다. 현명한 여자구나. 어머니는 성미를 본 적이 없으면서도 동호의 설명만 듣고 그런 말을 했던 것이다.

동호가 연주를 처음 만난 곳은 진리포구였다. 그곳에서 임검소장으로 근무하다가 정보형사로 발령 난 동호는 사천 지역을 포함한 인근 지서 관내의 정보업무를 다루고 있었는데 그 무렵 태풍이 불어 해일이 발생했고 그 바람에 성미를 만나게 되었다.

그 해일은 수십 년 만에 당해보는 재해를 가져왔다. 해변의 가옥과 미처 피난하지 못한 어선들을 송두리째 삼킨 해일은 태풍이 지나간 후에도 모래톱을 사납게 핥아댔다. 해변에는 파도에 밀려온 시체들이 부서진 어선 조각과 뒤엉켜 넘실거렸지만 아무 대책도 세우지 못하고 겨우 갈고리에 끈을 매어 낚시질하듯 시체를 건지는 수밖에 없었다. 지천으로 널려 있는 시체를 그런 식으로 한 구 한 구 수습해 모아놓고 공동으로 제사를 올릴 때였다. 유난히 슬피 우는 아가씨 하나가 동호의 시선을 끌었다. 식구라고 하나뿐인 아버지의 유해를 끌어안고 통곡하는 그녀의 모습은 거의 기진 상태였다. 아버지를 여윈 슬픔과 암담한 생활 걱정이 겹쳤던 것이다.

제사가 끝나자 다른 조난자들은 모두 차를 불러 시신을 싣고 각자 떠났지만 그녀네 영구는 어둠이 깔릴 때까지 제자리에 그냥 방치되어 있었다. 실어갈 차비가 없었다. 관청에서는 임시로 포목과 제물과 관 정도만 대줄 정도여서 미처 거기까지는 손을 못 쓰고 있었다.

"모실 데가 어디죠?"

동호는 울고 있는 그녀를 달래며 물어보았다.

"거진에요."

"거진?"

아마 조난선이 거진 선박이거나 아니면 근처 포구 소속의 어선이겠지만 동호는 그런 내용을 묻기에 앞서 가슴이 철렁했다. 백 리가 훨씬 넘는 비포장길을 운반하여 매장을 마치려면 한달치 봉급으로는 태부족이었다. 공연히 동정심을 내비친 게 후회스러웠지만 그렇다고 포기할 수도 없는 노릇이었다. 우선 강릉에 있는 운수회사로 연락해서 트럭 한 대를 불렀다.

차가 도착하자 동호는 적재함에 영구를 싣고 그녀와 나란히 조수석에 앉았다. 운전석에 올라 탄 기사는 영구 운반은 처음이라며 멋적게 웃고 나서 비포장길을 달리기 시작했다. 깨진 유리창으로 밀려온 밤바람에 한기를 느낀 그녀는 몸을 움츠린 채 연방 눈물만 흘렸다. 동호가 제복 위에 걸친 점퍼를 벗어 어깨에 걸쳐주자 그제야 울음을 그치고 처음으로 고맙다는 인사를 차렸다.

"성미 씨는 왜 일가 친척이 없는 거요?"

동호는 시신의 신원을 조사하는 과정에서 이미 그녀의 이름과 집안 사정을 대충 파악하고 있었지만 더 자세한 내용을 알고 싶었다.

"아버지는 만주에서 태어나셨어요. 해방이 되자 어머니와 단둘이 귀국해서 정처 없이 떠도시다가 울진항에서 배를 타셨대요."

"어머니는 언제 돌아가셨나요?"

"전쟁통에 폭격을 맞고 돌아가셨대요. 제가 두 살 때였죠. 그 후 휴전이 되자 아버지는 저를 데리고 거진으로 일자리를 옮겼어요. 거진은 명태가 많이 나니까 생활하기가 좀 수월했대요."

동호는 성미의 말이 끝나자 차창으로 어둠이 깔린 바다를 내다보았다. 파도가 모래톱에 부서지며 하얀 속살을 내비치곤 했다. 저 캄캄한 바다를 보며 성미는 무슨 생각을 하고 있을까? 하지만 그녀는 어느새 고개를 떨군 채 졸고 있었다.

거진에 도착했을 때는 자정이 가까워질 무렵이었다. 길거리에는 아직도 술취한 어부들이 가끔 눈에 띄었다. 차는 골목길을 여러 번 꺾어 산동네에 들어서더니 전기도 들어오지 않는 외딴 판자집 앞에서 멈췄다. 집이라야 방 하나와 그 방에 딸린 부엌이 전부였다. 사립짝도 없는 엉성한 나무울타리 안에 들어서면 곧바로 문고리가 잡혔는데 그게 바로 방문인 셈이었다. 성미가 먼저 집안으로 들어가 램프 불을 밝히는 동안 동호는 기사와 함께 적재함에서 영구를 들어다 방에 모셨다.

차가 강릉으로 돌아가자 동호는 성미를 데리고 시내로 나가 제물을 준비해왔다. 제물이라야 가게에서 구입한 북어포와 사과 몇 개와 경월소주 한 병이 전부였다. 어부들은 거의가 상표도 없는 막소주를 마셨지만 마지막 떠나는 분에게 막소주를 올릴 수는 없었다. 대충 제사상을 차리고 나서 격식도 무시한 채 성미와 나란히 서서 절을 올렸다. 마치 부부가 된 기분이어서 머쓱했지만 내친김이었다.

제사를 끝낸 동호는 가게에서 사온 국수를 삶아 저녁을 때우고 시신 옆에 앉아 술을 마셨다. 성미에게는 퇴주를 한 잔 마시게 했다.

"숨 쉬지 말고 쭉 마셔요."

동호는 일부러 술잔을 비우게 했다. 그래야 긴장이 풀어지고 무섬기가 사라질 것이었다. 사람의 눈은 참으로 묘했다. 같은 주검이지만 놓인 장소에 따라 느낌이 달랐다. 낮에 바닷가에 있을 때는 가엾게 느껴지던 시신이 자동차로 운구 중에는 마치 이삿짐처럼 여겨지다가 침침한 방에 안치되고 보니 시신이 관을 빠개고 벌떡 일어날 것처럼 무섬기가 느껴졌다.

램프 불에 비친 그녀의 얼굴에 술기운이 불그레 피어올랐다. 피로에 풀어진 눈동자에도 생기가 돌기 시작했다. 손목시계를 보니 자정이 훨씬 넘은 시각이었다. 시내에서 들려오던 소음이 잠잠해지자 방파제 쪽에서 들려오는 파도소리가 점점 선명해졌다. 침침한 방안에 사위스러운 정막이 고이고 그 정막이 술탐을 부리게 했다. 거진에서 듣는 파도소리는 언제나 음습했다. 동호는 거진항에서 잠시 임검소장으로 근무한 적이 있는데 파도소리에서 한번도 낭만을 느껴본 적이 없었다. 어선들이 납북되면 울음바다가 되고 어선들이 귀환할 때는 웃음바다가 되는 거진항. 그래서 거진의 파도소리는 색깔과 음향이 달랐다.

거진에 납북어부가 많은 것은 이북과 가장 가까운 어항이기 때문이었다. 일부러 납북되고 싶어서 납북어부가 되는 게 아니라 북쪽 바다로 올라갈수록 명태가 흔하기 때문이었다. 거진 앞바다에서 온종일 잡을 어획량을 원산 앞바다에서는 반나절도 안 걸리니 한 발짝이라도 올라가고 싶어하는 게 어민의 심정이었다. 더구나 바다에서는 거리감각이 둔할 수밖에 없는데 육지에서의 십 리가 바다에서는 바로 코앞으로 느껴질 만큼 거리를 가늠하기가 힘들었다. 그런 데다 고기가 잘 잡히고 보니 어로저지선이 새끼줄로 처진 것도 아니어서 납북사건이 빈발했다. 고기가 많은 곳으로 뱃머리를 돌리는 건 어부들의 본능이랄 수 있다. 다만 그 본능과 겉도는 규제가 있을 뿐이었다. 어부들은 고기를 많이 잡으면 잘 살고 적게 잡으면 못 살기에 다른 것을 생각할 겨를이 없었다.

저쪽에서 보면 기가 막힐 겁니다. 통통거리며 까맣게 올라올 택택이들을 상상해보라구요. 이북 군함들도 기가 질려서 갈고리로 몇 척만 채간다는 거에요. 그래가지고 초대소 같은 데서 호강시켜 내려보내니 빨갱이 아닌 빨갱이가 된다는 거죠. 그 때문에 철창 속에 가둬버리는 거구요. 하지만 철창 속에 가둠으로써 오히려 진짜 빨갱이가 되고 말죠.

동호는 어느 선주의 말을 떠올리며 성미가 따라준 술잔을 들었다. 마지막 술이었다. 성미는 술병이 비워지자 부엌으로 나가 찬장에서 마개가 따진 술병을 들고 왔다. 아버지가 마시다 남긴 술이라고 했다. 그녀가 방바닥에 술병을 놓으며 미안한 투로 말했다.

"술을 다 드시거든 여관에서 주무세요. 시내로 내려가면 여관이 몇 군데 있어요. 저는 아버지 곁에서 자겠어요."

동호는 성미의 말이 한갓 예의치레에 불과함을 잘 알고 있었다. 아무리 부모의 몸이라지만 가녀린 처녀가 시신 옆에서 혼자 자겠다는 말은 말짱 거짓이었다.

"그런데, 이 동네는 인정머리가 없는 곳이오. 명색이 초상집인데 한 사람도 코빼기를 안 비치니 말요."

동호가 느닷없이 목소리를 높였다. 그 역시 담력을 키우려는 의도에서 나온 목소리였다. 지금 이 방안에 침묵이 흐르면 안 된다. 무슨 말로든 떠들어야 한다.

"여기 이웃은 모두 객지에서 온 뜨내기에요. 심지어 연평도나 흑산도에서 온 사람들도 있어요. 철새살이죠."

"아무리 모르는 사이라 해도 그래도 이웃 아뇨? 아버지와 한 배를 탄 사람도 있을 거구."

"아무도 아버지가 돌아가신 걸 몰라요. 아버지는 속초항 배를 타셨거든요. 저도 지서 직원 연락을 받고 알았어요. 그리고 아버지 모시는 걸 아무도 보지 못했어요. 연락할 사람도 없고 연락하고 싶지도 않고요. 사실 인심이 좋은 곳은 아니죠."

"납북어민이 많은 곳이라 그럴 거요. 순박한 어민들에게 사상적인 짐까지 지워줬으니 혼란스러운 게 당연하죠. 내가 여기서 임검소장으로 근무할 땐데 납북어민들이 귀환한 적이 있었소. 배가 어판장에 도착하자 만세를 부르며 흥분한 그들 중에서 선원 하나가 내게 이런 말을 했어요. 이북에서 소장님 안녕하시냐고 묻더라는 거에요. 참말인지 거짓말인지는 몰라도 아마 내 신상을 파악하고 있었을 겁니다. 거진은 양쪽 모두 촉각을 곤두세우는 곳이니까요."

"아버지하고 친하게 지내던 분이 계신데 그 분도 납북됐다가 지금 유치장에 수감돼 있어요."

점점 성미의 목소리에 힘이 붙었다. 동호가 억지로 술 한 잔을 마셔준 보람이었다. 동호는 연거푸 술잔을 비웠다. 성미는 동호가 계속 마시기를 바라는 눈치였다. 술 마시는 행동마저 의지간이 되는 모양이었다. 술병을 들어 잔에 부으면, 동호가 잔을 들어 입에 대고, 술을 마신 빈 잔을 방바닥에 놓고, 손으로 마른 북어를 집어서, 그것을 찢어 입에 넣어 우적우적 씹는, 그런 모든 움직임이 그녀에게는 의지간이 되는 모양이었다.

침묵이 흘렀다.

이제 무슨 말로 침묵을 깰까? 그런 생각을 할 때 멀리서 닭 우는 소리가 들려왔다. 그 날짐승 소리가 음침한 방안에 밝은 분위기를 살려놓았다. 닭이 울면 영혼의 야행이 정지된다는 말을 제사 때마다 들어온 터라 그 말이 지금 마음에 위안을 주고 있는 셈이었다. 닭이 울었으니 아랫목에 놓인 주검은 돌이나 나무토막처럼 굳어버릴 것이었다. 그리고 날이 새면 슬픔도 한도 잊은 채 흙 속 깊이 묻혀버릴 것이었다.

"잠시라도 눈을 붙이시죠. 고단하실 텐데."

성미가 자리에서 일어나 낡은 옷장 속에서 이부자리를 꺼냈다.

"성미 씨도 잠깐 눕도록 해요. 그래야 장례를 모실 테니."

동호는 그녀를 윗목 책상 옆에 눕도록 하고 관 옆에 새우잠을 틀었다.

이튿날에도 동호는 업무를 포기한 채 장례를 치러 줄 수밖에 없었다. 인부를 사고 운구할 차를 구해서 장례준비를 서둘렀다. 점심때가 지나서야 공동묘지에 안장을 마치고 상복도 입지 못한 딸과 또 나란히 서서 흙무덤에 제를 올렸다. 그리고 어촌계에서 빌려온 돈으로 인부들 품삯과 차비를 지불하고 거진을 떠났다.

성미가 강릉으로 동호를 찾아온 것은 장례를 치르고 한달쯤 지나서였다. 그때 동호는 정보과로 근무지를 옮겨 대공업무를 담당하고 있었다. 오랜만에 만난 그녀의 얼굴에는 화색이 돌고 몰라볼 만큼 예뻐보였다. 몸에서는 향수내가 설핏했다. 그러고 보니 입가에 핀 미소가 야해보이기도 했다. 동호는 성미를 데리고 뒤뜰로 나가 간이의자에 나란히 앉았다. 성미는 의자에 앉자마자 어서 돈을 벌어 빚을 갚겠다는 말부터 꺼냈다. 동호는 그 말이 낯설게만 들렸다. 그녀에게서 순결한 이미지를 느꼈던 터라 베풀었다기보다 의미 있는 놀이를 한바탕 치렀다고 생각해왔는데 되레 빚이라니.

"다방에 나가기로 했어요."

성미가 불쑥 내민 말에 동호의 몸이 움찔했다.

"다방 아가씨가 되겠다고요?"

"네."

"그럼 당신 멋대로 하구려."

동호는 호주머니를 뒤져 있는 대로 돈을 건네주었다. 그녀는 거침없이 돈을 받고 나서 당당한 목소리로 말했다.

"거진에 가지 않고 여기서 다방 자리를 알아보겠어요."

"뭐요?"

"강 형사님을 자주 뵐 수 있게 강릉에 머물겠다구요."

"나와 연애하겠다는 거요?"

"연애는 벌써 시작했으니 이젠 약혼 단계죠."

"미치겠구먼. 이제 보니 당신 겁나는 여자군."

"저를 무시하는 거에요?"

"그런 건 아니지만……"

동호는 정색을 하고 자세를 고쳐 앉았다. 성미의 얼굴 표정으로 보아 장난스런 말로 얼버무릴 여자가 아니었다. 자칫 잘못하면 올가미에 채일지 모를 일이었다.

"나는 결혼을 약속한 여자가 있소."

동호는 거짓말로 성미의 마음을 돌리려했다. 그런데 성미는 그의 진지한 설득에도 아랑곳하지 않고 헤픈 말만 지껄였다.

"그건 아무 상관없고요, 나를 다방 여자로 안 만들려면 당장 거처를 마련해주세요."

기가 막힐 노릇이었다. 뭐 저런 여자가 있어, 그런 말이 입에서 뱅뱅 돌았다. 혹시 논다니가 아닐까 하는 의심이 들기도 했다. 순진해보이던 여자가 본색이 저렇게 추하다니, 그는 배신감마저 느껴졌다. 한순간이나마 그녀에게서 순결한 이미지를 느꼈던 자신의 안목에 부아가 나기도 했다. 술집 같은 데서 굴러먹었어도 한참 굴러먹은 여자 같았다. 그렇다고 노골적으로 과거를 캐볼 수 없는 노릇이었다.

"왜 갑자기 말씀이 없으시죠?"

"생각할 게 있어서 그래."

"제가 못된 여자로 보이는 거죠? 그래서 걱정이 되시는 거죠?"

"……"

"그렇게 생각하실 줄 알았어요. 하지만 어쩔 수 없어요. 첨엔 언니 말을 듣자 속이 떨리고 겁이 났지만……"

"언니라뇨?"

"고등학교 선밴데 그 언니가 코치해 줬어요. 저한테 맘이 없는 남자로 보이면 이런 식으로 떼를 쓰라구요."

"떼를 쓰라구?"

"네."

"차라리 나를 납치하지 그랬소?"

동호는 웃음이 터져나왔다. 하지만 성미는 대답을 삼킨 채 멍하니 앉아 있다가 갑자기 고개를 숙였다. 이내 그녀의 어깨가 흔들리더니 앞자락에 눈물 방울이 떨어졌다. 철없는 여자, 그는 문뜩 성미가 귀엽다는 생각이 들었다. 아마 자기에 대한 고마움이 연정으로 비화되고, 그 가슴앓이를 주체할 수 없었겠지 하는 생각이 들었다. 그런 여자를 불손하게 여긴 것이 미안했지만 그렇다고 사과까지 늘어놓고 싶진 않았다. 그 대신 성미의 기분을 바꿔줄 양으로 취미가 뭐냐고 말을 걸어보았다. 그녀는 고개를 숙인 채 한참동안 대답이 없다가 자기한테는 취미를 생각할 겨를이 없었노라고 대답했다.

동호는 몸을 틀고 앉아 담배만 피워댔다. 그때 성미의 입에서 느닷없는 질문이 터져나왔다.

"왜 하필 경찰관이 되셨죠?"

"왜라뇨?"

동호는 미소를 지으며 성미의 얼굴을 바라보았다.

"경찰관 하면 특별한 직업 아네요?"

"특별하다는 게 나쁘다는 뜻인가요?

"나쁘다는 건 아니고……"

"사실 나는 욕을 먹고 싶어 이 직업을 택한 거요. 욕을 많이 먹으면 철학자가 되기 십상이죠."

"욕도 욕 나름이겠죠."

"그렇소. 원칙을 지킴으로써 얻어먹는 욕을 말한 거요. 그런 욕을 많이 먹을수록 더 외로워질 수 있는 거요. 그래야 세상을 더 깊이 볼 수 있고."

그날 동호는 변두리인 교동에 빈 방 하나를 얻어주었다. 부엌과 마당이 따로 딸린 아담한 사랑채 방이었다. 안채와 별도로 출입문이 나 있는 데다 안마당과 출입문 사이에 향나무가 울타리처럼 심어져 있어 별채나 진배없었다.

"암튼 직장은 차츰 알아볼 테니 끼니 걱정은 말아요."

봉급을 타서 거의 혼자 쓰는 형편이라 한 사람 기초생활비야 걱정할 일이 아니었다. 어머니한테는 용돈 정도만 대드리고 있었다. 주문진 집은 안채말고도 가게가 세 개 딸린 별채가 있어 거기에서 나오는 월세로 어머니와 연주가 아쉽잖게 사는 형편이었다.

성미는 우선 벽지를 사다 도배를 마치고 거진에서 세간을 실어왔다. 세간이라야 옷가지와 해묵은 교과서뿐이었다. 다른 물건들은 거의 버리다시피 하고 버스에 실을 만큼만 챙겨왔다. 당장 필요한 가구와 이부자리와 집기는 동호가 시장에서 장만했다. .

성미는 마냥 즐거웠다. 앞치마를 두른 그녀의 모습은 영락없는 새색씨였다. 성미는 뜰과 방을 꽃밭처럼 꾸며놓았다. 마당가에는 화단을 만들고 각종 꽃을 심었다. 방에는 한 쪽 구석에 옷과 이부자리를 정리해둘 궤짝을, 그리고 창문 쪽 구석에는 책상과 화장대를 나란히 배치하고 책상 위에는 담록색 작은 스탠드를 놓아 안온한 분위기를 자아냈다. 좁은 방을 그녀의 취향에 맞춰 효율적으로 정리한 셈이었다. 동호는 주변을 아름답게 꾸미는 그녀의 뛰어난 솜씨에 새삼 놀랐다. 그리고 그 놀라움은 금방 애정으로 녹아들었다. 더구나 궤짝 위에 얹은 이부자리에는 실로 뜨개질한 하얀 이불보가 덮여 있어 그 편안한 안정감이 그녀에게서 모정마저 느껴지게 했다. 품에 안아주고 싶은 여성이 아니라 품에 안기고 싶은 여성, 어머니한테서 잔정을 느껴보지 못한 동호는 그런 정이 늘 목말랐다.

그날 밤 동호는 처음으로 성미와 한 방에서 함께 지냈다. 하지만 한 자리에 누울 수는 없었다. 그보다 먼저 성미에게 고백할 게 있었다. 동호는 연주와의 관계를 숨김없이 털어놓았다. 애까지 낳은 사실도 고백했다.

"결혼할 분이 있다는 게 사실이었군요."

"아뇨. 그 여자와는 결혼할 수 없소."

"왜요?"

"그건 묻지 마오."

"애가 몇 살이죠?"

"두 살이 넘었소."

"아들인가요?"

"그렇소."

동호는 자기의 거친 말투가 민망한지 다정한 목소리로 아들 이름을 밝혀주었다. 성미는 민우란 이름이 참 예쁘다고 했고 동호는 슬며시 몸을 틀어 달빛이 뿌연 봉창을 바라보았다. 그러자 성미가 팔을 뻗어 동호의 손을 잡으며 말했다.

"잠자리가 너무 편해서 그런지 잠이 안 와요."

그리고 대뜸 동호의 이불 속으로 파고들어 입술을 포갰다. 어느새 성미의 몸이 물결을 치기 시작했다. 달빛이 희미해지는가 싶더니 금세 봉창이 어두워졌다. 구름이 끼는 모양이었다.

"저는 아주 못된 여자에요."

동호의 몸이 풀리자 성미의 입에서 지친 목소리가 흘러나왔다.

"강 형사님을 그럴듯하게 속였어요. 사실 저는 학교를 졸업하자마자 다방에서 레지생활을 해왔어요. 임신한 적도 있고요. 그때 수술을 잘못해서 불구자가 됐어요."

"불구자라니?"

성미는 이불자락을 끌어 덮으며 모로 돌아누웠다.

"애를 가질 수 없어요. 수술을 잘못해서…… 고백을 할까말까 망설이다가 이 지경에까지 이르렀어요. 죄송해요."

"그럼 선배가 코치했다는 말도 꾸며낸 말요?"

"네."

"아주 영리하군."

"무슨 수로든 강 형사님을 곁에 모시고 싶었어요. 감히 평생은 바라지 않아요. 이렇게라도 하지 않으면 미쳐버릴 것만 같았어요. 하지만 걱정 마세요. 강 형사님을 잠시 모신 것만도 행복해요."

"걱정 말라니?"

"저를 논다니 정도로 여겨주세요. 아무 때고 떠날 테니까요."

"당신 멋대로 해. 하지만 좋은 취직자리가 생길 때까진 여기를 한 발짝도 떠나지 말아. 내 지시를 어기면 유치장에 처넣을 테니."

"저 같은 처지에 언제 좋은 취직자리가 생기겠어요."

"일 년이 걸리든 십 년이 걸리든…… 아니 백 년이 걸려도 좋으니 내 곁을 떠나지 말란 말야."

"……"

"알겠어?"

"네."

"그럼 어서 잠이나 자."

동호는 벌떡 일어나 앉아 담배를 피워물었다.

3

공주에서 승용차로 삼십여 분쯤 달려 면소재지에 도착한 동호는 차창 밖으로 주변 경관을 살펴보았다. 산세가 험한 계곡 쪽으로 시멘트 길이 깔려 있었다. 그쪽으로 차를 몰았다. 계곡을 지나 십여 분쯤 더 달리니 양지바른 산자락에 열댓 가구가 옹기종기 모여 사는 부락이 나타났다. 마을 입구에 차를 세우도록 박 기사에게 지시한 동호는 혼자 천천히 고샅길을 걸었다. 바쁜 일도 없거니와 백제의 고도를 구경 삼아 내려온 터라 서두를 게 없었다.

뙤약볕 탓인지 고샅에는 나다니는 사람이 없었다. 돌담을 끼고 백여 미터쯤 마을 속으로 파고들자 길가 감나무 그늘에 앉아 만화책을 읽고 있는 열 두세 살쯤 되는 여자애가 눈에 띄었다.

"얘야, 말 좀 묻자."

"뭔디유?"

여자애는 연방 만화책에 눈을 주며 건성으로 대꾸했다.

"황억배 씨 댁이 어디쟈?"

"황억배가 누군디유? 아아, 병구 할아버지유?"

"그래 병구 할아버지."

동호는 황억배의 가족 실태를 전혀 모르면서 병구를 아는 체했다.

"일루 쭈욱 올라가면 맨 마지막집이 나오는디 바로 그 집이 병구네 집이쥬."

말은 느려도 암팡진 목소리였다. 이놈한테서 정보를 캐야겠군. 동호는 그런 생각을 하며 우선 애한테 호감을 사려고 병구와 친한 사이냐고 물었다. 그런데 그 물음이 탈이었다. 여자애는 눈을 동그랗게 뜨며 "내가 왜 그지 같은 애허구 친구에유?" 하고 쏘아붙였다.

"거지라니?"

"걔는 맨날 읃어먹으러 여기저기 싸질러 다닌다구유."

요즘도 거지애가 있다? 용호는 호기심이 발동했다.

"어디를 싸질러 다니는데?"

"동네방네쥬. 윗뜸도 가고 아랫뜸도 가구유."

"거기서 뭘 해주고 뭘 얻어먹지?"

"혀주는 일은 암것도 읎구 밥만 축내는디 동네서 모두 혀를 내둘러유. 누가 뭐라고 혀두 들은 척도 않구 제 멋대로 말썽만 피운다구유. 그애 땜에 정말 속상혀 죽겠어유."

"왜? 무슨 일이 있었니?"

"오늘도 방금 우리집서 점심을 읃어먹고 나갔는디 글쎄 내 러브러브 인형이 없어졌어유. 걔가 훔쳐간 게 틀림없구먼유."

"병구 아버지는 뭘 하시냐?"

"아버지가 읎어유."

"엄마는?"

"엄마도 읎어유. 어디서 주서 온 애란디, 그래서 싸가지가 읎나봐유."

"병구 할아버지는 지금 뭘 하시는데?"

"잘 몰러유."

"고맙다. 병구가 네 인형을 가져갔다면 돌려주도록 하마."

동호는 여자애와 헤어지고 곧장 걸어올라갔다. 집 서너 채를 지나자 시야가 확 트인다 싶더니 야트막한 산자락이 나타나고 언덕 밑에 토담집처럼 생긴 헌집이 나타났다. 요즘 농촌에서 흔히 눈에 띄는 폐옥 같은 집이었다. 울타리도 없는 집안에는 풀이 무성하게 자라 있어 적막감이 맴돌았다. 도저히 사람 사는 집 같지가 않았다. 더위 탓인지 방문은 열려 있고 문 앞에는 기다란 평상이 놓여 있는데 밥풀이 붙어 있는 평상 바닥에는 파리가 시커멓게 달라붙어 있었다.

토방으로 다가간 동호는 방안을 기웃거렸다. 덩치가 큰 노인이 목침을 베고 누워 있었지만 잠든 모양인지 인기척을 내도 거들떠보지 않았다. 동호는 마당 입구 쪽으로 멀찍이 나와 "계세요?" 하고 목소리를 다듬었다. 하지만 방에서는 여전히 기척이 없었다. 혹시 귀가 어둔 게 아닐까 싶어 방문 쪽으로 바짝 다가가 목소리를 높이자 그제야 누워 있던 노인의 몸이 꿈틀거리더니 상체를 일으키며 이쪽을 바라보았다. 삼십삼 년 만에 보는 얼굴이지만 황억배가 틀림없었다. 그가 방문 쪽으로 기어나오며 얼굴을 찡그렸다. 햇살이 부셔 눈이 어리어리한 모양이었다.

"뉘유?"

"황억배 씨가 맞죠?"

"그런디유?"

황억배가 평상으로 기어나와 앉으며 동호 얼굴을 유심히 살폈다. 집안 꼴과는 달리 얼굴에는 불그레한 화색이 돌았다.

"나 모르겠소?"

동호는 자신도 모르게 옛날처럼 말이 놓아졌다. 열 살 차이가 난다는 생각이 떠오르자 미안한 생각이 들어 존칭을 쓰리라 마음먹었다.

"노인장께서는 젊은 시절에 강릉 근처에서 사신 적 있죠?"

황억배는 한참동안 눈을 끔벅거리다가 고개를 끄덕거렸다. 동호를 경계하는 눈빛이었다. 동호는 황억배를 만나러 떠나기 전 먼저 전화를 걸어볼 참이었지만 혹 핑계를 대고 만나주지 않을까봐 불시에 찾아왔던 것이다. 그리고 송두문과 황억배 두 사람 중에서 누구를 먼저 찾아갈지를 생각하다가 약아빠진 송두문보다는 순박한 황억배를 먼저 만나기로 작정했는데 송두문을 먼저 만나면 미리 황억배에게 연락하여 말조심하라고 윽박지를 게 뻔했다.

"내 얼굴을 자세히 보세요. 자 알아보시겠어요?"

동호는 황억배 앞으로 얼굴을 바싹 내밀었다. 송두문의 이름을 대면 쉽게 알아보겠지만 순전히 황억배와 일대 일로 소통하고 싶었다. 그래야 실은즉슨, 하며 진실을 곧이곧대로 토로하고 싶어했던 그의 마음을 온전히 읽을 수 있었다. 이곳을 찾아온 것은 그만큼 순수하기 짝이 없는 발길이었다. 지금 그들을 만나 어쩌겠는가. 우연히 배승태를 만남으로써 옛 무장공비사건을 되짚어보게 되었고, 그러다보니 송두문과 황억배의 존재에 관심을 갖게 되었으며, 그러다보니 그들의 현재 모습이 궁금했을 뿐인데 여기를 찾아온 수고의 대가는 바로 젊은 시절의 추억 한토막을, 그것도 가장 역동적이었던 생의 여울목을 되짚어보고 싶어서였다.

"글쎄유. 눈꾸녕이 아주 어둔 것도 아닌디 통 몰라보겄는디유. 실례지만 성함이 워찌 되시남유?"

"진리포구에 사실 때 무장공비를 잡아서 공을 세우셨죠?"

"이잉? 무장공비?"

그가 불에 덴 듯 엉덩이를 치켜올렸다.

"그 사건을 취급했던 강동호 형삽니다. 이제 나를 알아보겠습니까?"

"허허, 내 눈꾸녕에 동티가 씨었당게. 이러키 반가운 분을 후딱 못 알아보다니 원참."

그가 덥썩 동호의 손을 잡았다. 좀 과장됐다 싶은 그의 너스레에는 분명 과거 약점을 덮어달라는 투의 엄살이 묻어 있었다. 동호는 그의 불안한 마음을 눙쳐주려고 정답게 손을 맞잡고 무척 반갑네요, 정정하시네요, 얼굴에 화색이 돌아요, 집터가 안온하고 좋네요, 하는 식의 말로 그에게 친절미를 보여주었다. 하지만 그는 동호가 지금도 형사로 근무하는지를 물었고, 벌써 그만두고 지금은 사업하고 있다는 말을 해주자 그제야 마음이 놓이는지 얼굴을 밝게 폈다.

"내가 원체 눈썰미가 둔한게루…… 인제 봉게 풍채가 훤허

신디 엄청난 사업을 허시는 모양이구먼유. 그렇게 사람은 오래 살고 볼 일이여. 오래 살고 봉게 이러큼 귀허디 귀헌 분을 만난단 말여. 헌디 워째서 이러큼 젊댜? 강 형사님은, 아니 강 사장님은 본시 맘이 유허싱게 하늘이 대복을 주셨구먼유. 누추허지만 어여 평상에 걸처앉어유."

황억배란 인간이 언제 이렇게 변했단 말인가? 눈치도 빨라지고 아부할 줄도 알고 능청도 떨 줄 아는 그가 무척 낯설게 보였다. 옛날의 순박한 황억배가 아니었다. 세월이 변하게 만들었는지 아니면 생활이 변하게 만들었는지, 동호는 황억배의 달라진 모습에 마음 한 구석이 허전했다. 실인즉슨, 하고 속내를 털어내던 눈치 어둔 옛날의 황억배가 그리웠다.

"쭉 여기에 사셨나요? 여기가 고향이시죠?"

"여기가 고향은 맞는디, 쬐끔밖에 못 살았구먼유."

"그럼 서울에서?"

"나중에 서울서도 살긴 혔지만 대전서 거진 살었슈. 그런디 이눔의 평상이 워째서 자꾸 삐거덕거린댜."

황억배가 말을 돌렸다. 그의 얼굴색이 금세 어두워졌다. 구두를 신은 채 평상에 걸터앉았던 동호는 토방으로 내려서며 말했다.

"근방에 술집이나 식당이 있겠죠?"

"있구말구유. 여기처럼 아사리 같은 산골도 인제는 원체 개명허서 수퍼란 것도 생기구, 저기 산모랭이를 돌면 데부뚝이 있는디 데부뚝 근방에는 큰 식당들이 부지기수에유. 밤에는 근방이 온통 꽃밭이랑게유. 그 바람에 나 같은 풍신이 밥을 안 굶고 살아가지만유."

"앞장서시죠."

동호는 평상에서 내려선 황억배를 앞세워 마당을 빠져나왔다. 해가 서산으로 기울고 있어도 열기는 더욱 기승을 부렸다. 등에 땀이 흘렀다. 황억배는 방안에서 더듬거리던 동작과는 달리 걸음걸이가 날쌔 보였다. 젊어서 굼뜨던 사람이 늙어서 날쌔지다니. 아마 서울이나 대전 같은 대도시에서 시달릴 만큼 시달리다가 늘그막에 고향땅을 찾았지만 톨톨 털어먹은 신세가 되어 농사치도 없을 테고, 그나마 유원지가 개발되는 바람에 식당 같은 업소에서 그냥저냥 빌붙어 살아왔는데 눈칫밥을 먹다보니 사람이 달라졌을 터였다. 그런데 병구는 어찌된 걸까?

박 기사가 대기시켜 놓은 승용차에 먼저 오른 동호는 황억배와 뒷좌석에 나란히 앉았다. 차가 서서히 시멘트 길을 미끄러지자 황억배가 또 너스레를 떨었다.

"이건 구경도 못혀본 찬디, 영락읎이 구름을 탄 기분이네유."

"흔한 찬데요 뭐. 에쿠스라고 국산 찹니다. 손님 접대 때문에 불가피 큰 차를 쓸 수밖에 없지만 기름이 너무 많이 들어요."

"으이구 겸손허시긴. 남들은 그럴 팔자가 못돼서 한인디 사장님처럼 큰일 허시는 양반이야 의당 타고도 남쥬. 아 글씨 여기 같은 촌에도 외제차가 뻰질난당게유. 밴스니 삐엠이니 그런 것도 오구유."

그때 키가 땅딸막하고 몸집이 통통한 열 두세 살 됨직한 사내애가 이쪽으로 걸어오고 있었다.

"저런 쥐새끼 같은 놈이 시방 워디서 오는 거여?"

황억배는 당혹감을 감추지 못하고 혼자 중얼거렸다. 동호가 박 기사에게 차를 세우게 하자 황억배가 부리나케 차문을 열고 나가 주먹으로 애 머리를 쥐어박았다.

"너는 평생 그지꼴로만 살 거여? 맴 잡고 진득이 집에 붙어있으라구 혔잖여 이 육시헐 놈아. 어여 집에 안 갈거여? 핼애비는 쬐끔 늦을 팅게 실겅이서 저녁밥 챙겨먹고 일찍 자. 알쟈?"

"네."

"그러구 병구 너 이 어른헌티 인사 올려. 귀헌 분잉게 허리를 푹 수구리고 곱게 올려야 댜."

차창을 열고 내다보는 동호에게 병구가 허리를 굽혔다. 동호가 손목을 잡고 어깨를 두세 번 두들겨주자 병구는 동네 쪽으로 쏜살같이 달려갔다.

"손자군요?"

동호는 시치미를 떼며 그의 대답을 기다렸다. 도대체 누가 낳은 자식인지 궁금했다. 황억배가 뒤통수를 긁적거리다가 마지못해 입을 열었다.

"참말루 옛날 일이구먼유."

황억배는 잠시 밖을 내다보다가 말을 이었다.

"송두문허구 보상금을 나눠갖고 우선 대전으로 줄행랑을 쳤쥬. 가족이 읎는 홀몸잉게 새처럼 훨훨 날아다니고 싶었어유.

그려서 대전에 가자마자 평소 소망해온 도시생활을 시작혔지만 씀씀이가 헤퍼서 사오 년 만에 상금의 태반을 날렸슈.”

목돈을 만진 김에 자그마한 집이라도 장만해놓고 야무지게 살아야 옳을 텐데 황억배는 셋방을 얻어 살며 경험도 없는 계란 장사를 시작했다. 말이 장사지 만날 술집 출입하는 게 일과였다. 몸을 섞은 논다니만 해도 한둘이 아니었다. 그들 중 하나가 딸을 낳은 직후 사라졌고 그 딸이 또 십대 후반부터 작부 노릇을 하다가 아들 하나를 낳았다. 그리고 아들을 혼자 키우다가 병으로 죽는 바람에 애는 고아원에 맡겨졌는데 그애가 바로 병구였다.

차는 강을 끼고 앉은 매운탕집 마당에 세워졌다. 식당 안으로 들어서자 황억배가 서둘러 강이 보이는 창가에 자리를 잡았다. 경치가 좋은 곳으로 자리를 골라잡는 황억배의 서비스 감각이 돋보였다.

“송두문 씨와는 자주 만나나요?”

쏘가리매운탕을 주문한 동호는 넌지시 황억배의 속을 떠보았다. 하지만 그는 대답을 삼킨 채 고개를 푹 숙였다. 그리고 한참만에 고개를 들고 차근차근 말을 꺼내기 시작했다.

“만나긴 만났는디유……”

밑천이 거덜난 황억배는 날품팔이로 근근히 살아가다가 딸이 죽자 송두문을 찾아 서울로 떠났다. 송두문이 출세했다는 소문은 고향은 물론 대전에까지 자자했다. 보상금으로 사채놀이를 하던 송두문은 이십여 년 만에 큰손이 되었고 서울 시내

요지에 수백억 짜리 대형 빌딩을 지니고 있었다. 황억배는 그 건물 경비원으로 채용된 셈이었다. 언제나 송두문을 주종관계가 아닌 친구 사이로 여기는 황억배는 피뜩하면 송두문 앞에서 술주정을 부리거나 점잖은 자리에서 수모를 주기가 일쑤였다.

"니깟 놈이 나 아니면 팔자를 고쳤겄어?"

그게 황억배의 무기였다. 송두문은 그런 황억배에게 푼돈을 쑤셔주기가 일쑤였고 나중에는 일이천만 원의 목돈을 주어 대전으로 내몰곤 했지만 고작 일 년을 못 넘기고 서울로 기어올라오곤 했다.

"여이 배락을 맞아 직사헐 놈아! 도대체 내가 니놈헌티 뭔 업보를 졌길래 이러큼 당허냐 말여. 여적까지 주정뱅이놈 똥 닦아준 공박에 읎는디 여이 시부럴 놈아! 제발 이제 나줌 살자. 너야 개지랄을 다 혀봤응게 당장 뒈져도 여한이 읎겄다만 나는 이대로는 눈감고 못 죽어. 니놈이 보다시피 내가 평생에 맘놓고 술타령을 혀봤냐 계집질을 혀봤냐. 그러큼 살려고 바둥댄 나를 무슨 억하심정으로 이리 작살을 내려고 지랄허는 거여 여이 썩을 놈아! 저승사자보담 더 지독헌 놈 같으니라구. 이놈아 어여 꺼져! 니놈 낯짝만 봐도 눈알이 핑 돌고 가슴이 답답헝게 내 눈 앞이서 썩 꺼져버리란 말여 이 개쌍놈아!"

"알것네. 다신 자넬 안 괴롭힘세. 이참이 마지막잉게 그저 못난 친구 둔 걸 업으로 알구."

"마지막?"

"그려 그려."

"증말 마지막이라구?"

"잉, 그려 그려."

"썩을 놈 육갑떨고 자빠졌네. 이놈아, 니놈이 삼세 번만 골탕을 먹였어도 재차 삼세 번은 속아주겄다만, 헌디 지금이 몇 번째냐? 니놈도 아가리가 있응게 주절대봐라."

"......"

"몇 번짼지 어여 말혀봐. 아가리는 이럴 때 써먹으라고 터졌응게 바른대로 말혀보란 말여 여이 시부럴 놈아!"

"열 번은 넘을 걸세."

"열 번까지야 아니지. 열 번이면 나는 벌썸 황천길로 갔을 팅게. 내 승깔을 못 이기고 벌썸 숟가락을 놨을 거다 그 말여. 거짓말 손톱만큼두 않고 딱 아홉 번일세."

"미안혀. 하늘님 헌티라도 약속헐 팅게 요번 한 번만 살려줘."

"지랄허네. 너 같은 놈이 하늘님을 무서워 혀? 하늘님을 무서허는 놈 같으믄 벌썸 내가 하늘님헌티 빽을 썼겄다."

"증말여. 이번 한 번만 더 믿어줘봐. 내가 또 찾아오믄 내 모가지를 비틀어도 좋네."

"너 증말여? 이번이 마지막이란 말 증말여? 또 찾아오믄 모가지 비틀어달란 말도 증말여?"

"그려 그려.

"알았다."

송두문이 수표를 긁었다.

"이게 마지막이다. 오천만 원잉게 국수집 정도는 넉넉히 차릴 거다. 정신 바짝 차려서 장사를 잘 혀봐. 알겄냐?"

"그려 그려, 참말로 고맙고 황송허네. 내 이 은혜는 백골이 돼서도 안 잊을 텡게 그리 알어."

"은혜고 백골이고 귀신 씨나락 까먹는 소릴랑 집어치고 너 증말 이참이 마지막이지?"

"응 그려 그려. 증말여."

"내일 당장 대전으로 내려가서 장사를 시작혀봐."

송두문은 자리에서 벌떡 일어나 황억배를 혼자 남겨둔 채 사무실을 빠져나왔다. 엘리베이터로 지하층까지 내려온 그는 곧장 카페로 들어가 술을 청했다. 왠지 가슴에서 슬픔이 치올랐다. 황억배에게 한 뭉치를 주고 나니 다소 마음의 빚이 덜어진 것 같기는 했다. 거짓말로 우겨서 탄 포상금 아닌가. 그 죄업을 어떻게 풀까 하고 늘 가위눌리며 살아왔는데, 그 죄업을 탕감받을 수만 있다면 건물 하나쯤 당장 요절내고 싶은 그였다.

그런디 그 무장공비는 지금 워디서 워떻게 지내고 있는 거여?

송두문은 독주를 벌컥벌컥 마셨다. 긴장이 풀리고 나니 몸이 나른했다. 그 나른한 몸에 술이 들어가자 머리 속에 달이 떠올랐다. 아내의 모습이었다. 멀건 보리죽을 끓여 그나마 자기는 먹었노라고 거짓말을 하며 남편 배를 채워주던 아내. 그 눈물겨운 아내가 재산이 불어날 즈음 강도의 칼에 맞아 세상을 떠났다. 바보! 돈보따리를 던져버리고 목숨을 구할 게지 워쩌자고 돈 대신 목숨을 버렸단 말여. 송두문은 돈에 미쳐지내다 아내마저 죽이고 돈 벌기에만 인생을 소비한 자신이 한갓 짐승에 불과하다는 생각이 들자 화가 치밀었다. 돈이 휴지처럼 여겨졌다. 자기 재산을 모두 긁어모아 불이라도 처지르고 싶었다. 그는 난생처음 죽음이 떠올랐다. 죽으면 모든 게 사라지고 만다는 사실이 가슴을 쳤다. 그는 갑자기 사무실에 남아 있을 황억배에게 전화를 걸었다.

"지하로 어여 내려와."

황억배가 엘리베이터를 타고 부리나케 내려왔다. 송두문은 황억배가 앞에 앉자 아까 줬던 오천만 원 짜리 수표를 회수하고 대신 일억 짜리 수표 석 장을 긁었다.

"아주 석 장으로 채웠응게 니놈 쓰고싶은 대로 써봐."

"삼억이나?"

"워째 즉으냐?"

"이러믄 안 되어."

황억배가 수표 두 장을 돌려주었다.

"육시헐 놈아, 내 재산이 얼만 줄 알기나 혀? 니깟놈 백 놈이 돼질 때까정 지랄혀두 죄 못 쓸 돈여 이놈아. 헝게 건방 떨지 말고 어여 죄 갖고 꺼져. 그 대신 아까 헌 약조 꼭 지키라구. 다시 안 온다는 말, 알겄냐?"

"그려 그려. 실인즉슨 나도 사람인디 끝까정 짐승 노릇을 허것남."

"그 돈은 니 껑게 니 맘대로 써도 좋지만 이참에는 두 장으로 집을 장만허구 나머지만 갖고 장사를 혀봐. 그려야 망해도 집은 남을 팅게 말여. 몸을 뉠 집만 있어도 먹고사는 거야 워뜨게든 해결헐 수 있잖여."

"그려 그려, 명심헐 팅게 걱정 말어."

수표를 모두 챙겨서 안주머니에 넣은 황억배가 자리를 뜨자 송두문은 혼자 거듭거듭 술잔을 비웠다. 생각할수록 지난 세월이 너무 가파랐다. 보상금을 움켜쥔 채 서울로 올라간 그는 고스란히 은행에 예치하고 공사판에 뛰어들었다. 숨겨둔 돈이 있으니 막일을 해도 몸에 힘이 솟았다. 호구만 해결하면 재산은 저절로 불어날 것이었다. 그렇게 한두 해가 지나고 노동판에서 안면이 넓어지자 전표를 담보 삼아 돈놀이를 시작했다. 그때부터 사채업자가 된 셈인데 칼침 맞을 경우가 부지기수일 정도로 위험한 투자를 반복하며 돈을 긁어모았다. 아내를 잃은 것도 그 무렵이었다. 그처럼 돈이라면 생명도 아끼지 않던 송두문이지만 마음 속 깊은 자리에는 늘 실올 같은 가시가 가슬거렸다. 양심이었다. 그 양심이 무시로 배승태를 떠올리게 했고 그때마다 송두문은 가슴에 심한 통증을 느끼곤 했다.

거금을 지니게 된 황억배는 대전으로 내려가 우선 이억삼천만 원으로 집을 한 채 장만했다. 송두문의 충고대로 되도록 부동산 투자에 많이 쓰고 적은 돈으로 장사 밑천을 삼을 작정이었다. 그는 나머지 돈 칠 천만 원으로 중국집을 차렸다. 마음을 독하게 먹고 장사를 시작하니 그전과는 달리 싹수가 보이기 시작했다. 논다니와의 상종도 끊고 장사에만 매달렸다. 반년 쯤 지나자 매상이 급속도로 불어났다. 일 년이 지나자 매상이 곱절로 늘어나고 황억배의 몸에서도 장사꾼 티가 역력했다. 그는 인근에서도 신망을 샀다. 그 무렵이었다. 까막 잊고 지내온 군대 동기생 하나가 찾아와 무턱대고 한 달 가까이 빌붙어 지내며 장삿일을 돌봐주었다. 착실히 허드렛일도 거들고 야채 다듬기 따위의 아낙 일도 자청했다. 그처럼 황억배에게 신임을 얻어갈 즈음인 어느 쉬는 날이었다.

"지친 몸 쉬기엔 화투보다 더 좋은 오락이 없네."

친구는 하루만 즐기자며 황억배를 놀음판으로 유인했다. 다른 짓은 다해도 화투만은 모르고 지내온 터라 황억배는 호기심이 당기기도 하거니와 잔돈 몇 푼쯤은 술값 셈치고 버려도 좋다는 생각이 들어 도리짓고땡 판에 기꺼이 끼어들었다. 처음에는 몇 천 원씩 입질을 하다 몇 만 원씩 부킹 액수를 늘렸다. 그런데 이게 웬 일인가. 패에 돈을 놓는대로 땄다. 오야패를 잡으면 도리로 몇 갑절의 목돈이 쌓였다. 한나절에 하루치 장사 이득의 열배가 넘는 돈이 호주머니를 채웠다. 황억배는 이튿날에도 장사를 친구에게 맡기고 놀음판으로 달렸다. 또 큰돈을 땄다. 그가 돈을 잃기 시작한 것은 셋째 날부터였다. 이틀 동안 딴 돈말고도 하루치 장삿돈을 모두 날렸다.

너무 흥분한 탓여.

그는 자기의 실수를 탓하며 이튿날에는 돈놀이에 신경을 썼다. 끝발이 안 오를 때는 조금씩 대고 끝발에 불이 붙으면 왕창 왕창 거는 거야. 돈놀이 덕인지 그는 잃었던 돈을 당장 회수했다. 신났다. 머리를 쓰면 금방 한몫을 챙길 수 있는 게 노름이었다. 돈을 딴 날은 패거리를 데리고 시내에 나가 한턱을 쓰기도 했다. 날이 갈수록 장사가 시시하게 여겨졌다. 먹는장사가 얼마나 지저분하고 힘든 일인가. 꼭두새벽에 일어나 찬거리를 흥정해다 다듬고, 절이고, 무쳐서, 그릇마다에 쟁여야 하는 데다, 밀가루에 물을 부어 치대다 보면 팔이 어디에 붙어 있는지 모를 정도로 어깨가 쑤셔댔다. 불꽃이 시뻘건 화덕 앞에서 면을 뽑아 삶고 헹궈서 짜장면 한 그릇을 만들어 팔아봤자 코딱지 만한 마진이 떨어지는 게 고작이었다. 그뿐인가. 종업원 속썩이는 거에 비하면 장사준비나 손님 수발은 수고랄 수도 없었다. 장사가 잘 될 때는 뛰쳐나가고 손님이 떨어지면 붙어있는 게 종업원 심보였다. 그나마 구할 수 없어 속을 태우는 경우가 다반사인데 또 손님은 어떤가. 서비스가 조금만 소홀해도 이 집구석에 발을 들여놓나 봐라 하고 돌아서는 모진 인심에 코가 땅에 닿도록 빌고빌어야 하는 저자세. 그처럼 자존심 구기다보면 항상 종놈 신세로 지내는 게 밥장사였다. 그런 고생에 비해 편안히 방바닥에 앉아 화투장만 놀리면 파란 지폐가 앞산처럼 쌓였다. 목이 마르면 음료수를 대령하고 오줌이 마려우면 얼굴 예쁜 아낙이 사타구니에 요강을 대주는 호강을 누렸다. 물론 팁이 적잖았지만 노름판에서는 휴지 같은 돈이어서 아까울 게 없었다.

일주일쯤 지나자 딴 돈이 빠져나가기 시작했다. 열흘이 지나고부터는 잃는 날이 많아졌다. 하지만 돈놀이 탓으로만 여겨져 다음에는 어떤 식으로 찌르고 빼야겠다는 궁리에 잠을 설쳤다.

황악배가 사기도박에 휘말린 사실을 깨달은 것은 석 달이 지나 식당 보증금이 거덜날 무렵이었다. 하지만 물러설 수는 없었다. 눈을 부릅뜨고 속지 않으면 그만이었다. 반 년이 지나자 점포가 사라지고 빚을 질 정도였다. 그리고 일 년이 지나자 집마저 거덜나고 말았다.

죽고 싶었다. 죽을 용기로 한번만 더 송두문을 찾아가기로 결심했다. 용기를 내어 서울로 올라간 황억배는 송두문의 사무실 앞에까지는 접근했지만 차마 문을 열고 들어갈 수는 없었다. 사업에 실패한 것과 노름으로 날린 것과는 경우가 달랐다. 변명할 수도 없고 사정할 수도 없었다. 송두문 앞에 나설 생각은 고사하고 자꾸 미안한 생각만 들었다. 발길을 돌렸다. 밖으로 나온 그는 구멍가게에서 소주를 사들고 여관을 찾아갔다. 방에서 술을 마셨다. 술에 취하고 나니 금방 마음이 풀어졌다. 친구를 찾아가 애원해보겠다는 생의 욕심이 물거품처럼 사라지자 그는 숫제 몸이 가벼워졌다. 몸이 둥둥 떠다니는 것만 같았다. 그 가벼운 몸을 아주 멀고 먼 곳으로 날려보내고 싶었다. 혁대를 풀어 옷걸이에 목을 매달았다. 퉁 하고 몸이 방바닥에 떨어졌다. 못이 빠졌던 것이다. 당장 일어나 밖으로 나왔다. 무작정 보도를 걸었다. 무엇이 발길에 채였다. 양은그릇이었다. 동전이 길바닥에 뒹굴었다. 그걸 모두 주워다 그릇에 담아 거지 앞에 도로 놓아주었다. 쓰레기, 그의 머리 속에서 구원의 빛이 번쩍거렸다. 황억배는 자기 몸이 쓰레기로 느껴졌다. 그 쓰레기를 길바닥에 버리고 싶었다. 대전으로 내려간 황억배는 날마다 술에 절어 걸식으로 지냈다. 세월이 흘러갔다. 그러던 어느 날 그 쓰레기 같은 몸을 고향 친구 하나가 발견하고 고향으로 데려왔다.

설마 굶기야 허겄능감.

친구는 황억배를 데려다 농삿꾼으로 만들었다. 황억배는 품삯을 모아 움막도 짓고 고아원에서 외손자도 데려왔다. 불과 이태 전이었다. 그 후로 유원지가 생기는 바람에 여기저기 식당에서 잔일을 봐주며 호구해오는 중이었다.

"그 후로 송두문 씨는 한번도 못 만났나요?"

"그 친구가 고향에 내려오겠다고 동네에 기별을 넣으면 나는 일찌감치 숨어버리군 혔어유. 인간의 탈을 쓰고는 그 친구를 대면헐 수 없었쥬. 그려서 숨군 혔는디 친구는 그때마다 돈을 몇 푼씩 맡겨놓고 떠났걸랑유."

"누구한테 맡기죠?"

"동네 이장헌티유. 허지만 절대로 그 돈을 찾지 않을 참유. 이장이 여즉 챙기고는 있는디 그 돈을 내 꺼라고 생각혀본 적이 한번도 읎구먼유."

"왜 찾아 쓰지 않았죠?"

"나도 사람 구실을 혀보고 싶은거유. 죽을 날도 멀잖지만 손주녀석이 곁에 있는디 인제 쓸개 읎는 짓은 안 헐라고 작정했슈. 그놈헌티 핼애비 몫을 혀야잖유. 또 그 돈을 가져다걸랑 뭐에 쓰겄슈. 옷을 사입겄슈 살림을 장만허겄슈. 아니믄 집을 새로 장만허겄슈. 그게 죄 무슨 소용이겄냐 그 말유. 쓰레기 같은 몸뚱어린디 뭔 치장을 허구 살겄냐 그 말여유. 나중에 목돈이 되믄 부락 기금으로 쓰도록 허구 병구녀석 학비나 보태주라고 이를 참이구먼유. 은행이자만 혀두 그럴 돈은 훨씬 넘을 팅게유. 하여튼 그 친구를 찾어가서 발이라도 씻겨주구 싶지만……"

"두 분 다 훌륭한 분들이십니다."

"나야 죽일놈이쥬. 쓰레기만도 못헌 인간인디유. 쓰레기도 쓸모가 있는 세상인디 나는 그것보담 못허단 말유."

황억배의 목소리가 몹시 떨렸다. 동호는 고개를 돌려 카운터 옆에 놓인 텔레비전을 보았다. 화면에는 국회의원들의 얼굴이 비쳤다. 뉴스 시간마다 늘쌍 보아온 장면이었다.

"지겨운 쌍판들!"

구석 자리에 앉아 매운탕을 먹는 손님 중 하나가 침을 뱉듯 불만을 털어놓았다.

"쌍판을 한 대씩 갈겨줬으면 속이 시원하겠어. 저 인간들 땜에 온 사회가 뒤틀린단 말야."

걸찍하게 뱉아낸 그는 강 쪽으로 고개를 돌렸다. 복장으로 보아 낚시꾼인 듯싶었다.

"그나저나 워찌 귀헌 발걸음을 허신 거래유?"

"사실은 두어 달 전에 배승태 씨를 만났습니다."

"배승태 씨라뉴?"

"무장공비……"

"오오라…… 그렇게 그 사람이 배승태였구먼. 인제 생각이 나는디, 그 사람을 워뜨게 만난 거래유?"

"우연히 만난 건데 그분은 아무 이유 없이 두 분을 보고 싶어 합니다."

"모다 옛일인디 지금에 와설랑 뭣 땜에 보고 싶다는 거쥬?"

"그분 입장에서는 다만 옛 추억이 그리운 거겠죠."

"얼래, 그 끔찍한 일을 추억이라뉴?"

"그러니까 더 진한 추억이 되는 거죠."

동호는 얼추 토를 달아주었다. 배승태의 마음을 자세히 설명하기도 힘들거니와 설명해봤자 황억배가 알아들을 리도 없었다. 동호는 그 정도로만 찾아온 뜻을 밝히고 헤어지기로 마음먹었다. 어쨌든 송두문과 황억배의 인간성을 파악한 것만 해도 이번 여행에서 소득이 큰 셈이었다. 황억배와 다시 만나기로 약속한 동호는 그를 집에까지 데려다 주고 손주에게 용돈을 두둑이 쥐어준 다음 곧장 공주로 차를 몰았다. 어느새 능선 위로 여름 해가 기울고 있었다.

4

연주는 한 달이 지나서야 퇴원했다. 좀더 편안한 입원실에서 치료를 받게 하자는 성미의 요구대로 며칠 더 입원실에 머물게 했다. 성미는 서초동 집에서 그리 멀지 않은 대치동에 아담한 소형 아파트를 구해서 연주의 보금자리를 마련해주었다. 실내 인테리어도 새로 바꾸고 부엌 시설도 혼자 살기에 편리하도록 꾸몄다. 애초에 동호는 셋방을 생각했지만 성미는 그런 남편을 꾸짖기까지 했다.

“연주 씨가 누구에요? 정말 그분을 길바닥에 쓰러진 행려병자로 취급할 작정에요? 그분이 살아온 내력을 알고도 그처럼 홀대해요?”

동호는 성미 앞에 무릎이라도 꿇고 싶은 심정이었다. 성미는 연주와 가까이 지낸 후로 점점 남편을 공격하는 입장이 되었지만 동호는 그런 공격을 받을 때마다 오히려 가슴이 시원했다.

“요양원에 보내드리면 어떨까 했지만 차라리 편안한 주거환경을 꾸며드리는 게 낫다 싶었어요. 연주 씨한테는 절대안정이 필요하니까요. 또 환경 못잖게 애정이 필요하고요. 그러니 앞으로는 당신의 역할이 중요해요.”

“나보고 어쩌란 말요.”

“어쩌라구요? 그렇게 의무적으로 생각하면 안 돼요. 형식적인 역할은 오히려 해가 될 뿐에요. 진심이 필요해요. 이제 당신은 연주 씨에 대해 다시 생각해야 돼요. 그분이 어떻게 살아왔는지를 똑똑히 아셔야 된다구요. 그분은 여태 희생만 하며 살아왔잖아요?”

“참 어려운 일이군.”

"어려울 것도 없어요. 연주 씨에게 애정을 가지면 돼요."

"뭐라구? 도대체 당신은 어떤 사람요?"

"나를 기특하게 생각할 것 없어요. 바꿔놓고 생각하면 답이 나와요. 나는 연주 씨에게 빚을 졌어요."

"당신이 빚을 진 게 뭐가 있소. 당신이 아니어도 나는 그 사람과 남남일 뿐이고, 민우 역시 내 자식이니 누구든 나와 결혼한 여자가 키우게 마련 아뇨? 오히려 당신은 그애를 키우느라 수고만 했잖소?"

"어찌 그렇게만 생각하세요. 연주 씨 입장에서 생각해야죠. 당신은 연주 씨를 남으로 여겼다지만 그분의 마음 자리에는 오직 당신뿐이었어요. 그러니 어느 여자든 당신의 아내가 된 사람은 연주 씨에게 상처를 주게 마련이죠. 그 장본인이 바로 나였다구요. 그러니 나는 무한책임을 질 수밖에 없잖아요? 연주 씨의 원망을 피할 수 없다구요."

"솔직히 그거야 팔자속이지 뭘 어쩌겠소."

"팔자를 따지는 게 아니고 그분에 대한 내 부채를 말하는 거에요."

"당신은 너무 착해서 탈이오."

"착한 게 아니고 도리를 생각했을 뿐이죠. 사실 그분이 평생을 희생하며 살아온 분이기에 내가 부담을 더 느껴왔는지도 몰라요. 그래서 이제부터라도 그분 입장이 되어 생각하고 행동하려는 거에요. 그러니 그 배려가 내 보람이랄 수도 있죠. 생각해보세요. 그분한테 무관심하는 게 나 자신을 위해서도 뭐가 좋겠어요? 당신이나 우리 가정을 위해서도 내가 이기적인 게 이롭겠냐구요."

동호는 할 말이 없었다. 성미가 두렵기도 했다. 차디찬 냉기마저 느껴졌다. 어머니한테서 느껴지던 그런 삭막한 감정이었다.

"당신은 여자가 아니군. 차디찬 돌덩이라구. 정말 당신이 징그러워."

동호는 미소를 지었다. 성미는 도대체 어떤 여자일까? 동호는 솔직히 그동안 성미의 인격을 과소평가해온 자기의 의식구조가 부끄러웠다. 그녀의 학력이나 가정환경 따위가 마음에 걸린 게 사실 아닌가.

"그분한테 또 한가지 후회스러운 일이 있어요. 어머니 장례식 때 참석하여 적극적으로 관여했던들 연주 씨가 집을 나가도록 버려두지는 않았을 거에요. 그때 나는 꼭 참석하고 싶었거든요. 비록 혼례를 치르진 못했지만 며느리 역할을 포기하고 싶지 않았어요. 물론 당신은 연주 씨가 나한테 질투의 눈길을 줄까봐 안 데리고 간 건 잘 알아요. 나 역시 연주 씨의 마음에 상처를 줄까봐 당신 말을 순순히 따랐고요. 하지만 그 결과가 오히려 연주 씨를 평생 불행하게 만들었잖아요."

"나를 원망하고 있군."

"그래요."

"그럼 당신이 여태까지 한 말은 결국 나를 나무라는 말이었군."

"그분이 가출하도록 방치한 그 잘못을 보상하라는 말에요."

동호는 또 말문이 막혔다. 성미는 지금 동호의 행동보다 그의 심리를 탓하고 있는 중이었다. 연주가 제 발로 나가도록 부추긴 그 비의적 교사狡詐에 대한 징치. 동호는 사실 연주가 제 발로 나가주기를 바랐을지도 모른다. 연주에게 있어 어머니는 그녀를 지켜주고 그녀가 주문진 집에 남아있게 해주는 보호막이었는데 어머니가 돌아가셨으니 연주가 집에 남아 있을 빌미가 없어진 셈이었다.

어머니가 돌아가신 것은 성미와 동거를 시작한지 삼 개월이 지난 이듬해 봄이었다. 그때 동호는 마침 서울 출장 중이어서 주문진 집에는 연주 혼자 임종을 지켜봐야 했다. 연주로서는 감당하기 힘든 시간이었다. 커튼이 쳐진 안방에는 어머니의 기침소리가 간간이 무거운 정적을 흔들 뿐 어머니가 평생 거처해온 그 방은 깊은 바다 속처럼 은밀했다. 숱한 세월 경경고침에 묻혀 당신의 육신만을 닦달해온 어머니, 그녀가 죽음을 눈앞에 두고 연주를 부른 시간은 먼동이 틀 무렵이었다. 임종을 지키려고 방구석에 앉아 졸고 있던 연주의 귀에 꿈결에서나 들음직한 목소리가 느껴졌다.

"가까이 오렴."

얼른 눈을 뜬 연주가 침상 머리맡으로 바투 다가오자 어머니는 연주의 손등을 쓰다듬어주다가 당신 머리에 꽂힌 비녀를 빼어 그녀의 손에 쥐어주었다.

"연주야, 나한텐 이 비녀뿐이다. 아무 때고 며느리에게 이 비녀를 물려주고 싶었니라. 하지만 동호는 내 것이 아니구나. 그래서 동호를 내 맘대로 주지 못하는구나."

"어머니……"

비녀를 받아든 연주는 차마 말을 잇지 못하고 눈물만 흘렸다. 이 세상에 남아 있는 유일한 보호자가 지금 죽음을 맞이하고 있잖은가. 부모형제 하나 없는 몸으로 혈육처럼 의지간이 되어온 어머니의 죽음 앞에서 유품 같은 비녀를 받고 보니 연주는 새삼 난달에 세워진 외로움과 두려움이 느껴져 저절로 울음이 터져나왔다. 그녀는 캄캄한 벽에 갇힌 자신의 모습이 떠오르자 또 한번 어머니, 하고 외마디를 질러보았지만 시체나 진배없는 어머니의 입에서는 아무 반응이 없었다. 비녀를 빼주는 수고에 진력을 쏟은 모양인지 어머니의 몸은 미동도 하지 않았다. 연주는 연방 어깨를 흔들며 어머니를 불러보았다. 그렇게 어머니의 몸을 흔들며 통곡한지 몇 분이 지나서야 겨우 어머니의 입이 벙그죽 열렸다. 연주는 얼른 입가로 귀를 모았다. 하지만 아무 소리도 들리지 않았다. 그리고 입은 끝내 닫히지 않았다.

연주는 울음을 그치고 자기 손바닥에 놓인 연록색 옥비녀를 물끄러미 바라보았다. 어머니의 모습이 그 비녀 속에서 물결치듯 일렁거렸다. 우리 며느리, 어머니가 그런 말을 하는 것만 같았다. 그 소리를 느끼는 순간 연주의 몸에 힘이 스며들었다. 그때부터 연주는 마음 속에 자신을 어머니의 며느리로 확실히 새겨놓았던 것이다.

동호는 어머니가 숨을 거둔 날 저녁 무렵에야 집에 도착했다. 경비전화를 통해 연락을 받은 그는 다급한 김에 서울에서 택시를 잡아타고 비포장길을 달려왔다. 초상집은 상주의 귀가로 장례 준비가 순조롭게 진행되었지만 그 장례준비에서도 연주는 뒷전으로 밀린 채 집안 친척들의 눈치만 볼 뿐이었다. 유일한 의지간인 동호 역시 연주를 거들떠보지도 않고 집안 아낙들과만 모든 일을 상의하고 준비했다.

"나도 상복을 입고 싶어요."

연주는 눈물까지 흘리며 며느리의 자리를 지키려고 애를 썼지만 동호는 그 말을 들은 척도 하지 않았다. 그녀는 상복을 입는 것이 며느리로 인정받는 공식적인 절차로 여겼는데 그런 연주에게 동호는 매몰찬 목소리로 꾸짖었다.

"착각하지마. 너는 엄연히 남이야."

그 말을 듣는 순간 연주의 몸이 파르르 떨렸다. 밖으로 뛰쳐나간 그녀는 달빛이 깔린 바닷가를 거닐며 밤새 울다가 새벽녘에야 돌아왔다.

"제가 상복을 입고 싶어하는 건 어머니 마음 때문에요. 어머니는 저를 며느리로 여기셨어요. 하지만 동호 씨가 다른 여자와 결혼해도 서운하지 않아요. 그럴 자격도 없고요."

"글쎄 자격이니 뭐니 그런 생각부터를 지우란 말야. 나를 염두에 두지 말고 어서 좋은 남자를 만나 행복을 찾으라구. 그리고 별채는 어머니가 연주 몫으로 넘겨준 거니 가게 임대료만 가지고도 편히 살 수 있을 거야."

그날 동이 트기 전에 연주는 맨몸으로 집을 떠나고 말았다. 그게 마지막 이별이었다. 동호는 그 후 삼십여 년 동안 연주가 어떻게 살아왔는지 그 경로가 궁금했지만 수첩에 적힌 메모로 보아 어느 정도 행적을 엿볼 수는 있었다. 온종일 옥수수를 따주고 옥수수 스무 개를 얻었다는 메모 내용으로 보아 강원도 내륙지방으로 흘러들어간 듯도 싶고 연봇돈을 훔쳐 거지들에게 나눠줬다는 내용으로 보아 어느 교회에서 지낸 것도 같고 또 강릉에 있는 식당에서 일을 시작했다는 내용으로 보아 다시 동해안으로 돌아왔다가 여기 진리포구에까지 찾아든 게 아닌가 싶었다. 그리고 본전불 앞에서 춤을 췄다고 적혀 있는 걸로 보아 어느 절간에서 지낸 듯도 싶은데 동호는 무엇보다 그 내용이 궁금했다.

춤과 제의

1

동호는 빗물이 촉촉이 젖어 있는 아파트 복도를 걸어가 503호실 문을 노크했다. 미리 전화를 걸어 둔 터라 금방 문이 열렸다. 연주의 얼굴은 퇴원할 때보다 더 밝아 보였다. 옷차림도 세련돼 보였다. 성미가 백화점에서 장만해준 옷이었다. 연주가 퇴원하자 성미는 그녀를 데리고 나가 외출복에서부터 내복까지 의류 일체를 체형에 맞춰 사주었던 것이다. 연주는 옷차림뿐 아니라 얼굴 화장도 세련돼 보였는데 그것도 성미가 자주 화장법을 가르쳐준 결과였다.

"멋지군."

거실 복판에 서서 연주의 자태를 눈여겨보던 동호는 소파에 앉아서도 연방 호들갑을 떨었다. 그 칭찬이 어색한 분위기를 눙쳐주자 연주는 그제야 말문이 열리는지 왜 언니와 함께 오지 않았느냐고 물었다. 아까 집을 나올 때 성미가 오빠 혼자 들를 거라고 미리 전화를 걸어주었는데도 그런 뻔한 질문을 던진 건 성미에 대한 열적은 마음 탓이 아닌가 싶었다. 그처럼 세심한 부분에까지 신경을 쓰는 걸로 보아 연주의 정신 상태가 온전해진 게 틀림없었다.

연주가 커피를 끓여오는 동안 동호는 창 밖을 내다보았다. 어느새 정원수 잎사귀가 무성하게 자라 있었다. 연주가 입주한 지도 벌써 한 달이 지나고 있었다. 그러고 보니 연주는 그동안 한번도 민우 이름을 입 밖에 내지 않았다. 민우를 보고 싶은 마음이야 간절하겠지만 애써 참는 모양이었다. 성미는 어서 모자 상봉을 주선하자고 졸랐지만 연주의 건강이 더 좋아지기를 기다리며 참아온 터였다.

"동생과 둘이 있으니 옛날 주문진집 생각이 떠오르는군. 동생이 있을 땐 생기가 돌던 집안이 동생이 떠나자 빈집이나 다름없었어."

"언제 주문진집으로 이사했나요?"

"동생이 집을 나가고 반년 쯤 지나서였어. 나는 진작 집에 들어가 살고 싶었지만 언니가 말렸지. 동생이 돌아오면 그 집에 살도록 하자며 셋방살이를 고집했어. 언니의 깊은 맘은 나도 이해하기 힘들어. 이사한 후로도 동생이 쓰던 물건을 하나도 버리지 않고 죄 모아 두었거든. 옷가지와 이부자리는 가지런히 개두고 화장품이나 잘잘한 장신구 하나도 버리지 않고 챙겼어.

동생 사진이 든 액자도 그대로 벽에 걸어두고."

사실이었다. 동호가 연주에 대해 가책을 느낄 이유가 없다고 설득했지만 성미는 가책 때문이 아니라고 반박했다. 도리죠. 민우를 누가 낳았어요? 더구나 연주 씬 보호받을 입장 아녜요? 성미는 그런 말로 동호를 나무랐다. 동호는 성미가 그럴수록 아직도 집안 구석구석에 배 있는 연주의 체취가 더욱 민망스러웠다. 어머니가 거처하던 안방은 물론 마루에도 연주의 체취가 무성했다. 연주와 정사를 가졌던 건넌방에서는 벽지가 온통 그녀의 피부처럼 느껴질 정도였다.

연주의 체취는 방바닥에 깔고 앉은 방석에도 묻어 있었다. 성미는 방석자락을 매만지며 어머니 솜씨가 고우셨다고 바느질 솜씨를 칭찬했지만 동호는 그 말이 부담스러웠다. 어머니의 솜씨가 아니고 바로 연주의 솜씨였던 것이다. 방석뿐만이 아니었다. 옷가지에서 이부자리까지 연주의 손을 거치지 않은 게 없었다. 연주는 그녀의 열적은 마음씨만큼이나 바느질 솜씨가 섬세했다. 연주는 동호가 학창시절일 때 이런 편지를 보낸 적이 있었다.

……어머니 저고리를 만들다 바늘에 손가락이 찔렸어요. 찔린 상처에서 핏방울이 떨어지는 줄도 모르고 바느질만 했더니 옷에 피가 묻어 혀로 핥았죠. 내 미친 피가 묻으면 안될 텐데, 뽀얀 옷에 내 더러운 피가 얼룩지면 안될 텐데, 옷을 다시 장만할 수도 없고, 아주 버릇없는 피였어요.

가엾은 여자……

동호는 연주의 고개 숙인 모습을 물끄러미 바라보다가 "동생" 하고 다정하게 불러보았다. 그러자 연주가 놀란 눈으로 동호를 바라보았다. 동호가 부를 때마다 놀라던 모습은 예나 지금이나 마찬가지였다. 그 놀라는 모습이 측은했다. 동호는 이제부터라도 연주가 자기를 두려워하지 않도록 그녀를 자기보다 높은 위치에 놓아두고 싶었다.

"이제부터 나는 연주의 종이 될 거야. 손도 닦아주고 발도 닦아주는 종이 될 거라구."

"죄 받을 소리 마세요. 그런 말을 다시 하면 오빠 곁을 떠날 거에요. 차라리 죽어버리든가. 제가 왜 오빠를 찾아 서울에 왔는지 모르겠어요. 왜 그런 짓을 했는지 정말 모르겠다구요. 제 욕심 땜에 오빠가 평생 괴롭게 사신 거에요. 민우만 해도 애정 없는 여자한테서 낳은 자식 아녜요?"

"괴롭다니, 자식을 놓고 그게 뭔 소리야. 민우는 아주 올곧게 자랐어. 사리판단이 밝고 또 착한 효자야. 나한테도 잘하지만 엄마한테는 더욱 잘해. 의논할 일만 생겨도 엄마를 찾고, 어느 경우든 꼭 엄마 편을 들었어. 심지어 외식할 일이 생겨도 엄마만 불러낸다구. 나는 그 모습이 좋아 보여. 어려서부터 엄마와 친하도록 노력했는데 내 판단이 옳았다는 생각이 들어. 나하고는 틈이 생겨도 좋지만 진심으로 엄마와 통하기를 바랐거든."

"잘하셨어요. 그러니 그애한테 제 얘기를 꺼내면 안 돼요. 그애 맘을 흔들어선 안 된다구요. 저는 에미 될 자격도 없으니 이

대로 숨기는 게 민우한테도 좋아요."

"동생이 생모란 걸 벌써 알고 있어."

"네?"

"중학생일 때부터 알고 있었어. 방학 때 고향에 놀러갔다가 우연히 들었던 모양이야."

"그럼 말썽을 부렸겠네요?"

"말썽은커녕 오히려 사실을 알게 된 것이 다행인 것 같애. 더 의젓해졌거든."

"머잖아 서울을 떠나겠어요. 언니와 오빠의 정성에 못이겨 이렇게 호강하고는 있지만 저는 이런 호강이 싫어요. 두 분한테 미안해서가 아니라 솔직히 말씀드려서 호강이 제 체질에 맞지 않아요. 또 수십 년 동안 그래왔듯 훨훨 날아다니고 싶고요. 오빠는 저를 가엾게 보셨을지 몰라도 산과 들을 벗삼아 흘러다니는 게 즐거웠어요. 배승태 씨만 안 만났어도 평생 헤헤거리며 살았을 거에요. 사람들은 저를 헤벌레라고 놀렸거든요. 항시 웃고 지낸다고요."

"배승태 씨를 만난 게 천구백구십육 년쯤이더군."

"그런 건 잘 모르겠어요."

연주가 얼굴을 찡그렸다. 동호가 질문하는 식으로 이야기를 유도하자 그제야 표정이 밝아지고 다시 말문이 열렸다. 배승태와의 생활 모습은 소상히 기억하고 있었고 그 시절의 추억을 떠올리는 것이 싫지 않은 눈치였다.

"거기서도 그릇을 자주 깼지만 그분은 너그럽게 봐줬어요.

그릇 깬 게 미안해서 월급을 깎아달라고 했더니 미소를 지으며 제 손을 잡아줬어요.”

“배승태 씨와 함께 지내고부터 마음이 안정됐겠군?”

“마음은 늘 둥둥 떠있었지만 의지간이 된 건 사실에요. 동네 사람들은 배승태 씨를 깐깐한 사내라고 수군댔지만 제가 볼 때는 착하고 자상한 분이었어요. 언젠가는 길 잃은 애를 경포대까지 업어다 준 적이 있는데 부모가 사례를 해도 받지 않고 되레 애한테 먹을 걸 사줬어요. 그분은 어린애를 무척 좋아했거든요. 고샅에서 애들을 만나면 말을 걸기도 하고 꼭 먹을 걸 사줬어요. 그래서 애들이 무척 따랐죠.”

“애들과 병정놀이하고 싶어서 그랬는지도 모르지.”

“네? 병정놀이라뇨?”

“아냐. 아무것도 아냐. 하도 유명했던 총잡이라 그냥 해본 소리야.”

“총잡이요?”

“무장공비니까 총잡이지.”

“오빠는 말씀을 참 재밋게 하시네요.”

“그 친구 생각만 하면 신이 나거든.”

금방 동호의 이마에 식은땀이 맺혔다. 자칫하면 배승태와 만난 사실이 들통날 뻔했다. 연주는 동호의 실언을 거니채지 못한 채 미소만 짓다가 말을 이었다.

“그분은 음식 솜씨도 대단했어요. 하루는 횟집이 쉬는 날이라 심심하게 보내는데 저를 창고방으로 데려갔어요. 방에는 불고기와 생선회가 잔뜩 차려졌더군요. 그분이 손수 장만한 거였죠. 김치나 밑반찬도 손수 장만했고요. 그분은 돈을 별로 욕심내지 않았어요. 누구와 잘 어울리지도 않고 항상 누군가를 기다리는 듯 초조해보였죠. 그분은 저와 얘기하는 걸 참 좋아했어요. 저한테 얘기를 시작하면 시간가는 줄 몰랐어요."

"그만큼 동생에게 의지하고 싶었던 거지. 그만큼 동생을 사랑한 거구."

"그런 말씀은 듣기 싫어요. 저를 위한다는 사람이 손찌검을 해요?"

"손찌검은 잘못이지만…… 무슨 까닭이 있었겠지."

사실 동호는 그 까닭이 궁금했다. 분명 무슨 이유가 있었기에 손찌검했을 터였다.

"혹시 동생도 모르는 새에 무슨 실수를 저지른 게 아닐까? 말이든 행동이든?"

"술을 덜 마시라고 술병을 뺏은 것밖에 없어요. 그때마다 화를 내고 손찌검을 했거든요."

"화를 내면서 하는 말은 없었나? 버릇처럼 하는 말 말야."

"없었어요."

"동생은 그이가 왜 갑자기 달라졌다고 생각해?"

"몰라요."

연주의 표정이 금세 굳어졌다. 어디 짚이는 데가 있는 모양이지만 차마 입 밖에 낼 수 없는 말이어서 참는 게 틀림없었다. 동호는 그녀의 침묵 속에 숨겨진 비밀이 궁금했다. 지금까지도 연주를 그리워하는 배승태가 갑자기 손찌검을 한 걸 보면 분명 그럴만한 이유가 있을 터였다. 또 연주가 자기를 찾으러 무작정 서울로 떠난 걸로 보아 그녀에게 갑작스런 심리변화가 일어났을 법도 했다.

"동생이 집을 나간 후 배승태 씨를 만났을 때까지가 무척 궁금해. 거의 반평생이잖아. 식당 종업원으로 지내는 동안에도 겪었던 일이 많았을 테구."

동호의 유도에도 불구하고 연주는 계속 입을 다물었다. 겨우 가는 곳마다에서 그릇을 깼다는 말만 되풀이했다.

"제 손에 귀신이 씌었나봐요."

"그래도 동생을 이해하고 아껴준 업소도 있었을 것 아냐?"

"속초에서 지낼 때는 참 호강했어요. 주인 내외가 저를 가족처럼 위해줬거든요. 한번은 냉장고를 쓰레기통으로 착각하고 그 속에 야채쓰레기를 버린 적도 있지만 혼내기는커녕 산사에서 요양하도록 마음을 써줬어요."

"요양?"

"사모님이 다니시는 절이었죠. 그런데 그 절에서도 또 실수를 저질렀어요. 본전불 앞에서……"

장대비가 퍼붓는 장마철 어느 깊은 밤이라고 했다. 대웅전에 몰래 스며든 연주는 불전함을 매만지다 말고 덩실덩실 춤을 추기 시작했다. 스스로 꾸며낸 춤사위에 도취된 그녀는 점점 춤마당을 넓히다가 나중에는 온 법당을 헤집고 다니며 몸을 허공에 날렸다.

"몸이 타는 것만 같았어요."

"춤을 추다가 왜?"

"칼, 칼, 칼날……"

연주의 입에서 난데없는 말이 튀어나왔다.

"칼날이라니?"

"햇살이죠. 빨간 햇살. 빨간 저녁 햇살은 영락없는 칼이었어요. 늘 그 칼에 찔리고 싶었어요."

어느새 연주의 얼굴이 하얗게 바래져 있었다. 그녀는 주술을 외듯 알아듣기 힘든 말을 연방 지껄였다. 그녀의 말을 대략 간추린다면 비스듬이 꽂히는 저녁 햇살은 언제나 그녀를 나락에서 건져주는 힘이 되어주었다고 한다. 허벅지와 팔과 가슴에 햇살이 꽂힐수록 그녀는 칼에 찔리는 통증을 느끼곤 했는데 그 아픔은 바로 동호가 느껴질 아픔이었다. 연주의 칼에 맞아 통증에 시달리는 동호, 그처럼 연주는 늘 동호를 칼로 찔렀고 그 아픔을 대신 느끼며 마치 수음을 즐기듯 흥분했던 것이다.

"자 당장 찔러봐."

동호가 넥타이차림인 채 가슴을 내밀었다. 진심이었다. 정말 연주의 칼에 기꺼이 찔리고 싶었다.

"오빠!"

연주의 입술이 바르르 떨렸다. 그리고 이내 눈이 감겨졌다. 연주는 금세 개운한 기분이 느껴졌다. 시야를 가리던 안개가 걷히고 너른 벌판이 전개되는 것만 같았다. 아주 먼 옛날에 가본 듯한 벌판이었다. 그녀는 그 벌판에서 꽃을 만져본 듯도 싶고 벌판을 가로질러 흐르는 시냇가에서 조약돌을 만져본 것 같기도 했다. 돌아가신 아버지의 얼굴도 떠올랐다. 아버지가 속삭이듯 말했다. 연주야 너는 풀잎이 되어라. 너는 바람이 되어라. 너는 달빛이 되어라.

갑자기 연주의 몸이 소파 팔걸이로 쓰러졌다. 동호가 팔로 연주의 목을 받친 채 안아 일으키며 소리쳤다.

"동생! 동생! 연주!"

그제야 연주의 눈이 떠졌다.

"잠깐 어지러웠어요."

연주는 동호의 품에 안긴 채 속삭이듯 말했다. 동호가 병원에 가자고 하자 그녀는 얼굴을 동호의 가슴에 묻으며 목 맨 소리로 말했다.

"저는 악마를 낳고 싶었어요."

동호는 연주의 말뜻을 한참동안 생각하다가 고개를 끄덕거렸다. 언젠가 연주한테서 들어 본 말이었다. 동호는 연주를 안아다 침대에 편히 뉘고 거실로 나와 담배를 피웠다.

연주가 민우를 뱄던 그 해 여름이었다. 경찰관이 된 후로는 일체 연주와 관계를 끊어오던 동호는 그 해 여름 휴가철에 연주와 두어 번 정사를 가진 적이 있었다. 강릉 친척집에서 출퇴근하던 그는 닷새 동안 주문진 집에서 휴가를 보냈는데 휴가 첫날밤에는 유난히 장마비가 극성을 부렸다. 마침 어머니가 출타중이어서 집에는 연주와 단 둘만 남게 되었고 밤이 되자 집안은 더욱 고즈넉했다. 동호가 혼자 안방에서 라디오를 듣고 있을 때였다. 부엌일을 마친 연주가 방에 술상을 차려다 놓고 술을 따라주었다. 동호는 느닷없는 대접이 민망스러웠지만 술상을 물리칠 수도 없거니와 술 생각이 간절하던 참이었다. 그는 술잔을 비우고 방구석에 오롯이 앉아 있는 연주에게 잔을 내밀었다. 평소에 술을 못 마시는 연주였지만 거침없이 잔을 받았다. 그리고 동호가 따라주는 술을 마시고 나서 곁에 붙어앉으며 동호에게 다시 술을 따라주었다. 처음 당하는 연주의 저돌적인 행동이었다. 탱탱한 젊은 몸이 오랜 세월 외로이 지내오다가 동호와 단둘이, 그것도 소나기가 퍼붓는 여름밤에 오붓하게 앉아 있으니 정염이 폭발한 모양이었다. 동호는 연주의 그런 당돌한 짓이 낯설면서도 한편 가여운 생각이 들었다. 정염을 참고 지내느라 얼마나 괴로웠겠는가. 그는 연주에게 또 술을 한잔 따라주었다. 거침없이 술을 받아 마신 연주가 이번에는 두 다리를 상 밑으로 뻗으며 동호의 어깨에 머리를 얹었다. 그녀의 뜨거운 체온과 치마폭 사이로 드러난 하얀 허벅지 살이 동호의 샅을 부풀렸다. 술상을 밀친 그가 연주를 끌어안고 입술을 포개자 그녀의 가슴이 금방 용솟음쳤다. 동호는 바지를 벗고 연주의 옷을 벗기기 시작했다. 연주의 입에서 신음소리가 터져나오고 창 밖에서는 장대비가 까만 어둠을 찢고 있었다. 동호의 몸이 깊이 파고들수록 연주의 입에서는 단말마 같은 비명이 터져나왔다. "저를 버리지 마세요." 동호는 그 말에 소름이 끼쳤다. 몸을 풀기가 무섭게 재빨리 옷을 주워 입었다.

"다신 그런 말 하지 마. 그런 말을 하니까 함께 있기 싫은 거야. 그래서 집에 오기 싫은 거구."

연주는 집에 오기 싫다는 그 말이 두려워 냉큼 "네" 하고 대답했다. 동호의 발자국소리를 기다리며 살아온 긴긴 세월이 얼마나 외롭고 슬펐던가.

"연주. 나는 연주가 가여워 죽겠어. 연주가 가여워서 껴안아 주는 거야. 그러니 제발 그런 말 하지마."

연주는 동호의 품속에 안긴 채 고개를 끄덕거렸다. 그리고 느닷없이 이런 말을 했다.

"제가 애를 밴다면 악마를 낳고 싶어요."

그 말이 암시하듯 동호는 그 후 여섯 달이 지나 어머니로부터 연주의 임신 사실을 듣게 되었다.

2

임신 사실을 알게 되자 동호는 연주보다 어머니가 더 원망스러웠다. 육개월이 되도록 임신 사실을 모르고 지내다니, 혹시 알면서도 모른 척한 게 아닐까 하는 의심이 들기도 했다. 정말 몰랐었요? 동호는 어머니에게 따지듯 물었다. 어머니는 연주가 너무 철저히 숨기는 바람에 몰랐노라고 대답했다.

"당장 지우겠어요."

동호의 목소리는 단호했다. 그 목소리에는 연주를 역성들며 살아온 어머니에 대한 불만도 녹아 있었다.

"육개월이 넘었으니 뗄 수가 없구나."

"지금도 얼마든지 수술할 수 있잖아요?"

"그애 배를 한번 만져봐라. 벌써 애가 꿈틀거리고 있어. 그런 생목숨을……"

"그럼 애를 낳자는 거에요?"

"어쩌겠니. 운명으로 받아들일 수밖에."

"애를 낳으면 손주로 받아들이겠다 그 말씀이군요. 그처럼 제가 원수 같아요? 제 팔자는 어떤 꼴이 되어도 무방하다 그 말이죠?"

"어쩌자고 에미 탓만 하는 거냐? 네가 저지른 일을 갖고 왜 에미 탓만 하냐구."

"어머니는 겁이 안 나세요? 애가 태어나는 순간 제 인생이 망가지는 걸 잘 아시잖아요? 아들 불행보다 연주의 건강을 더 중히 여겼군요. 그러고보니 임신 사실을 진작 알고 계셨네요. 그렇죠? 손주도 어서 안아보고 싶었고요."

동호는 어머니의 얼굴을 빤히 쳐다보았다. 자기 엄마 같지가 않았다. 체온이 없는 차디찬 곡두처럼 보였다.

"내가 손주 따위나 욕심내는 늙은이로 뵈냐? 네 눈에는 에미가 그런 여자로 뵈든?"

"어머니는 도대체 어떤 인간이 되고 싶으신 거죠? 왜 하나뿐인 아들을 미워하냐구요."

"너를 사랑하니까."

"그건 변명일 뿐에요. 어머니는 붕 떠서 사시는 거에요. 왜 구체적인 현실을 모르시냐구요."

"구체적인 현실이 뭔지는 모르겠다만 너는 올바른 현실을 모르고 있어."

"올바른 현실요? 그럼 연주와 함께 살라는 거에요? 감정이 안 통하는 짓을 하란 말에요? 그게 바로 불행인데요?"

"동호야, 화만 내지 말고 우리 냉정히 생각해보자. 연주는 잘 거둬만 주면 훌륭한 아내가 될 수 있어. 네가 생각을 한번 바꿔보라구. 길거리에서 방황하던 옛날의 선입견에만 매이지 말고 긍정적으로 판단해보란 말이다."

"어머니는 자식을 그처럼 무시하세요? 제가 그 수준밖에 안 돼요?"

"너한테 강요하는 건 아니잖니. 네게 책임을 묻는 것도 아니구. 또 네가 도덕군자이길 바라는 에미도 아니다. 그러니 막무가내지만 말고 좋은 해결책을 찾자는 거다."

"해결책은 간단해요. 애를 지우면 돼요."

"불행한 연주한테 더 잔인할 순 없잖니."

"이제 어머니 본색이 나오는군요. 이번 일에만은 잔인이 덕목이죠. 솔직히 나도 연주에게 동정심을 베풀다 이런 실수를 저지른 거에요."

"뭐라구? 그앨 범한 것이 동정이라구? 못된 녀석! 너 학창시절부터 연주를 범했다며? 그래놓고도 동정이라구? 너는 왜 그리 이기적이냐. 이놈아 어쩌면 그렇게 네 아버지를 빼다박았니. 나는 네가 아버지 같은 인간이 되지 않기를 바랐는데."

어머니는 후욱 한숨을 내쉬었다. 어느새 어머니의 눈자위가 붉어졌다. 평생 아버지한테 불만을 품어온 건 사실이지만 그토록 한이 맺혔을 줄은 미처 몰랐다. 동호는 여태까지 어머니의 마음을 제대로 이해하지 못한 그 불효가 죄스러웠다. 하지만 이 일을 어쩌란 말인가. 애만 지울 수 있다면 아버지 같은 인간이 백 번 천 번 되고 싶은 게 솔직한 심정이었다.

며칠이 지난 후에 동호는 어머니 몰래 연주를 꼬드겼다. "연주하고 꼭 가볼 데가 있어." 그게 빌미였다. 아무것도 모른 채 무턱대고 뒤를 따라나온 연주는 동호와의 외출이 마냥 즐겁기만 했다. 그런데 찾아가는 곳이 바닷가나 경치 좋은 야외가 아니고 시내 중심에 있는 병원이었다. 연주는 하얀 가운을 입은 의사 앞에 당도해서야 불길한 예감이 들었고 그제야 도망칠 구멍을 찾으려고 애썼다.

마침내 탈출 구멍이 보였다. 동호가 의사와 상담하는 동안 그녀는 살금살금 출입문을 열고 나가 무작정 골목길로 휘어 달렸다. 어디가 어딘지 분간할 수는 없지만 그 미로가 바로 뱃속에 든 애기의 생명줄이란 걸 깨닫고 있었다.

"아직도 못 찾았느냐?"

어머니의 노기는 하늘을 찔렀다. 어떤 대가를 치르고라도 연주의 행방을 찾아야 한다는 게 어머니의 지엄한 목소리였다. 연주를 찾지 않고는 어떤 매듭도 풀 수 없노라고 했다. 연주찾기의 포기에는 어떤 대안도 허락되지 않았다. 무조건 찾아야했다. 어머니는 모자간의 혈연은 끊을망정 연주찾기는 포기할 수 없다고 했다.

"왠줄 아니? 연주가 불쌍한 애니까. 그러니 모든 대화는 잡소리에 불과할 뿐이다. 이제 할 말 없겠지? 그애를 찾아나서는 것 말고는 차선책이 없다는 걸 명심하겠지?"

동호는 업무 틈틈이 강릉 주변 일대를 뒤지고 다녔다. 가출신고에서부터 행방탐문까지 동료들의 협조도 마다하지 않았다. 그러다보니 연주찾기에서 어떤 의미가 발견되기도 했다. 아무리 자기 인생이 뒤틀린다 해도 연주를 찾아야 한다는 의무감. 이제 그는 연주를 찾는 일에 재미마저 느껴졌다.

동호가 연주의 은신처를 찾아낸 것은 달포가 훨씬 지나서였다. 등잔 밑이 어둡다고 연주는 바로 경찰 업무와 상관이 되는 부녀보호소에 숨어 있었다. 그곳을 찾아가는 건 기본 상식이지만 연주가 그런 데를 찾아갈 줄은 미처 생각 못하고 기껏 남의 집 가정부나 식당 종업원 따위에만 생각이 미쳤던 것이다. 하기야 애초에는 가정부로 들어갔다가 산모임을 안 주인이 부녀보호소로 안내해줬지만.

"큰일 날 뻔했구나. 그곳에서 출산하면 십중팔구는 팔려가기 십상인데."

"그런데 어머니……"

동호는 어머니의 감정이 진정되자 왜 그처럼 연주를 아끼는지 조용히 물었다. 하지만 어머니는 대답을 삼킨 채 동호의 손을 잡아주었다. 난생처음 받아보는 어머니의 다정한 정표였다.

어머니는 그 정표를 통해 자식에게 아버지에 대한 이야기를 가름했던 것이다. 차마 아들에게 남편의 추한 모습을 들려 줄 수는 없었다

어머니는 처녀 시절에 연주처럼 겁탈을 당한 적이 있었다. 그때 어머니는 도씨 성을 가진 한 소작농의 총각과 언약을 맺은 상태였는데 어머니를 겁탈한 가해자는 그녀 아버지가 머슴살이하던 참봉네 아들이었고 종국에는 그 아들과 결혼하게 되었다. 하지만 어머니는 그런 일로 남편을 원망하진 않았다. 그 후의 일이 어머니를 실망시켰던 것이다.

어머니가 아버지와 결혼한 해는 일제日帝가 한창 기승을 부릴 때였다. 지주의 아들이었던 아버지는 당연히 친일에 동조할 수밖에 없었고 그러던 중 해방이 되자 몸을 움츠리며 지내던 아버지에게 육이오는 재기할 기회를 주게되었는데 수복이 되자 아버지는 맨먼저 반공의 기치를 내걸고 희생양을 고안해냈으니 어머니와 언약을 맺었던 도씨가 바로 그 희생양이었다. 아버지는 재기의 기회를 노리기 위해 도씨에게 부역 사실을 덮어씌워 공로를 세웠고 지역에서 유지행세를 하다가 나중에는 국회의원에까지 출마하게 되었다. 물론 낙방해서 살림만 거덜낸 꼴이 되었지만 어머니는 지금까지 억울하게 죽은 도씨에게 죄책감을 느끼며 지내야 했다.

"네가 싫으면 집에 오지 않아도 된다."

연주를 찾은 덕인지 어머니의 입에서 모처럼 여유스런 말이 나왔다. 동호는 그러잖아도 경찰서 근처 여관이나 숙직실에서

자고 지낼 참이었는데 연주와 마주 보기가 어색하고 이웃을 만나면 뒤가 켕겼던 것이다. 멀쩡한 놈이 미친데기 애를 뱄군. 여기저기서 비웃음 소리가 자자할 것만 같았다.

동호가 주문진 집에 다시 들르기 시작한 것은 어머니의 건강이 악화되고부터였다. 그때는 성미와 동거 중이었고 태어난 애가 벌서 두 살이 되어가고 있었다. 동호는 한 달에 두세 번 정도 집에 들렀는데 어머니를 자주 뵙지 못한 죄책감이 가슴을 쳤지만 연주 때문이라는 핑계로 위안을 삼았다. 연주가 민우를 안고 있는 모습을 보면 민우 엄마란 생각이 들 수밖에 없고 그런 생각은 소름을 끼치게 했다. 연주의 몸에서 태어난 자식으로 여겨질 때마다 민우가 마치 기형아처럼 보였다.

"요즘 시국이 시끄럽다면서?"

오랜만에 집에 들른 동호의 손을 잡고 어머니가 걱정스런 표정을 지었다. 어머니의 병세는 늘쌍 누워지낼 정도로 악화된 상태였다.

"공비 출몰이 점점 극성을 부리고 있어요. 사상자도 속출하고요."

"그처럼 큰 사건을 축소 보도하다니."

"처음엔 몇 명 안 되는 줄로 오판한 게 실수였어요. 사살 숫자만 벌써 수십 명을 넘었거든요. 아군측에서도 군인과 예비군을 포함해서 숱한 피해가 났지만 보도가 통제되고 있어요."

"업무를 피할 순 없겠다만 항상 몸조심해라."

어머니의 메마른 손이 동호의 뺨을 쓰다듬었다. 동호가 떨리는 목소리로 말했다.

"어머니, 저는 요즘 행복감을 느끼고 있어요. 그런데 자꾸 슬퍼지는 이유가 뭘까요? 어머니가 가엾고 민우가 가엾고 연주가 가여워져요."

"좋은 일이 생긴 게로구나."

"마땅한 여성을 찾았습니다."

동호는 어머니의 손을 잡고 성미에 대해 자초지종을 털어놓았다. 자식의 고백을 다 듣고 난 어머니는 지그시 눈을 감았다. 그리고 잔자룩한 목소리로 말했다.

"네 몸에서 향기가 풍기는구나. 좋은 여자를 만나면 남자의 몸에서 향기가 나는 법이지. 연주는 바닷가로 미역을 주우러 간 모양이니 돌아오기 전에 어서 떠나거라."

어머니는 눈을 감은 채 모로 돌아누웠다. 만나보지도 않은 성미를 그처럼 좋게 평가하시다니. 동호는 떠나기에 앞서 어렵사리 입을 열었다.

"어머니, 그녀에게 민우를 맡기면 어떨까요?"

"네 양심에서 나온 말이냐?"

"죄송해요. 당장 급한 일이라 말씀드린 거에요. 연주한테야 큰 죄를 짓는 거지만."

"죄를 짓는 줄 알면서 그런 생각을 했니?"

"어쩔 수 없잖아요? 연주가 계속 애를 데리고 있으면 어찌 되겠어요.애가 크면 더 문제고요."

"그렇다면 민우 양육은 네가 알아서 결정해라. 네 자식이니까.”

“연주가 순순히 내줄까요?”

“애를 떼어가도 무방할 거다. 연주는 고통을 느끼지 못할 테니.”

“필사적으로 애를 낳으려 했잖아요?”

“그때완 다르다.”

“왜요?”

“그애는 몸을 풀었니라.”

어머니는 여전히 눈을 감은 채 힘 없는 손짓으로 떠나라고 했다. 동호는 어머니 곁을 떠나며 곰곰이 생각해보았지만 좀처럼 이해할 수 없는 말이었다. 몸을 풀다니.

은장도

1

동호가 진리포구를 다시 찾은 것은 연주가 퇴원하고 두 달쯤 지나서였다. 진작 찾아가고 싶었지만 회사에 바쁜 일이 생기는 바람에 날짜를 늦추다가 배승태의 전화를 받고 서둘러 출발했던 거이다. "하룻밤 자고 가라메. 바다에 몸도 당그구." 그의 목소리는 몹시 달떠 있었다.

진리포구에는 점심 무렵에야 도착했다. 배승태는 동호가 도착할 시간을 예상했는지 미리 모래톱에 나와 있었다. 피서객이 북적대는 모래톱에 서서 연방 손목시계를 들여다보던 배승태는 동호의 모습이 보이자 얼른 손을 흔들며 뛰쳐나갔다.

"세번째 나와본 게야. 늦게 도착할까봐 맘이 조마조마했디."

동호는 배승태가 왜 조바심을 냈는지 창고방에 도착해서야 그 이유를 알 수 있었다. 방 가운데에는 널다란 교자상이 놓여 있고 백지를 깐 상에는 불고기, 생선회, 홍어무침, 매운탕, 게찜 등이 푸짐하게 차려져 있었다. 어디서 장만했는지 인절미도 놓여 있었다. 웬 음식이냐는 동호의 물음에 배승태는 벙그죽 웃기만 했다. 그때 술병을 들고 방에 들어선 포구횟집 영월댁이 동호에게 이만한 대접을 받고도 남을 분이라고 너스레를 떨었다. 그녀가 가게 일이 바쁘다며 밖으로 나간 후에야 배승태가 오늘이 자기 생일이라고 털어놓았다.

"자네와 오붓이 지내고 싶었더랬어."

배승태는 여전히 달뜬 상태였다. 동호가 이웃을 불러와얄 게 아니냐고 하자 그는 여태까지 한번도 생일상을 차린 적이 없다고 했다. 그러니까 동호 때문에 생일상을 차린 셈이었다.

"렛날로 돌아가구 싶거든."

배승태가 상머리에 앉으며 환하게 웃었다. 동호는 우선 그의 잔에 술을 채워주고 생일을 축하했다. 술잔이 두어 순배 돌자 주름살이 깊은 그의 얼굴에 취기가 돌았다. 날카로운 독기를 뿜어대며 철책 안에 꼿꼿이 앉아 있던 그의 살기찬 모습은 이제 전설 속에 묻혀 버린 꼴이었다. 전설, 그렇다. 두더지보다 더 빠르게 땅 속에 묻히는 엄폐술, 어둠 속에서도 단발의 총알로 필살하던 사격술, 그런 팽팽한 생존조건은 이제 그만의 전설이 되었다.

"자네도 많이 늙었군."

동호가 자상한 눈길로 우정을 표시했다.

"아냐. 내레 젊어디구 있어."

"그래야지. 늙을수록 젊게 살아야지."

"이걸 보라메."

배승태는 벌떡 일어나 웃목 구석에 펼쳐 있는 파란 비닐을 거둬냈다. 비닐 속에는 낯익은 물건들이 즐비하게 놓여 있었다. 권총과 수류탄만 모조품이고 군복, 군화, 군모, 나침반, 쌍안경, 잭나이프 수통 등 의복과 장비는 모두 진품이었다.

"동대문시장에서 구했디."

"확실히 미쳤군."

"자넨 이런 놀이가 시시하겠디만……."

"그럼 저걸로 병정놀이를 했단 말인가?"

"첨엔 오해를 받았어. 지서에 끌려가기두 하구. 동넷사람들은 미쳤다구 하구. 기럴만도 했디. 늙은이가 저런 복장을 하고 꼬맹이들과 포복으로 뒷동산을 누볐으니깐 오죽 꼴불견였겠어. 하디만서두 난 말이디, 기런 짓을 해야 맘이 아주 편안해지거든. 사는 맛도 생기구. 피가 홱홱 돌아서 몸이 근질근질해진다구. 왜서 기런디 알간?"

"한창 젊었을 때의 추억이라 그러겠지."

"젊어서가 아니라메. 가장 긴장된 생활이라 기래. 긴장된 순간에서만 사는 의미가 느껴지거든. 사는 목적 말이디. 사람이 산다는 거이 머갠? 짐승처럼 먹을 것만 잔뜩 챙겨두는 거이 사는 게가? 먹는 음식만 해도 기래. 내가 지금 이 생일상 음식이 더 맛있갔는가 자네가 철창 안에 몰래 넣어주던 빵쪼각이 더 맛

있갔는가. 자네가 몰래 갖다주던 담배와 술맛은 자네도 모를 게야. 박카스병에다 담아온 소주를 마시던 재미를 내 평생 어케 맛보갔어. 기때 자넨 참 간덩이가 컸더랬어. 공비한테 술을 몰래 챙겨주는 자네 손이 집채만하게 커 보였디. 참 별난 형사였어."

"이제부턴 마음을 열고 살지 그래. 과거에만 집착하지 말고 현실을 이해하며 살란 말야."

"내레 세상을 넓게 살려고 노력하고 있어. 기래서 아임에프 시대를 걱정했구, 고이즈미 수상이 왜서 한국에 왔는지를 생각했구, 길코 지금이 공상과학시대구, 부패시대구, 자본주의 몰락 시대란 것도 잘 안다구."

"자본주의가 아니고 사회주의지."

"기거나 이거나 매찬가디야."

"세상에 불만이 많은 모양이군. 자넨 지금 점점 굴속으로 숨어들고 있어. 삼십사 년 전으로 말야."

"그 시절이 젤루 행복했댔잖아. 기러니께니 기때로 돌아가고 싶은 거디."

"그때가 그리 좋은가?"

"기럼."

"좋아. 그럼 함께 그때로 돌아가자구."

동호는 이야기가 잘 풀렸다는 생각이 들었다. 배승태가 여태까지 숨겨온 비밀을 캐고 싶었다. 어부에게 총을 빼줬으면서 왜 자수할 의사가 없었다고 우겼는지.

"자네 옛날처럼 긴장하며 살고 싶댔지?"

"기럼."

"그렇다면 내 취조를 받아보겠는가? 그때처럼?"

"기거 좋디. 아주 신나는 장난이군 기래."

"장난이 아냐. 내 신문에 똑똑히 대답하라구."

"말해보라우."

"배승태, 삼십사 년 전엔 뭘 했지?"

동호는 단호한 목소리로 물었다. 어느새 동호의 몸이 옛날처럼 긴장되기 시작했다.

"왜서 기런 걸 묻네?"

"잔말 말고 대답해!"

배승태는 갑자기 굳어진 동호의 표정에 놀라 마지못해 대답했다.

"무장공비디 머갔어."

"무장공비란?"

"북에서 남파된 정예 전투요원."

"남파 목적은?"

"거점을 확보하여 후방을 교란시키려구."

"그보다 더 큰 목적을 말해!"

"적화통일이디 머갔어."

"자수했나 검거됐나?"

"검거됐디."

"검거? 검거가 확실해?"

"확실하다말다."

"그럼 총은 왜 빼줬나?"

"기건 모르갔어. 왜서 기랬는디…… 기땐 정신이 맹해개디군……"

"정신이 왜 맹했는지 아직도 모르겠나?"

"……"

"자넨 그때 얼마든지 어부들을 처치하고 도주할 수 있었잖아."

"단박에 백 놈은 요절낼 수 있었디."

"그래 맞아. 일당백으로 싸울 수 있는 살인 전문가 아닌가. 그런 자네가 총을 빼준 걸로 보아 분명 자수할 의향이었어. 그런데도 검거됐다고 우긴 거야."

"……"

"과거는 어쨌든, 이제 솔직한 심정을 털어놓게."

"지금 대답하라면 자수가 맞디."

"그럼 어째서 옛날엔 검거됐다고 우겼지?"

"기땐 살고 싶었더랬어."

"그게 뭔 소리야? 검거됐다고 우겼으면서 살고 싶었다니?"

"변절이 사는 게가?"

"그럼 지금은 죽고 싶어서 자수라고 하는 거야?"

"기럼."

"변절했다는 말이군?"

"변절이 아니고 아주 썩은 게야. 고노므 계집 때문이디. 고년을 만나기 전만 해도 살 의욕이 철철 넘쳤더랬어. 도화와 헤어지고 강식이 사라졌어도 통일전사로서의 긍지를 잊은 적이 없었으니께니. 물론 외로울 때가 있긴 했디. 달이 휘엉청 밝을라티면 가슴이 찢어질 때도 있었어. 기때마다 여게로 침투한 때를 생각했디. 기땐 꿈이 있고 용기가 솟았거든. 기래서 여게다 자리를 잡은 게야. 여게 살면 침투할 때처럼 늘 정신이 팔팔하거든. 기런데 연주년이 나를 타락시킨 거라메."

"연주?"

"고노므 계집이 연주야. 나를 환장하게 만든 년이디. 바지런하구, 착하구, 예쁘구, 게다가니 슬픔까지 녹아개디구선 사람을 미치게 만들었어. 몸을 섞고 나니께니 더 기가 막혔디. 몸도 솜털 같고 백합처럼 고왔어. 육십 넘은 내가 이틀이 멀다하고 껴안았으니깐 오죽 탐나갔어. 세상이 온통 꽃밭처럼 고와보였디. 내 옷차림도 화려해디구, 음식도 맛있어디구, 집안도 깨끗해디구. 기것뿐인 줄 아네? 나한테 정을 붙이려고 화장도 곱게 하구 맵시도 다듬었디야. 덩말 천사 같았어. 게다가니 생글생글 눈웃음치는 걸 보믄 오장육부가 질퍽하게 녹았더랬어. 하루가 어케 지나가는지 모를 지경이었디. 기런데 말야……"

배승태는 냅다 술잔을 집어 연거푸 두 잔이나 들이마셨다.

"알고보니께니 연주년이 나한테 정이 있어 잘한 게 아녔어. 고년은 꿈을 꿨던 게야. 렛날에 미쳐지내던 남자가 있었더랬는데 나를 그 남자로 착각한 거디. 이런 말을 하더군. 어머니께선 당신 맘이 내게 돌아설 거라고 말씀하셨어요. 기러더라구. 첨엔 기런 말을 하길래 나도 착각했디야. 아궁이 앞에서 졸 때 현몽하셨던 오마니가 연주한테도 현몽하셨구나 착각했더랬어. 내레 연주년한테 속은 거라메. 길코……"

"잠깐! 어머니가 현몽하셨다니? 아궁이 앞에서 졸 때 꿈을 꿨는가."

"꿨더랬디."

"그 꿈 얘기를 자세히 말해주게."

동호는 지금까지 불가사의한 일로 의심해온 검거 사실을 그 꿈에서 해결점을 찾을 수 있다 싶어 흥분했는데 배승태는 할말이 없다며 자꾸 다른 말을 지껄였다. 동호는 술상에서 돌아앉아 바다를 내다보았다.

"와 기러네?"

"이제와서 그 따위 꿈 얘기가 그리도 대단한가? 나를 친구로 여긴다는 말도 죄 헛소리었군."

"시시한 꿈 얘길 개디구 자꾸 와 기러네?"

"시시한 얘기든 중요한 얘기든 내가 듣고 싶어하잖아."

동호는 꿈 이야기를 안 해주면 당장 서울로 돌아가겠다며 윽박질렀다. 어떻게든 그 꿈의 내용을 알고 싶었다. 호기심에서가 아니었다. 체포논리를 뒤엎을 석연찮은 정황들이 모두 그 꿈속에 들어 있을 것만 같았다. 배승태의 석연찮은 체포논리 속에는 검거 정황을 돌출시킨 어떤 기제機制가 도사리고 있을 터인데 동호는 오랜 세월이 지난 지금까지도 그 생각을 떨쳐버리지 못하고 있는 것이다. 어째서 권총을 탈취 당했을까, 탈취

당할 상황이 아닌데 어째서 그랬을까 하는, 도저히 이해할 수 없는 그 정황의 실체를 파악하지 않고는 배승태의 솔직한 정신 세계를 엿볼 수 없었다. 더구나 지금은 배승태가 병정놀이를 하는 데다 연주와의 관계까지 겹친 상태이니 더욱 그의 솔직한 면을 알아야 했다.

"말해주게! 자네의 꿈속에 어떤 말못할 사연이 숨겨져 있는 진 몰라도 끝내 숨길 경우 자네는 진정한 친구가 될 수 없네. 나는 친형제네 집에서도 잠을 잔 적이 없어. 그처럼 까탈스런 내 성미인데도 자네의 냄새나는 방에서 함께 자려고 여기를 찾아왔잖은가. 그런 나한테 의리를 저버리겠는가. 자네도 그 엄혹한 시절에 사법경찰관인 나한테 위태로운 말을 털어놨잖은가. 만약 내가 자네를 증오했더라면 무슨 수로든 극형으로 몰고 갈 수 있었어. 반의사적 행위처럼 보인 자네의 작위성과 사실과는 그 시대상황에선 형량이 천양지차였네. 그뿐인가. 자네가 나를 오해할 때 그 오해를 풀어주려고 살인 전문가인 자네의 손목에서 수갑까지 풀어줬잖은가. 아무도 없는 빈 사무실에서 말이네. 만약 자네가 나를 제압했다면 꼼짝없이 당했을 것 아닌가? 자네 역시 야비한 인간이 아님을 보여주려고 그냥 앉아 있었지만. 내가 자네에게 호감을 가진 건 맹목적으로 그런 건 아닐세. 바로 그 석연찮은 정황 때문일세. 그만큼 나는 정의롭고 싶었었네. 지금에 와서 생각해보면 자네도 옳고 나도 옳았다는 말일세. 그런 우리 사이에 지금 뭘 숨길 게 있겠는가."

동호는 자리에서 벌떡 일어났다. 그때 배승태가 잔자룩한 목소리로 동호를 도로 주저앉혔다.

"내레 약해지고 싶지 않았어. 자네한테까정 내 약한 모습을 뵈주기 싫었던 게야. 알간?"

"약한 모습?"

"내레 기걸 죽은 목숨이라고 여겼더랬어. 한마디로 오마니마저 부정하고 싶었던 게야. 오마니가 거추장스러웠어. 오마니 꿈을 꾼 거이 창피했더랬어. 오마니를 그리워한 거이 유치하다는 생각이 들었어. 그 배라먹을 그리움 땜에 꿈을 꾼 거구 총을 주게 된 게라구."

"……"

"깡깡 언 몸을 녹이려고 뜨순 아궁이 앞에 앉아 있으니깐 어드러켔어. 식곤증까지 겹쳐개디구 바로 졸음이 왔디. 기때 꿈속에서 오마니가 나타나신 게야. 어린 난 감나무 토막으로 팽이를 만들고 있더랬어. 보통 땐 팽이를 낫으로 깎았더랬는데 은장도로 깎고 있었디. 은장도를 무척 갖고 싶어 안달했거든. 오마니가 깊이 간수할수록 더 갖고 싶었던 칼이었어. 장난감처럼 귀엽게 생겼디만 외경스런 느낌을 풍겼디. 오마니는 가끔 옷장 속에서 꺼낸 그 쬐깐 칼을 가슴에 안고 은밀히 대화를 나누곤 하셨어. 은장도와 속삭이던 대화를 엿들어보면 아바디는 나라에 불경한 일을 저지르다 당하신 게 틀림없었어. 여보, 이 엄동 어느 골짜기에 눠 계신교. 기런 탄식이 끝나면 오마니는 으레 손으로 입을 막고 흐느껴 울었디. 하디만 내레 오마니의 슬픔보다 은장도에 더 관심이 컸더랬어. 울다가 잠든 오마니 품속에서 몰래 은장도를 뒤져개디구 감나무 토막을 뾰족하게 깎기 시작했디. 팽이가 다듬어질 무렵이었을 게야. 오마니가 조용히 손을 내미시며 날 타일렀어. 아가 다칠라. 칼 가지고 놀믄 몬쓴다. 늬 아버지도 총칼을 탐내더니만 종국에는 그걸로 당하셨니라. 퍼뜩 이리 내놓으련…….

기래도 내가 떼를 쓰고 칼을 안 드리니께니 오마니는 매를 들어 내 등짝을 때리셨어. 얼떨결에 오마니 손에 그 칼을 놓아 드렸디. 퍼뜩 꿈에서 깨나보니께니 내 권총이 딴 사람 손에 쥐어진 게야. 어부들한테 총을 준 거이 아니고 오마니한테 은장도를 드린 셈이디."

꿈에 나타난 어머니. 그랬었구나. 동호는 그제야 의문의 매듭이 풀렸다. 그런 아름다운 꿈마저 숨겨오다니. 어머니가 어린 자식이 연장을 가지고 놀다 다칠까봐 칼을 빼앗은 그 모정마저 부끄럽게 여긴 독한 인간. 동호는 배승태의 얼굴을 빤히 쳐다보았다. 그의 얼굴에는 벌겋게 열기가 번져 있었다. 그 열기는 자기 자신에 대한 모멸감인 듯 싶었다. 동호는 그의 말을 자르지 않으려고 손수 술을 따라 마셨다.

"기러케 나를 보호하시려던 오마니가 연주한테도 현몽하셔서 우리한테 부부 연을 맺게 하셨구나, 기러케 착각한 거라메. 연주는 나하고 살면서 병이 도진 게야. 고년은 이런 말도 했더랬어. 오마니가 자기한테 옥비녀를 주셨다는 게야. 고년과 내가 부부연을 맺은 징표라면서 비녀를 꺼내놨어. 정말 미치갔더라구. 누구 껀디 모를 비녀를 우리 오마니한테서 받았다고 하니께니 환장하잖갔어? 나는 방에서 혼자 소리를 질러댔디. 김일성 동지 만세! 하고 말이디. 기걸 보고 연주가 놀라개디구 밤중에 도망친 게야."

"왜 그런 엉뚱한 짓을 했는가?"

"안 미치려구. 기래야 살디."

"그래야 살아?"

"기럼."

"……"

"암튼 연주 땜에 맘이 약해딘 게야. 하디만서두 연주를 원망하딘 않아. 요샌 고년이 불쌍타는 생각이 들어. 고년은 아름다운 꿈속에 묻혀 살았을 뿐이거든. 기걸 깨고 싶었던 기 내 욕심이구. 연주 꿈을 기대로 두고봤어야 했더랬어. 연주는 첨 우리집에 왔을 때 밤마다 자기 사랑 얘길 늘어놨디. 전설 같은 얘기였어. 처녀시절 어느 부잣집 외아들이 자길 사랑했다는 게야. 자긴 천한 백정의 딸인데도 귀공자 같은 그 남자는 자길 죽도록 사랑했다는 게야. 대학 나온 부잣집 딸이 죽자살자 따라다녀도 거들떠보지 않고 말이디. 길코 남자 오마니는 자기를 며느리라고 불렀다는 게야. 우리 며느리, 이 세상에서 젤 예쁜 우리 며느리, 기랬다는 게야.

"그럼 왜 헤어졌을까?"

"남자가 죽었대. 기래서 정신이 잘못됐다는 게야."

동호는 얼른 고개를 숙였다.

"기봐. 슬프디? 나도 첨엔 에미나이 얘길 듣고 눈물을 흘렸더랬어. 암튼 연주와 사는 동안 내 투지가 녹은 게야. 고년이 집을 나간 후로 내레 렛날로 돌아갈 수밖에 없었디. 기래서……"

"그래서 애들하고 병정놀이를 했나? 도로 무장공비가 되려구?"

"기거이 살 방법 아니갔어?"

동호는 배승태의 손을 꼭 쥐어주었다. 바다에는 석양이 깔리고 있었다.

"기래도 연주 땜에 잠시나마 행복했디……"

"자네 잘못이 더 크네. 연주는 정신병을 앓았던 여잔데 자네가 끝까지 감싸줬다면 행복한 부부가 됐을 텐데."

"내가 후회하는 거이 바로 기거야. 연주의 순결한 사랑을 이해 못하고 투기심만 생겨개디군 디립다 술만 퍼마신 거이 잘못이라메. 연주가 몸 버린다고 말리면 기러케 화날 수가 없었어. 술잔을 뺏으면 뺨을 치기도 하구. 내가 잠깐 미쳤더랬나 봐. 연주를 만나면 빌고 싶어. 지금 어드메서 멀 하는디 모르갔어. 몸도 성치 않아개디구……."

"연주 씨도 지금 자넬 그리워하고 있을 거야. 암 때고 찾아올 거라구. 자네가 사랑하는 걸 알고 있을 테니 꼭 찾아올 거야."

"자넨 렛날이나 지금이나 날 슬프게 만드는군 기래. 나는 슬픔이 젤루 무서운데 말이디. 아궁이 앞에서 오마니 꿈을 꾼 것도 배라먹을 그 슬픔 때문일 게야. 눈발에 몸이 얼고 배가 고픈데다 부뚜막 무쇠솥을 보니깐 어릴 적 생각이 났디. 오마니가 쪄주시던 고구마, 기거이 생각나니깐 왈칵 눈물이 나더라구.

긴데 말이디…… 연주가 날 찾아올까?"

배승태는 혼잣말처럼 중얼거렸다.

"병정놀이만 안 하면 꼭 찾아올 거야. 그럼 찾아오구말구."

동호는 그의 빈 잔에 술을 채웠다. 언제 나타났는지 수평선 멀리에서 택택이 두어 척이 아지랑이처럼 야울거렸다. 배승태는 그 작은 배를 멍하니 바라보았다.

2

"음식이 아깝네. 손도 안댄 음식이 태반일세."

동호는 영월댁을 시켜 식은 음식은 다시 데우고 부엌에 남긴 음식은 새로 차리게 시켜놓고 혼자 밖으로 나갔다. 동네를 돌며 찾아보면 낯익은 노인들이 있을 것이었다. 동호가 근무할 당시 그에게서 훈련을 받은 예비군들은 거의가 삼십대였으니 동호보다 대여섯 살씩은 더 먹은 육십대 중반이나 후반일 터였다. 그들을 데려다 옛정도 나누고 배승태와 어울리게 해주고도 싶었다. 또 그들과 어울리면 푸짐한 추억담도 나올 것이었다. 앞으로 연주가 이곳에 와서 살게 된다면 오늘의 술판이 뜻 있는 자리가 될 터였다.

동호는 우선 이장댁을 찾았다. 그런데 낯모르는 중년 사내가 이장 일을 보고 있었다. 그는 동호를 훑어보며 무슨 일로 찾아 왔느냐고 물었다.

"옛날 분이 아니군요. 옛날 권 이장님을 찾아왔는데요."

"권 이장요? 그런 분은 금시초문인데요. 혹 윤태구 씨를 찾아오신 게 아닌지……"

"그 분이 윤 씨던가?"

"윤태구 씨가 옛날에 이장하셨다는 말을 들었지만, 벌써 작고하셨죠."

"이장님은 여기가 고향이신가요?"

"강릉에서 왔습니다. 이십 년 넘었어요."

"강릉요? 그래서 모르나본데 나도 옛날에는 여기서 살았다우."

동호는 근무했다는 말을 살았다는 말로 둘러댔다. 그래야 상대방이 거부감을 느끼지 않을 터였다. 동호는 그와 말을 늘리기 위해 그의 셔츠 호주머니에 든 담배를 보며 너스레를 떨었다.

"미안하지만 담배 한 대만 부탁합시다. 담배가 떨어져서……"

이장이 담배 한 개비를 꺼내주고 라이터불까지 당겨주자 동호는 고맙다는 인사치레를 하고 나서 현재 어촌계장이 누구냐고 물었다. 이장은 허갑태 씨라고 대답했고 동호가 옛날에는 허순태 씨였다고 하자 허갑태가 허순태 씨의 사촌동생이라고 했다.

"세월이 많이 흘렀군."

"어르신네는 언제 여기에 사셨는데요?"

"천구백육십년대요."

"육십년대면 제가 철들 무렵인데요."

"그분은 생존해계십니까?"

"허순태 씨 말인가요? 사 년 전에 위암으로 돌아가셨죠."

"술 탓이겠지."

"그걸 어찌 아시죠?"

"별명이 딸기코였소. 예비군 훈련이나 작전 중에도 소주를 마셔야 몸이 움직였소. 그럼 노재덕 씨는 아시오? 이 동네서 젤 잘 살던 부잣집 아들이었는데."

"한 동네 사는데 알다마다요. 말씀하신 대로 이 동네에서 젤 부자였어요. 해변에 딸린 땅은 죄 그분네 꺼였죠. 하지만 사업한다고 죄 팔아먹고 지금은 저기 골목에서 수퍼를 해요."

"박일도 씨는 아직 살아계신가요? 예비군 소대장을 지냈는데, 그때 나이가 사십대 중반이었으니까…… 굉장히 떠들떠들하구."

"요즘도 목소리가 크시죠."

"그럼 살아있다는거요?"

"지금도 정정하십니다."

"나한테 꽤 혼났는데."

동호는 이쯤해서 한번 기를 세우리라 마음먹었다. 그런데 금세 이장의 얼굴이 일그러졌다.

"제 숙부님이신데요."

"숙부님?"

"숙부님과 나이 차이가 많으실 텐데……"

나이 차이가 많은데 건방지게 어른을 혼냈느냐, 그런 말투였다.

"그분이 나를 어린애 취급을 하는 바람에 예비군을 통솔할 수가 있어야죠. 그래서 뻔때를 뵈느라고. 하기야 그분이 계셨기에 이 동네에 표준방위촌이 생기고 강원도 모범촌이 됐지만."

동호는 슬그머니 이장의 숙부를 추켜세웠다. 사실은 엄정한 심사 끝에 표준방위촌이 되었지만 공로를 박일도에게 돌려야 오늘 술판이 잘 어울릴 것만 같았다. 하기야 진리포구에서 가장 친밀한 얼굴이 있다면 박일도였다.

"숙부님과는 참 친하게 지냈죠. 횟거리만 생기면 꼭 나를 불러내 술을 함께 마셨거든."

"예비군 통솔을 하셨다는 말씀은……"

"여기서 임검소장을 지냈는데, 그 시절에는 예비군 창설 초기여서 훈련과 전투도 임검소장이 관장했다우. 그래서 숙부님과 거의 매일 붙어지내야 했는데 업무면에서 뿐 아니라 인간적으로도 이물없는 사이였다우. 숙부님은 참 인정이 많았죠."

동호는 이장에게 친밀감을 보이려고 옛날 추억담을 꺼내면서까지 박일도를 한껏 추켜세웠다. 그제야 이장은 동호에게 마루에 오르라고 친절을 베풀었다. 그럴 여유가 없다며 사양하자 이장은 동호를 데리고 노인정으로 갔다. 노인정에는 박일도 말고도 노재덕과 허갑태가 함께 있었다. 모두 얼굴이 쭈글쭈글했다. 그들은 동호를 보자 청춘을 되찾은 듯 어깨를 들썩거리며 어부 특유의 된소리로 떠들어댔다.

"죽잖고 사니께 이런 날도 있구이."

"갑시다."

"어디로 갈라꼬?"

박일도가 물었다.

"포구횟집으로."

"포구? 거게는 공비네 집인데 병정놀이 볼라꼬?"

박일도가 농담을 던지자 허갑태가 "요샌 멍석귀신이 됐다카데요" 하고 한마디를 뱉으며 동호의 뒤를 따랐다. 그들은 모두 애들과 병정놀이한 해괴한 늙은이를 만난다는 호기심에 기분이 달떴다. 동호는 포구횟집 마당에 들어선 후에야 오늘이 배승태의 생일날임을 알려주었다. 마침 배승태가 뜰에 나와 그들을 맞아들였다.

"귀신이 아니고 사람이 맞네."

박일도가 걸찍하게 농담을 뱉았다.

"오랜만입네다."

배승태가 박일도에게 예의를 차리고 나서 일행을 방으로 안내했다. 술상은 말끔히 새로 차려져 있었다. 몇 순배의 술잔이 돌자 여기저기서 배승태에 대한 덕담이 나왔다. 거의가 이곳을 고향처럼 여기며 살아가는 배승태의 올곧은 정신을 칭송하는 말이었다. 그들은 일부러 정신병자로 매도당한 병정놀이에 대해서는 입을 다물었다. 그런데 유독 노재덕이 배승태의 치부랄 수 있는 병정놀이를 칭찬해주었다.

"삶의 질을 높이려는 탁월한 의지다이."

"그게 뭔 귀신 씨나락 까먹는 소린공?"

박일도가 노재덕의 말을 꼬집자 노재덕은 그 말을 못 들은 척하며 딴전을 피우다가 마당에 세워진 동호의 차를 바라보았다. 그때 허갑태가 "형님도 속만 차렸으모 저런 차를 타셨죠" 하고 약올리는 투로 말을 받았는데 그의 말속에는 옛날에는 당신네가 부자였지만 지금은 우리가 부자요 하고 뻐기는 그런 허세가 묻어 있었다. 그러고보니 노재덕이 망한 이유를 이장은 사업실패라고 둘러댔고 허갑태는 속 못 차렸다는 말로 폄하한 셈이었다.

"까불지들 마. 구멍가게보다 속 편한 팔자는 없으이. 그게 죄 손금 본 덕이다이."

노재덕은 도박으로 망했다는 말을 거침없이 뱉아냈다. 그런 노재덕에게 동호는 사장이란 직함을 얹어주었다.

"노 사장 기억나? 무기고 습격사건?"

"기억나고말고지. 뭐니뭐니 해도 그 시절이 데낄이었어. 재산은 있다가도 없지만 그 추억은 돈 주고도 몬 사는 거 아이가. 참 어이없는 일이었다이."

생각할수록 소름이 끼치는 사건이었다. 자칫 대형사고로 이어질 뻔한 그 사건 때문에 동호는 노재덕과 남다른 사이로 지내왔었다.

청와대 습격사건이 터지자 그 해 4월에 향토예비군이 창설되고 표준방위촌이 선정되었다. 일반인인 예비군에게 무기를 지

급하는 것이 걱정되던 터라 각 지역에 시범 방위촌을 만들어 점차적으로 확대 실시할 참이었는데 진리포구가 강원도 시범부락으로 선정되었던 것이다. 동호는 삼척·울진사건이 터진 후로는 무기고 신축공사 감독과 예비군 야간 전투 지휘까지 책임지는 바람에 쉴 틈이 없었다.

사건이 터진 그날은 무기고 준공식을 갖는 날이라 진리포구는 아침부터 들썩대기 시작했다. 온 부락민이 행사장에 참석하도록 어선 출항을 정지시킨 상태라 부락은 축제분위기였다.

식은 점심 때 거행되었다. 진리 1, 2구 예비군이 전부 모인 자리에서 행우(멍게), 해삼, 문어회, 시루떡을 차려놓고 소대장 박일도가 제를 올렸다. 예비군이란 말이 아직 낯선데다 동네 한복판에 M2 칼빈과 수류탄 등을 보관할 무기고가 생기고 보니 자못 긴장되는 순간이었다. 행사장에는 아녀자 노인 애들 할 것 없이 죄 모여서 그 낯선 행사를 지켜보았다.

"저기다 총이랑 폭탄을 숨궈놨나?"

"하머, 겁나제. 총이랑 수루탄이랑 대칼을 잔뜩 실어왔지러."

"느그 신랑도 총을 준다카더나?"

"향군한테는 막흔 준다카더라."

"에메, 주정뱅이가 머 할 줄 안다꼬 총을 주나. 그 총 갖고 해구 잡으모 쓰겄네. 느그 신랑 해구신 묵고 팍팍 쑤시모 입 떡떡 벌어질 끼다."

"옘병 떨지 말그라. 공비 잡으란 총갖고 왜서 해구 잡겄노."

"그나저나 총 땜에 동네 안 시끄럽겄나?"

"하머, 시끄럴 꺼구마."

아낙들이 준공식 모습을 바라보며 수다를 떨었다. 온종일 술에 젖어사는 어부들 손에 살상무기가 쥐어진다는 사실이 걱정되기도 했다. 얼마 전 안동 문화극장에서 술 취한 사병이 수류탄을 던져 다섯 명이 죽고 삼십오 명이 부상한 사건이 터져 더욱 염려되는 시기였다.

준공식이 끝나자 술판이 벌어졌다. 대낮부터 벌어진 술판은 자정 무렵에야 끝났다. 동호는 무기고 앞에 바리케이트를 치고 예비군 입초병의 경비 상황을 감독하다 자정이 훨씬 넘어서야 집에 돌아왔다. 손발을 씻고 방에 들어간 동호는 머리맡에 권총과 FM무전기를 놓고 잠자리에 누웠다. 혹 간첩이나 공비가 침입하면 즉시 발사할 채비를 갖추어둔 셈이었다. 온종일 시달린 몸이라 금방 눈이 감겼다. 막 잠이 들었을까, 그때 문밖에서 다급한 목소리가 들려왔다.

"소장님 큰일난겨."

보초를 서던 노재덕이었다.

"무슨 일요?"

오발사고가 난 줄 알고 동호는 가슴이 철렁했다.

"공비가, 무장공비가……"

"뭐라구?"

동호는 얼른 권총과 플래시를 챙겨들고 밖으로 뛰쳐나갔다. 구두를 신을 동안 노재덕이 지껄인 말에 의하면 공비는 일개 분대쯤 되는 병력으로 모두 국군 복장으로 위장했는데 맞은 편에서 경비를 서고 있던 동료 초병이 총을 뺏기는 순간 무장공비 습격임을 알고 재빨리 도망쳤다는 것이다. 동호는 공비들이 무기고를 털 목적으로 습격했으리라 판단했다. 후방 교란작전, 대뜸 그런 생각이 들었다. 우선 강릉으로 무전을 치는 일이 급선무였다. 하지만 잡음이 나서 교신하지 못하고 노재덕과 함께 무기고 쪽으로 달렸다. 무기고에 붙은 임검소에 경비전화가 있었다. 하지만 둘이서 어떻게 분대 병력과 싸우겠냐며 노재덕이 동호의 소매를 잡았다.

"나한텐 실탄도 없잖아요."

사고 예방 차원에서 실탄과 수류탄 창고 열쇠는 동호가 보관하고 있었다. 동호는 노재덕에게 열쇠를 꺼내주며 다급하게 지시했다.

"사이렌을 불어서 예비군들을 깨워. 내가 해안 쪽으로 유인할 테니 그 동안 예비군을 출동시키고 강릉에 연락해."

"개죽음 당한다니까요."

"글쎄 내 걱정은 말고 어서 사이렌이나 불어."

동호는 부들부들 떠는 노재덕을 사이렌 탑이 있는 공회당으로 보내고 혼자 무기고로 달려갔다.

무기고 주위는 보안등 불빛이 환했다. 동호는 살금살금 접근해갔다. 그런데 아무도 보이지 않았다. 정막이 감돌았다. 어디에 숨어 있을까? 동호는 무기고로 더 가까이 다가갔다. 그때 갑자기 바닷가 공터 쪽에서 하나둘 하나둘 하는 연호가 들려왔다. 이상한 일이었다. 그렇다면 공비가 일개 분대가 아니라 대부대 병력으로 진격해와서 해안 봉쇄 경비부대를 무혈 점령했단 말인가. 그럼 이미 무장해제 되거나 사살될 처지에 놓인 게 아닌가?

이왕 죽은 몸이었다. 동호는 소리나는 쪽으로 조심조심 다가갔다. 바닷가 어둠 속에서는 구호소리에 섞여 신음소리도 들려왔다.

많이 죽은 모양이군. 총소리가 없는 걸로 보아 모두 칼에 찔려 죽은 것 같애……

동호는 공터 쪽으로 접근해갔다. 어둠 속에서 뭐가 움직이는 모습이 언뜻 보였다. 그런데 이게 웬일인가. 움직이는 물체들은 깍지낀 손을 머리에 얹은 어민들이었다. 그들은 앞엣총을 한 국군 복장의 괴한들 구호에 맞춰 토끼뜀을 하고 있었다. 남녀노소를 망라하여 삼십여 명쯤 되었다. 괴한들의 살벌한 행동은 마치 계엄군의 경직된 모습이나 진배없었다.

"여기 지휘관이 누구요?"

동호는 앞엣총을 한 채 구호를 외치는 사병에게 플래시를 비추며 단호한 어조로 말했다. 경찰복장에다 권총을 든 동호의 모습을 보고도 사살하지 않았다는 사실에 적이 마음이 놓인 터라 용기가 생겼던 것이다. 동호는 사병의 연락을 받고 나타난 장교에게 사건의 중요성을 설득했고 장교는 그제야 자기의 실수를 뉘우치는지 빼앗은 총은 돌려주고 병력 해체를 지시했다. 그때 공회당 쪽에서 수십 명의 예비군이 총을 들고 몰려왔다. 앞에는 소대장 박일도가 당당한 기세로 선도하고 있었다. 그러고 보니 아까 사이렌소리가 들렸다는 생각이 났다. 동호가 군인들과 따지고 있을 동안 노재덕이 비상 사이렌을 불어 예비군을 소집시키고 강릉에 전화를 걸었을 것이다. 그러자 먼저 뛰쳐나왔을 박일도가 무기고를 열고 총을 배부했을 게 틀림없었다.

기어이 일이 터지는구나……

다급해진 동호는 재빨리 두 팔을 벌려 예비군의 행진을 막은 다음 군인 쪽을 향해 소리쳤다.

"총을 쏘지 마! 이쪽은 총만 들었지 실탄이 없다. 모두 빈총이니 안심하고 절대 쏘지마! 쏘면 누구든 죽는다!"

동호의 고함소리에 장교 역시 위기감을 느꼈는지 부하들에게 총뿌리를 내리라고 외쳤다. 군인과 예비군의 사이가 점점 좁혀졌다. 동호는 이번에는 예비군 쪽을 향해 소리쳤다.

"군인들은 총을 안 쏜다. 향군은 긴장을 풀고 제자리에 앉아라!"

하지만 예비군들은 계속 영차영차를 연호하며 사기를 돋았다. 잠을 설친 그들의 몸에서는 아직도 술내가 진동했다. 매일 술을 마시는 어부들로서 취중인데도 금방 백 프로 가까이 집합했다는 사실부터가 놀라운 일이었다. 언론에서도 사건의 내용보다 술 취한 어민 향군들이 이십여분만에 거의 전원 출동한 데에 관심을 보였다. 암튼 전투 중에 민간인들의 불찰로 생긴 사소한 사고였지만 대형사고로 이어질 뻔한 사건이었다. 또한 동호로서는 어민편을 들기도 뭐하고 군인편을 들기도 뭐한 사건이었다. 무장공비와 맞대거리한 사건이라면 얼마나 떳떳할까.

이야기는 끝을 모르고 이어졌다. 옛날 이야기가 나오자 박일도의 입에 힘이 붙었다. 주로 야간 작전에 얽힌 추억담을 늘어놓았다. 밤에는 바스락거리는 가랑잎 소리에도 신경이 곤두섰다며 오줌을 눌 때도 소리가 나지 않게 솔잎을 사타구니에 대고 두 명이 서로 등을 대고 싸야 했다는 일화를 늘어놓았다.

"사주경계를 하며 싸야지 안 그러모 뒤에서 목을 칠 거 아이가. 맨날 뛰놀던 뒷동산인데도 와 그리 무섭던고. 하기사 공비가 동네 속까지 파고들었잖나."

박일도의 말에 모든 시선이 배승태에게로 향했다. 그가 바로 동네에 침투한 공비가 아닌가. 배승태는 어색하게 웃고 나서 야무지게 쏘아붙였다.

"기거이 작전입네까? 장난이디. 우린 예비군 작전 동태를 막흔 살폈시오. 당신네들은 야간 작전 중에도 담배를 피고 술도 마십데다."

"그 모습도 봤단 게요? 어떻게 그런 모습을 봤단 게요?"

"우린 사람이 아니고 귀신이니깐."

"농담말고 솔직히 말해주소."

"우린 가랑잎 속에서 자고 먹었시오."

"두더지란 말은 들었소만……"

"당신네들은 전투하러 온 거이 아니고 소풍 나온 거외다. 한방 먹이려다 귀여워서 봐줬더랬소."

“귀여워서?”

“기럼 귀엽디. 애기 장난 같으니께니.”

“지금이니까 그런 말을 하지 그땐 우리가 무서웠을 거구마.”

“보시라요. 우린 일당백였수다레. 알갔시오?”

“그런 사람이 작대기를 맞고 절절 맨게요?”

“기거는……”

배승태는 말을 얼버무렸다. 정작 변명할 수가 없었다. 그 난처한 입장을 동호가 옹호하며 나섰다.

“잠결에 당한 일이라 어쩔 수 없었던 거요.”

동호는 차마 꿈 이야기는 꺼낼 수 없었다.

“암튼 한 동네 살게 되어 기쁘오. 앞으론 자주 만납시다이. 죽을 날도 멀잖은데.”

분위기를 눙친 박일도가 생일을 축하한다며 술을 한 잔 따라주었고 이어서 이장과 노재덕이 축하주를 한 잔씩 따랐다. 노재덕은 배승태의 북쪽 가족 이야기까지 꺼내어 술자리를 숙연하게 만들었는데 동네 주민한테서 처음 인간적인 정리를 느낀 배승태는 지금까지 외톨로 살아온 게 후회스럽다는 인사말을 했다.

“나는 경중에 떠서 살아왔습네다. 어드메다 발을 붙이갔쇼. 기러니께니 형네들과 어울릴 수 없더랬시오.”

그때였다. 어촌계장 허갑태가 “마나님 소식은 없는 거요?” 하고 불쑥 연주의 안부를 꺼냈다. 배승태가 대답을 못하고 얼굴만 붉히자 동호가 대신 곧 소식이 있을 거라고 대꾸해주었다. 이내 술판에는 화기애애한 분위기가 깔렸다. 그때 또 허갑태가 난처한 질문을 꺼내 분위기를 짓눌렀는데 "왜서 병정놀이를 했죠?" 하고 멋대가리 없는 말을 꺼냈던 것이다. 그런데 난처해할 줄 알았던 배승태가 거침없이 말을 받았다.

"시대가 자꾸 머리만 쓰는 세상을 만들고 있습네다. 머리만 쓰게 되믄 교활한 세상이 되고 야비한 놈이 판치는 세상이 되디오. 잔머리만 팽팽 도니께니 기러티오. 먹고 살만하니께니 몸이 게을러져서 기럴 겁네다. 인간은 역시 동물입네다. 동물은 동물처럼 살아야디오. 기러타고 싸우잔 건 아니외다."

모두 눈만 끔벅거렸다. 경청했다기보다 무슨 말인지 이해가 안 간다는 표정들이었다. 동호는 배승태의 말이 조리가 있고 없고를 떠나 그가 그런 생각을 했다는 것 자체가 특이한 발상이라고 생각했다. 하기야 그 발상 역시 그가 살아온 체험에 바탕을 두었을 테니 배승태는 남한에서 살아오는 동안 무엇을 보아왔고 무엇을 느끼며 살아왔는지 동호는 그게 궁금했다. 자세히 알 것 같으면서도 기실 잘 알지 못하고 있는 배승태의 삶, 진짜 그의 모습은 무엇일지 동호는 그게 알고 싶었다. 그때 노재덕이 배승태의 말을 이해할 것 같다며 불쑥 목소리를 높였다.

"요즘은 인간다운 인간을 만들 수 없는 세상이다이. 잔재주꾼만 양산하는 세상 아이가. 인간다운 미덕을 비웃는 세상이 돼가고 있다 그 말이더. 한마디로 원칙이 없는 사횐기라. 자기가 비열해지고 있는데 그걸 몬 깨닫는 세상, 참 살맛이 없는 세상이다이."

“노재덕이 잇찔이구먼. 뭔 소린지는 잘 모르지만 역시 진리 부락에서 유식한 말이다하믄 노재덕이제.”

박일도가 노재덕을 한껏 치켜세웠다. 옛날에 최고 유지로 지내던 종가집 자손이 손 한번 잘못 놀렸다가 패가망신한 그 고통을 누가 알아주겠는가. 박일도는 동네 웃음거리가 되어온 그에게 내심 동정심을 느껴온 터였다. 그리고 패가망신한 후에야 올곧은 사람이 되려고 노력하는 그에게 존경심마저 느껴온 터였다. 박일도는 몇 해 전에 벌어졌던 노재덕네의 부부싸움을 아직도 잊지 못한다. 늦은 밤에 노재덕의 집에서 부부싸움이 왁짜하게 벌어졌는데 바로 옆집에 살면서 나몰라라할 수 없어 찾아갔더니 두 부부의 얼굴에는 눈물이 범벅이 되어 있었다. 싸움 내용은 간단했다. 노재덕은 아내에게 못난 사내 곁을 떠나라며 통사정을 하고 있었고 아내는 그 못난 사내와 헤어질 수 없노라고 매달리는 실랑이였다. “나는 외로워지고 싶어, 슬퍼지고 싶단 말야.” 노재덕은 아내의 등을 밀며 눈물을 흘렸고 아내는 외롭고 슬퍼지는 게 싫다며 마루 바닥에 주저앉아 엉엉 울었던 것이다.

“노 사장 한 잔 받어.”

동호가 잔을 내밀고 술잔을 채워주었다. 노재덕의 말에서 공감이 느껴졌던 것이다. 하루가 다르게 변해가는 현실에서 자기가 둔한 건지 아니면 세상이 영악스러워진 건지 도통 감을 잡을 수 없는 동호로서는 천군만마의 원군을 얻은 기분이었다.

동호는 요즘 자기의 사업에서 손을 떼고 싶을 정도로 의욕이 식어가고 있었다. 자기의 삶이 소꿉장난이라는 생각이 들 때가 많았다. 슬퍼지고 싶을 때가 종종 있는데 그 슬픔마저 혐오스러울 때가 있어 허망감이 느껴지곤 했다. 도대체 뭘 느끼고 뭘 추구해야 되는지 삶의 지평이 캄캄해 보였다. 뭔가 옳다고 느껴온 것에 손짓을 보내며 살아왔는데 그 재미가 헛개비로 둔갑해버린 허망감이 맥살을 뺐다. 슬퍼지고 싶으면서도 그 슬픔이 유치해보이는 감정, 동호는 그 좌절에서 헤어나고 싶어 배승태를 찾아왔다. 그래, 너와 나만이라도 슬픔을 보석처럼 아끼고 공유하자, 그런 유대감이 느껴져 배승태가 그리웠던 것이다.

"자자, 웃기는 얘기나 하자마."

박일도가 무거운 분위기를 눙칠 양으로 웃기는 추억 한 토막을 상기시켰다.

"그 얘긴 강 사장이 해야 재밌겠다이."

노재덕이 동호를 바라보며 말했다. 이미 동호의 얼굴에는 웃음꽃이 피어 있었다.

삼척·울진사건이 막바지로 치달을 무렵이었다. 군인들이 산을 뒤적거리면 예비군들이 아래서 주어담는 식이어서 예비군의 성과도 컸지만 그에 못지 않게 자체自體 사고도 뒤따랐다. 심지어 변소에 간 이웃 사람을 잘못 쏜 경우도 있었는데 그런 살벌한 분위기 속에서도 뱃살을 잡고 웃을 일이 진리부락에서 발생했다.

그날도 밤이 되자 조명탄이 온 산야를 밝혔다. 멀리 대관령 쪽 능선이 대낮처럼 드러났다. 동호는 2개 소대 병력 구십 여명을 부락 주변 산자락을 따라 배치시켰다. 바다로 탈출할지 모를 공비의 퇴로를 차단하기 위함인데 그러다보니 뒷동산 무덤 사이나 가정집 돌담 구석에 배치되는 경우도 허다했다. 밤이 이슥할 무렵이었다. 예비군 근무 상태를 둘러본 동호가 달빛이 깔린 무기고 마당에 서서 담배를 피우고 있는데 바닷가 골목 어귀 쪽에서 두세 발의 총성이 울렸다. 공비 출몰이라고 단정한 동호는 총을 빼들고 고샅을 돌아 골목 어귀로 접근해갔다. 총성이 멎은 바닷가에는 인적은 보이지 않고 달빛만 고즈넉했다. 몇 명이 침투했을까? 공비가 죽었을까 예비군이 죽었을까? 동호는 숨을 고르며 거의 포복자세로 담 밑을 기어갔다. 그때 돌담 모퉁이에서 두런거리는 소리가 들려왔다.

"하마트먼 당숙어른 잡을 뻔했네."

"내를 공비로 봤나? 암튼 운이 좋구마."

"밤에는 바깥출입 말라꼬 방송했는데 왜서 덤벙댄거요?"

"똥이 매련 걸 우짜노."

"뒷간을 퍼뜩 담안으로 옮겨 지으소. 총 맞지 말고."

"왜서 똥수깐 탓이가 시국 탓이제."

노인의 볼멘 소리가 동호의 마음을 진정시켰다. 총알이 빗나가 다행이지 동넷사람 하나를 요절낼 뻔했다. 동호는 후우 하고 가슴을 쓸어내렸다. 요즘 동호는 연거푸 가슴 뛰는 일만 당하고 지내는 셈이었다. 며칠 전에는 어선 한 척이 출항신고도 없이 묵호항으로 수리하러 떠나는 바람에 공비가 타고 도주했다는 소문이 돌아 애를 먹기도 했다. 그 바람에 어부들은 매일

어선을 모래톱에 끌어올리고 노를 집에 들고 가야 했다.

이야기를 끝낸 동호는 여전히 웃음을 띤 채 그때 봉변을 당한 사람이 누구냐고 박일도에게 물었다. 박일도가 허갑태 당숙이라고 대꾸하자 이번에는 허갑태에게 당숙 어른이 아직 살아계시냐고 물었다. 허갑태 역시 웃음을 머금은 채 당숙은 작고한지 벌써 십오 년이 지났으며 초상을 치를 때도 좌중에서 그 이야기가 나오는 바람에 웃음판이 벌어졌다고 말했다.

"당숙은 그 일로 화제 거리가 됐어. 암튼 미친 시대였지. 똥수깐에도 함부로 다니지 못했으니까이."

허갑태가 말을 보태자 이번에는 노재덕이 끼어들었다. 그는 날마다 어선을 모래톱에 끌어올리느라 애먹던 이야기를 꺼냈고 노재덕의 말을 조용히 듣고만 있던 박일도가 갑자기 목소리를 높였다.

"늬는 말도 말거라. 느그 집 배가 젤로 컸다이. 그것도 세 척이나 됐으이 그때 내 등골이 휐는 기라. 그 많은 재산을 왜서 막혼 날렸노 이 빙신아. 그라고 늬가 우리 부락에서 젤 많이 배웠잖나. 내는 아직도 늬를 존경한다이."

박일도는 노재덕에게 술잔을 내밀며 훅훅 한숨을 내쉬었다. 노재덕이 고개를 숙였다. 그 모습을 보고 이장이 찡그린 얼굴로 박일도를 꼬나보며 왜 쓰잘데없는 말을 자꾸 꺼내냐고 핀잔을 주었다. 하지만 박일도는 이장의 말을 무시한 채 계속 노재덕을 나무랐다.

"퍼뜩 늬 땅 도로 가져가라마. 그 밭을 일궈먹자니 내 맘이 편하겠나. 늬 노름빚 대준 게 철천지 한이다카이. 쌩돈 꿔주고 안 받을 수도 없고 사람 참 환장하겠는기라. 어서 돈 벌어서 도로 사가야지 그리 못하모 당장 뒈지거라."

"재덕 형님 민망스럽게 왜서 자꾸 그러시오. 술 취했시오?"

이장이 재차 목소리를 높였다. 그러자 노재덕이 괜찮다며 그런 꾸중은 백번 천번 들어도 좋다고 했다.

"참 보기 좋소. 서로 아껴주는 맘 참 보기 좋소."

동호가 자기 양옆에 앉아 있는 두 사람 어깨를 감싸 안았고 배승태가 그 모습을 보고 흥분된 목소리로 말했다.

"기거이 사는 재미 아니네? 내레 오날 많이 깨달았수다. 그동안 숨어 산 거이 미안하외다. 자주 놀러들 오시기오."

"고맙소. 낼부터 당장 노인정에 나와서 함께 놉시다이. 재밋는 추억담도 논구요."

박일도가 배승태에게 손을 내밀었다. 배승태는 두 손으로 박일도의 손을 움켜쥐었다. 그때 좌중에서 박수가 터져나왔다.

"와 웃네?"

"웃음이 나서 웃는데 왜 시비야?"

"미친놈처럼 헤죽헤죽 웃으니깐 기러디."

배승태의 얼굴에도 미소가 번졌다. 동호는 여전히 바보 같은 웃음을 지우지 않은 채 슬며시 자리에서 일어났다. 몸이 가랑잎처럼 가벼워짐을 느꼈다. 훨훨 날고 싶었다.

에스컬레이터

1

백화점에 들어선 성미는 연주와 나란히 에스컬레이터를 탔다. 연주의 몸이 흔들릴 때마다 성미가 몸을 잡아주곤 했다.

"고모하고 시내 구경하니 참 재밌어요."

성미는 연주를 고모라고 불렀다. 무난한 호칭이었다.

"저도 그래요. 언니와 시내 구경하니까 너무 즐거워요."

"고모가 남 앞에서 쑥스러워할 줄 알았는데 아주 자연스러웠어요."

연주는 성미의 칭찬을 듣자 희죽이 웃었다. 그들은 극장에서 영화를 감상하고 인사동길을 걷다가 을지로 입구 쪽으로 나와 백화점에 들렀던 것이다. 그들의 시내 나들이는 성미의 제안을 연주가 흔쾌히 받아들임으로써 이루어졌는데 처음 시내 구경에 나선 연주는 얼굴에 연신 밝은 웃음을 띄었고 성미는 즐거워하는 연주의 표정이 곱고 희뭇해보였다. 그들은 식사도 고급 레스토랑에서 즐겼으며 성미는 연주를 위해 자잘한 식사예법에까지 신경을 써주었다. 그리고 차를 마실 때에는 연주의 손을 만져주며 피부를 잘 가꾸라는 말도 했다.

"손이 훨씬 고와졌어요. 여자는 손이 고와야 귀티가 나죠."

"늙은 손인데 가꿔 뭐하겠어요."

"늙다뇨? 이제 한창인데요. 나는 고모 얼굴이 부러워요. 여기 많은 여성 손님 중에 고모처럼 예쁜 얼굴이 어딨어요. 고모도 이제 멋부리고 사세요."

성미는 진심으로 연주를 개명시켜주고 싶었다. 그렇게 곱게 가꾸어서 좋은 친구가 되어 자주 나들이하며 지내고 싶었다.

백화점에서 쇼핑을 마친 그들은 주차장에 세워둔 차를 타고 나와 동호대교를 타기 위해 장충동 쪽으로 달렸다. 일요일이라 그런지 시내의 차량 소통은 원활했다. 차가 동호대교를 지나자 성미는 연주를 대치동 아파트 입구에 내려주고 헤어지겠다는 생각을 버리고 집에까지 들르기로 마음먹었다. 연주와 조용히 마주보며 자기의 마음을 드러내고 싶었다.

"언니가 내 집에 이물없이 드나드니 무척 마음이 편해져요."

집안에 들어서자 연주가 먼저 입을 열었다. 성미는 연주가 커피를 끓여와 소파에 마주앉자 진지한 표정을 지었다.

"여러 번 말했지만 이제 아무 걱정 없이 활달하게 사세요. 민우 아빠도 고모를 위하는 일이면 뭐든 하고 싶어해요. 의무감에서가 아니라 고모에게 잘해주고 싶은 게 우리의 재미죠."

"잘 알고 있어요. 하지만 그러시는 게 부담이 돼요."

연주가 계면쩍은 미소를 지었다. 성미는 이때다 하고 아까부터 하고 싶었던 말을 꺼냈다.

"그 말은 이해가 돼요. 그러니까 철부지가 돼보란 말에요. 귀여운 동생이 오빠에게 매달려 조르는 그런 동생. 한마디로 말썽꾸러기가 돼봐요. 나한테도 투정을 부려보고요. 화 날 일이 생기면 화도 내봐요. 그래서 진짜 머리끄뎅이를 잡고 뒹굴어보자구요. 코피가 터지면 더 좋고요. 고모가 더 억셀 테니 싸우면 내가 질 것 같애."

연주는 연신 웃기만 했다.

"고모, 웃기만 하지말고 깊이 생각해봐요. 억울하잖아요? 오빠가 원망스럽잖아요? 그 억울함을 이제 보상받으란 말에요. 오빠한테 떳떳이 대들어봐요. 따지란 말에요. 오빠도 내심 그래주기를 바란다구요. 고모가 물어뜯으면 아주 좋아할 오빠에요. 그런데 부담감을 느껴 쓰겠어요? 민우만 해도 그래요. 고모가 낳은 자식이니 떳떳이 엄마 몫을 찾아야죠."

"아녜요. 그럴 순 없어요."

"그럴 수 없다뇨?"

성미가 연주의 굳어진 얼굴을 똑바로 바라보자 연주는 성미의 강한 시선을 피해 고개를 숙였다. 자식이 얼마나 보고 싶겠는가, 성미는 그런 생각을 하며 창 밖으로 고개를 돌려 우면산 쪽을 바라보았다. 그때 먼 산울림과도 같은 연주의 희미한 목소리가 들려왔다.

"낳다고 해서 모두 에미가 아녜요."

"왜요? 고모가 못나서요? 왜 자신을 못났다고 생각하죠? 고모처럼 큰마음을 가진 에미가 이 세상천지에 몇이나 되겠어요. 그런데 못난 에미라뇨?"

성미는 싸움을 생각했다. 그녀는 민우를 처음 품에 안았을 때도 이제 새로운 싸움이 시작되는구나 하고 마음을 다잡았었다.

너를 내 몸에서 태어난 아들로 만들겠다!

하지만 성미는 그 모험에서 아무 대가도 바라지 않았다. 최선만 다할 뿐이고 싸움 자체에만 재미를 느끼는 여자였다. 민우를 잘 키워서 누구에겐가에 선물로 주고 싶었다. 자기가 소유하는 것보다 그 포기를 통해 더 큰 재미를 맛보고 싶었다. 그 포기야말로 성미에게는 더 큰 싸움이었다.

"물론 보고는 싶죠. 그렇다고 만나서 그애한테 좋을 게 뭐겠어요. 그애 마음을 흔들고 싶지 않아요."

성미는 말문이 막혔다. 연주를 너무 안이하게 대하고 있다는 생각이 들었다. 똑똑한 여자군, 그런 생각이 들자 성미는 자기가 너무 자만에 빠졌노라고 뉘우쳤다. 이제부터는 연주를 당당한 상대로 대해주리라 마음먹었다.

"민우는 흠 잡을 데가 없어요. 고모의 핏줄이라 그런가봐요. 착하고 똑똑하고 의젓해요. 하지만 민우를 내 자식으로 탐내진 않아요. 잘 키워서 누구에게 선물해야겠다는…… 물론 고모한테겠지만."

"왜 그런 생각을 하셨죠? 왜 그런 생각을 하셨냐구요? 저는 진심으로 언니가 낳은 자식이기를 바랐어요. 언니가 민우를 데려갔을 때 얼마나 기뻤는지 몰라요. 이제 민우는 사람다운 사람으로 자라겠구나 하고 안심했어요."

"정말 그런 생각이 들었어요? 그때?"

"네."

"그런 생각은…… 솔직히 정신이 온전해야 가능할 텐데요?"

"암튼 그런 생각이 든 건 사실에요. 지금도 그때의 생각이 선연해요. 저는 그때 너무 좋아서 바닷가에서 춤을 췄어요. 바다도 춤을 추고 하늘도 춤을 췄어요. 물고기들도 모두 하늘로 뛰어올랐구요."

"……"

"내 말을 못 믿으시나요?"

"아니……"

"저는 민우를 온전한 사람으로 안 봤거든요. 이상한 피를 타고 난 애로 봤거든요. 저처럼요. 그애가 자기 아빠를 죽일 거라는 생각이 들었어요. 저는 민우가 커서 아빠를 꼭 죽일거라 믿었어요. 민우는 분명히 악마가 될 수 있었죠. 저는 민우가 칼잽이가 되길 바랐거든요. 망나니 같은 칼잽이가 되어 꼭 아버지 목을 칠 줄 알았어요. 그러던 참에 언니가 민우를 데려간 거죠."

"내가 데려갔으니 더 마음이 상했을 텐데요?"

"질투 말씀인가요? 물론 첨엔 언니마저 죽이고 싶었죠. 그런데 언니를 보자 금방 마음이 변했어요."

"그때 나를 봤다고요?"

"그럼요."

"언제?"

"오빠가 애를 데려간 직후에요."

"그럼 강릉 셋방에 찾아왔었다구요?"

"네."

"몰래?"

"네. 칼을 숨겨가지고요."

"칼을? 나를 죽이려고?"

"네."

"왜 안 죽였죠?"

"언니를 보니까 가여웠어요. 그래서 지금 죽이지 말고 나중에 죽이자, 그런 생각이 들었죠."

"왜 내가 가엾게 보였을까요?"

"언니 얼굴이 그래보였어요. 그래서 저런 여자라면 민우를 잘 키우겠구나 생각했죠."

"지금 심정은 어때요?"

"……"

"죽이고 싶어요?"

"아뇨. 그 대신 이젠 언니가 두려워졌어요. 언니와 있으면 마음이 혼란스러워요. 자꾸 복잡한 생각이 들게 해요. 언니가 병원을 찾아와 간호해줄 때부터 마음이 불안했어요. 세상이 무서웠어요. 폭풍이 몰아칠 것만 같았어요.”

“내일 민우를 데려오겠어요. 이제 만날 때가 됐어요.”

“그건 안 돼요. 절대 그애를 만날 수 없어요. 그애를 불행하게 만들고 싶지 않아요. 제발 데려오지 마세요. 만약 데려오면 도망치겠어요.”

“고모……”

성미는 손수건을 꺼내 땀이 밴 연주의 이마를 닦아주었다. 이마를 닦아주면서 이번에는 민우를 어떻게 데려올지를 생각해보았지만 묘안이 떠오르지 않아 답답했다. 무턱대고 데려올 수만은 없었다. 오히려 연주를 설득하기보다 민우를 데려오는 게 더 어려울 성싶었다.

2

성미는 민우를 어떻게 설득하면 좋을지를 곰곰이 생각해보았다. 보나마나 생모를 만나라면 일언지하에 거절할 민우였다. 생모가 그리우면서도 만나기를 끝내 포기할 만큼 민우가 속이 깊다는 걸 성미는 잘 알고 있었다.

민우와 조용한 대화를 기대해온 성미에게 뜻밖의 기회가 주어졌다. 아버지 회사에서 일에만 매달려 지내던 민우가 몸살로 앓아 눕게 되었는데 성미는 그 기회를 노렸다. 몸이 아플 때의 감정은 여느 때와 다를 거라는 생각이 들어서였다. 가을비가 추적거리던 일요일 오후였다. 성미는 민우의 병세가 한결 부드러워지자 마음을 다잡고 아들 방으로 들어갔다. 그런데 어머니의 진지한 표정을 읽은 민우가 심상찮은 눈치를 채고 먼저 말문을 열었다.

"엄마, 심각한 말은 듣기 싫어요. 엄마가 진지한 표정을 지으실 때마다 가슴이 뜨끔해요. 그때마다 꼭 심각한 말씀을 하셨잖아요?"

성미는 이때다 하고 오늘은 더 심각한 말을 해야겠다며 말미를 주지 않았다.

"단도직입적으로 말하마. 네 생모를 만나야겠다. 근처에 와 사신지 몇 달 되었다. 대치동에."

성미는 말을 끝내기가 무섭게 민우의 시선을 피하려고 고개를 돌렸다. 그런데 민우는 아무렇지도 않다는 듯 자세를 흩뜨리지 않았다. 처음 듣는 구체적인 소식인데다 그동안 행방불명 상태로만 알고 있었으면서도 민우는 여전히 변색 없는 얼굴로 성미를 바라볼 뿐이었다.

"제가 침묵만 지키면 답답하시겠죠? 그래서 드리는 말씀인데 왜 제가 그분을 만나야 되죠?"

"너를 낳아준 엄마니까."

"그럼 지금 여기 계신 엄마는 누구시죠? 길러준 엄마라고 말씀하시겠죠? 낳은 엄마 기른 엄마, 낳은 엄마 기른 엄마, 낳은 엄마 기른 엄마, 그 말을 빨리 해보세요. 나중에는 엄마란 소리만 남을 거에요. 그러니 제 엄마는 여기 앉아계신 한 분뿐에요."

"고맙다. 하지만 너를 낳아주신 분인데 안 만날 수 없잖니."

"그럼 좋아요."

갑자기 결단을 내린 민우는 서초동 집에서 만나자며 구체적인 방법까지 제시했다.

"이유는 간단해요. 대치동으로 찾아가는 게 쑥스러운 거죠. 제가 저쪽으로 찢겨 가는 기분이거든요."

성미는 자기의 아들임을 강조하는 민우의 말이 예쁘고 신선하게 들렸다. 하지만 생모를 얼마나 보고 싶으랴 생각하니 눈시울이 뜨거워질 정도로 민우가 가여웠다.

"기왕이면 하루 속히 뵙도록 하자. 네 몸도 나았으니 내일 저녁 식사를 함께 들면 어떻겠니?"

성미의 제안에 민우가 고개를 끄덕거렸다.

이튿날 저녁때가 가까워지자 성미는 가정부에게 식사 준비를 시키고 대치동으로 차를 몰았다. 미리 연락한 약속이라 연주는 외출 준비를 마친 상태였다. 시내 구경 나들이로 알고 있는 연주의 표정은 밝아보였다. 성미는 실내로 들어서지도 않은 채 곧장 연주를 데리고 나와 차에 태우고 서초동으로 달렸다. 여러 말을 해봤자 군더더기에 불과했다. 자기 몸에서 나온 핏줄을 만나는데 무슨 설득이 필요하겠는가. 성미는 집 앞에 차를 세우고서야 민우의 말을 꺼냈다.

"지금 집에서 기다리고 있어요. 처음엔 생모 만나기를 꺼려

했지만 나중에는 마음을 돌렸어요. 속으론 얼마나 보고 싶겠어요. 어서 들어가세요."

성미는 연주의 등을 밀었다. 마당으로 밀려들어선 연주는 아무 말도 못하고 그냥 잔디밭에 서 있기만 했다. 성미는 대문을 닫고 나서 잠시 연주에게 생각할 여유를 주었다. 두 사람이 마당에 서 있는 모습을 보고 가정부가 밖으로 나오자 그제야 연주는 고개를 숙인 채 현관 쪽으로 걸어갔다. 거실 복판에는 동호와 민우가 나란히 서 있었다. 신을 벗고 거실에 올라 선 연주는 민우를 한번 흘끔 훔쳐보고 나서 동호의 안내를 받아 거실 안쪽 소파에 앉았다. 연주가 현관에 들어설 때 가볍게 목례를 준 민우는 미소 띤 얼굴로 뻣뻣이 서 있기만 했다. 민우의 미소 띤 얼굴은 끔찍할 정도로 작위적인 표정이었는데 전혀 감정의 동요가 없음을 보여주려는 그 살기찬 다짐이 동호는 당황스러우면서도 한편 그 수고가 돋보이기도 했다. 울고불고하는 것보다야 낫잖은가.

"인사드려라."

동호가 민우의 팔을 끌어 연주 앞에 세웠다. 민우가 고개를 숙여 인사하자 연주는 꼿꼿이 앉아 고개만 끄덕거렸다. 민우는 여전히 웃음만 지으며 멋쩍게 서 있기만 했다. 그때 성미가 소리쳤다.

"이놈! 난생 처음 보는 엄마 앞에서 웃다니."

성미는 이번에는 연주를 향해 목소리를 높였다.

"고모도 그러지만 말고 민우를 껴안아줘요. 얼마나 불쌍한 애에요."

그러자 연주가 정색을 하며 성미의 말을 받았다.

"불쌍한 애라뇨. 이처럼 의젓하게 자랐는데 불쌍하다뇨. 지금 저는 너무 행복해요."

연주는 자리에서 일어나 민우를 한번 껴안아주고 도로 소파에 앉았다. 이번에는 연주의 얼굴에 미소가 번졌다. 동호와 성미가 맞은편 소파에 앉자 연주는 앞에 서 있는 민우를 자기 옆자리에 앉혔다. 그때 가정부가 다가와 식사 준비가 끝났음을 알렸다. 성미와 연주가 앞장서 주방에 들어가고 그 뒤를 동호와 민우가 따랐다. 식탁 자리에 앉을 때도 두 여자가 나란히 앉고 남자끼리 맞은편에 앉았다. 성미가 연주를 민우 곁에 앉히려 했지만 연주가 끝내 마다하는 바람에 아버지 곁에 앉게 되었다.

"애가 내 곁에 앉아보기는 첨이군. 만날 엄마 곁에만 앉았었는데."

동호가 먼저 분위기를 살렸다. 그러자 성미가 그동안 민우가 자기 곁에 앉고 싶어 앉았겠냐며 농담을 던졌다. 식탁에는 금방 웃음꽃이 피었다. 그런 화기애애한 분위기 속에서 식사가 거의 끝나갈 무렵이었다. 민우가 성미를 바라보며 "어머니, 그동안 저 때문에 애 많이 태우셨죠?" 하고 정중한 목소리로 말했다. 민우의 그런 진지한 모습은 처음이었다. 성미는 감격한 나머지 눈자위를 적셨고 그 모습을 눈여겨보던 연주가 팔을 뻗어 민우의 손을 잡아주었다.

“고맙다 민우야. 이 세상에서 네 어머니는 오직 한 분뿐이시다. 바로 너를 길러주신 분이 네 어머니시다.”

그리고 이렇게 말을 보탰다.

“네가 섭섭할지 몰라도 그동안 나는 너를 자식으로 여긴 적이 없다. 네가 젖먹이일 때 한 순간 너를 자식으로 여긴 적은 있었다만 내 정신이 혼미할 때였니라.”

말을 마친 연주의 얼굴에 미소가 번졌다. 세 사람의 시선이 연주에게 쏠렸다. 연주의 미소가 한 송이 수국처럼 하얗게 피어올랐던 것이다. 동호의 가슴이 떨리기 시작했다. 그는 자기가 한량없이 왜소해지는 것만 같았다. 무슨 말인가를 꺼내고 싶었지만 자기 말이 유치하다싶어 입 밖에 낼 수 없었다. 성미 역시 함부로 말을 꺼낼 수 없었다. 예측할 수 없는 여자야. 성미는 속으로 중얼거렸다.

“그럼 지금도 저를 자식으로 여기시지 않나요?”

민우가 조심스런 목소리로 연주에게 처음 말을 걸었다.

“꼭 대답을 해줘야겠니?”

“네. 말씀해주세요.”

“지금도 마찬가지다.”

민우의 눈에 순간 불꽃이 튀었다. 동호와 성미가 동시에 눈을 감았다. 그때 연주가 조용히 자리에서 일어났다. 그녀를 아무도 자리에 도로 앉힐 수 없었다. 유유히 거실로 나온 연주는 현관문을 열고 혼자 밖으로 나갔다. 그제야 성미가 서둘러 연주의 뒤를 따랐고, 두 여자의 모습이 대문 밖 어둠 속으로 사라진 뒤에야 동호가 민우의 손을 잡고 나란히 소파에 앉았다. 동호는 아직도 기분이 멍한 상태였다. 민우의 얼굴 역시 벌겋게 달아 있었다. 그들은 침침한 극장에서 영화를 보고 나온 관객처럼 시야가 어른거렸다.

새로운 만남

1

아침 일찍 잠을 깬 동호는 배승태와 함께 뒷동산에 올랐다. 바다가 잔잔한 탓인지 갈매기들의 날갯짓이 둔해보였다. 언덕에는 군데군데 참호가 숨겨져 있었다. 풀이 우부룩한 묵은 참호가 긴장된 옛 시절을 떠올리게 했다.

아침햇살이 깔린 바닷가에는 산책 나온 피서객들이 짝을 지어 모래톱을 거닐고 있었다. 거의가 젊은층인 피서객들은 이곳에서 벌어졌던 역사적인 사건들을 아무도 모를 것이었다. 잊혀진 사건들이 모래를 파면 그 속에 묻혀 있을 것만 같았다. 모래 속에 묻혀버린 사건들, 피서객들은 옛날의 사건들을 밟으며 피서를 즐기는 셈이었다.

"저 참호레 이십 년이 훨씬 넘었을 거라메."

배승태가 아직도 총구가 선연한 참호를 가리켰다.

"자네들 탓이지. 자네가 검거된 후로 참호가 생기고 나중에는 철조망이 쳐졌거든."

"그전에는 어드랬는데?"

"바닷가에 짚단으로 움막을 져놓고 파도소리만 감상했지."

"움막?"

"그래. 마치 게막 같았어. 자네도 알지? 게를 잡으려고 짚단으로 논 물고에 지었던?"

"알다마다. 나도 어릴 적에 게를 잡았더랬어. 게막에 촛불을 켜 놓고 앉아 있으믄 물고로 게가 기어나왔디."

"우린 게 대신 자네 같은 공비가 해안으로 침투하길 기다렸어. 공비 한 놈 잡으면 게 값과는 비교가 안 됐지. 팔자가 폈거든."

"기놈들을 만나보고 싶군 기래. 어드러케 사는디 궁금해."

갑자기 배승태의 얼굴이 밝아졌다. 그는 어린애가 보채듯 동호의 손을 잡아 흔들었다.

"송두문, 황억배 말인가?"

"기래. 자네라면 제꺽 찾을 수 있을 게야. 경찰에 부탁하면 찾구말구디. 송두문, 황억배 참 맹한 놈들이었어. 기네들과 어울리면 병정놀이보다 훨씬 재밌을 게야."

"옳게 미쳐가는군."

동호는 그렇게 말은 하면서도 배승태 말마따나 그들이 배승태와 만나면 재미있는 일이 생길 것만 같았다.

"좋아. 만나게 해주지."

"데거! 데거! 신나는군 기래."

배승태는 어린애처럼 펄쩍펄쩍 뛰었다.

"그들이 자네를 순순히 만나줄까? 자기들 약점 때문에 주저할 텐데?"

"원체 오랜 일인데 상관 있갔어? 내가 기네들을 여게로 초대하갔어. 안 오믄 찾아가디 머."

"만나서 무슨 얘길 하려구?"

"할 얘기가 태산같디."

"사실은 황억배를 만났었네."

"머이? 이참에?"

"자네 만났다는 말도 했어."

"메라고 핸?"

"자네가 만나고 싶어한다 했더니 좋다고 그랬어."

"송두문은?"

"황억배가 만나본다고 했어."

"어케 살던?"

"송두문은 크게 성공하고 황은 빌빌대구."

"기네들을 날래 만나고 싶군."

배승태는 활기차게 앞장서 산을 내려갔다. 그의 발걸음이 쿵쿵 땅을 울렸다. 또 사는 재미를 찾아낸 걸까? 그의 철없어보이는 발걸음이 웃음을 자아냈다. 그때 동호는 또 다른 웃기는 장면이 떠오르자 혼자 킥킥거렸다. 소리를 내지 않고는 참기 힘든 웃음이었다. 송두문과 황억배가 양복을 맞춰 입고 시상대에서 있을 때였다. 장관을 대신해서 경찰청장이 참석한 자리였다.

……만장하신 강원도민 여러분, 지금 여러분은 국민이 국가를 위해 어떤 업적을 쌓았냐 하는 중차대한 모범 사례를 보기 위해 여기에 모이셨습니다. 더불어서 반공업무를 담당한 저희들이 얼마나 의욕적으로 성실하게 업무를 수행했는지 그에 대한 결실을 보여주는 시간이기도 합니다. 그리고 이처럼 우리 모두가 최선을 다할 때 저 잔학하기 짝이없는 북괴 도당의 적화통일 야욕이 산산히 부서지고 만다는 사실을 알아주시기 바랍니다. 만장하신 강원도민 여러분, 이 두 분을 위해 아낌없는 박수를 보내십시오.

그때였다. 갑자기 황억배가 식순에도 없는 돌발 사태를 일으켰는데 그는 양팔을 치켜올리며 "대한독립만세"를 외쳤던 것이다. 그러자 수상자 석에 나란히 앉아 있던 송두문이 황억배의 팔을 잡아 내리며 한 손으로 뒤통수를 긁적거렸다. 식장은 일시에 웃음바다가 되었다. 애국과 반공의식이 결연해야 될 엄숙한 식장이 놀이마당이 된 셈이었다. 역시 공비를 작대기로 패잡을만한 사람이라며 그 돌발사태를 옹호하는 측도 없는 건 아니지만 거의가, 팔자를 고치는 판이니 앞뒤가 안 보인 모양이지 하고 폄하하는 편이었다. 여기저기서 계속 웃음이 터져나오자 당황한 청장이 목소리를 높였다.

……여러분, 다시 한번 큰 박수를 보내주시기 바랍니다. 지

금 수상자께서 너무 감격하신 나머지 만세를 부르신 것 같습니다만 이게 바로 순수한 애국심의 발로라 하겠습니다. 그렇습니다. 순수한 애국심 앞에 형식적인 식순 따위가 뭐고 대한독립만세를 외치든 대한민국만세를 외치든 그게 무슨 상관이겠습니까. 여러분, 저는 축사를 더 나열하고 싶지 않습니다. 그저 계속 대한민국만세나 불렀으면 좋겠습니다.

시상자의 순발력 있는 기지에 분위기는 오히려 하늘을 찌를 듯 달떴다. 그 달뜬 분위기 속에서 표창장과 상금이 주어지고 축사가 이어졌다. 그런데 그런 화기애애한 축제 분위기와는 달리 혼자 구석 자리에 서서 외로움을 씹는 사람이 있었다. 바로 동호였다. 그는 슬픔을 참기 위해 연방 담배를 피워댔다. 누가 수고했다고 치하를 하겠는가. 또 누구한테서 양심적인 업무처리였다고 칭찬을 듣겠는가. 배승태에게서? 청장한테서? 국가에서? 아니면 하느님이?

생각할수록 눈물이 날 지경이었다. 어느 사상가는 인류의 역사를 지배사支配史라고 말했다는데 그럼 내 진실은 영원히 지배논리에 정복되고 말 것일까? 그는 연신 담배연기를 삼켰다.

포구횟집에 먼저 도착한 배승태가 동호의 손을 잡아끌어 마루에 앉혔다. 그는 송두문과 황억배를 만나야겠다는 생각에만 빠져 연신 히죽히죽 웃었다.

"기분 존데 해장술을 들자우."

배승태가 부엌에 대고 소리쳤다. 영월댁이 얼른 술상을 차려오자 배승태는 그녀의 손을 잡아 동호 옆에 앉혔다.

"남자는 이 친구를 흠모하디?"

배승태는 흥분된 감정을 누르지 못하고 아무 말이나 헤프게 쏟아냈다. 그는 영월댁의 손을 잡아 흔들며 새 친구들이 생겼노라고 떠들기도 했다. 그들이 만나줄지도 모르면서 무턱대고 두 친구가 생겼다며 좋아하는 짓이 꼭 어린애처럼 철없어 보였다.

"송두문, 황억배, 니름이 참 좋디? 기네들이 날 잡았던 놈들이야. 정말 보고 싶군 기래."

"사장님을 감옥에 넣은 사람들인데 보고 싶다구요?"

"기러니깐 고맙디."

영월댁은 고개를 갸웃둥거리더니 부엌 쪽으로 사라졌다. 배승태의 종잡을 수 없는 말에 토를 달고 싶지 않은 눈치였다. 동호는 배승태의 달뜬 모습을 보며 얼마나 외로우면 저럴까 싶어 안쓰러운 마음이 생겼다. 남쪽에서 성장했고 남파된 후로 삼십년 넘게 살아왔으면서도 제대로 적응하지 못하고 방황하는 모습을 보니 마음이 착잡했다. 배승태는 택택이 소리가 들려오자 바다 쪽으로 고개를 돌렸다. 어선 한 척이 뒷섬을 돌아 주문진 쪽으로 항해하고 있었다. 배가 시야에서 사라지자 배승태는 느닷없이 연주와 택택이를 타고 주문진에 간 적이 있다고 말했다. 그리고 그 말 끝에 연주가 보고 싶다는 말을 매달았다. 동호는 배승태의 얼굴을 한참동안 바라보다가 윽박지르듯 물어보았다.

"만약 연주 씨가 돌아온다면 어쩌겠는가?"

"멀 어드러케야. 에미나이를 깡뚱 안아개디구 동네방네 다니며 춤을 추디."

배승태가 거침없이 속내를 내비쳤다.

"연주 씨가 정신이 혼미해서 또 실수를 저지른다면?"

"실수를 백 번 천 번 저질러도 먼 상관이네. 리쁘기만 하갔디."

"평생 아껴주고 호강시키겠는가?"

"기러구말구. 연주한텐 맘이 상할까봐 리북 식구 애기도 안 꺼냈어."

"왜 그처럼 연주 씨를 못 잊는 거지?"

"기걸 말이라구 하네?"

"연주 씨의 뭐가 좋아서?"

"형사 해먹은 놈은 꼬디꼬디 캐는 거이 탈이라메. 이 친구야, 왜서간? 맘이 고우니께 기러티."

배승태는 헤헤벌쭉 웃었다.

"그처럼 그리워하면 바닷귀신이 나와서라도 꼭 찾아줄 걸세."

"어드메서 멀 하고 사는디 모르갔구만……"

그는 연방 눈을 끔벅거리다가 자리에서 일어나 창고방 쪽으로 성큼성큼 걸어갔다. 동호는 마루에 눌러앉아 언제 연주를 만나게 해줄지를 곰곰이 생각해보았다. 이제 배승태의 마음은 확인했으니 연주의 속내를 떠볼 일만 남은 셈이었다.

2

산이 새롭고 들이 새로웠다. 승용차 뒷자리에 앉아 창 밖을 내다보는 송두문의 눈에는 산과 들이 옛날 육십년대의 풍광으로만 느껴졌다. 가끔 동해안을 찾아올 때가 있었지만 오늘처럼 감회가 어린 적은 없었다. 사실 동해안을 찾아올 때도 사천을 지나는 국도는 되도록 피해온 그였다. 그래서 강릉과 주문진을 잇는 국도를 지나는 경우에는 몸에 닭살이 돋곤 했다. 개나리 보침을 들고 진리포구에 와서 정당하게 번 돈이었다면 오히려 일부러 거쳐갈 길이었지만 한 인간을 감옥에 보내면서 횡재한 재물이니 늘 양심에 찔렸던 것이다.

진리포구를 떠난 지 벌써 삼십 년이 넘었구먼……

멀리 포구가 눈에 들어오자 송두문은 긴 숨을 내쉬었다. 포구에 세워진 모텔과 상가 건물을 보니 새삼 세월의 간극이 느껴졌다.

“옛집은 찾아보기 힘들구먼. 저 동산 너머에 우리가 살던 움막 터가 있을 틴디.”

옆자리에 앉아 있던 황억배가 궁둥이를 들썩이며 흥분된 목소리로 말했다.

“움막 터에다가 횟집을 냈다고 혔잖여. 그렁게 우리들 흔적은 암것두 읎단 말여. 꼬랑내 나는 니 발냄새도 바람에 씻겼을 거구.”

“바다가 있잖은감. 니가 오줌 똥 쌌던 소금물 말여.”

“예끼 이놈아, 바닷물이 한군데 괴있는 줄 알어? 허구헌 날 지랄허능 게 바닷물인디? 파도란 게 뭔질 알어? 물이 왔다리갔다리허는 게 파도 아녀? 그려서 파도란 건 지조가 읎는 거라구. 파도를 좋아허는 여편네치고 바람 안 난 년 있등감?”

“니 말이 그럴 듯허구먼. 그러큼 말을 잘 둘러댈 줄 앙 게 성공헌거여.”

“성공? 니가 성공이 뭔 줄 알어? 열심히 살다봉게 몇 푼 모아진 것뿐인디 그걸 가지고 성공이라고 허믄 말이 안되지. 알것냐?”

“그럼 더 벌어야 성공잉감?”

“이놈 참 답답허네. 내 말은 성공이란 말이 어폐가 있다 그 말여. 성공이란 건 이 세상에 읎는 말이다 그 말여. 알것냐?”

“이잉, 그러구봉게 맞는 말인디……”

“이렇게 둘러댈 수는 있지. 누구든 속을 차리고 살믄 성공헌 사람이라구. 알것냐?”

“이잉, 그려 그려. 니 말이 무슨 말인지 인제 감이 잽혀.”

어느새 차는 철길 둑을 넘고 있었다. 진리포구가 한눈에 들어왔다. 논바닥에서 삼사 미터쯤 높게 흙으로 쌓은 철길 둑에는 아직도 레일이 깔리지 않은 상태였다. 해방된 지 반세기가 훨씬 넘었지만 어느 곳은 유실되고 어느 곳은 차도가 되고 어느 곳은 수목이 우거진 채 버려진 둑은 헤질 대로 헤진 누더기나 진배없었다.

"이노므 뚝은 그대로구먼. 원제 기찻길이 놔진댜. 일본놈들 레루나 깔아놓고 도망칠 일이지……"

송두문이 혼잣말로 투덜거렸다.

"일본놈들이 레루를 깔았으믄 뭔 소용여. 삼팔선이서 끊겼을 틴디."

"멀잖어서 남북이 이어진당게 기다려봐야지."

"금강산꺼정 배타고 왔다리갔다리 헝게 멀잖어서 깔리긴 깔릴 틴디."

차가 횟집이 듬성듬성한 동네 복판에 들어서자 포구가 많이 변했다며 황억배가 감탄사를 연방 쏟아냈다. 그때 송두문이 손가락질을 하며 떠들었다.

"저걸 봐라. 저 신식 어판장을 보라구. 상가도 즐비허구 모텔꺼정 들어섰잖남. 얼매나 세상이 변혔나 눈 똑바루 뜨고 보란 말여. 세상이 이러큼 변혔는디 니눔은 뭐가 변혔나 생각혀보라구. 너 여기서 고생헐 때나 머리털이 흐연 지금이나 달러진 게 읎잖여? 내 말이 야속허다고 생각헐지 몰라도 다시 씹어 보란 말여. 알것냐?"

황억배가 고개를 푹 숙였다.

"고개 들고 저기를 봐. 저게 명구 아닌감? 옹고집 맞지?"

송두문이 벽이 하얀 단층 짜리 횟집을 가리키며 떠들었다. 황억배의 눈에 깡깡한 늙은이의 모습이 들어왔다. 진열대 앞에서서 손님을 불러들이는 꼴로 보아 횟집 주인인 듯 싶었다.

"얼래, 저 작자도 쭈굴쭈굴허졌네. 쌍판은 옛날 그대론디 껍질만 구겨졌구먼."

"널 보믄 좋아서 펄떡펄떡 뛸 틴디. 맨날 붙어댕겼응게."

"붙어댕겼어두 친헌 사이는 아녔어. 맨날 니가 옳냐 내가 옳냐 티격태격혔응게. 고집이 드럽게 쎘던 놈인디."

"그려두 그느므 고집 땜에 나이치군 들 늙었구먼. 등치 큰 너보담 훨씬 단단허잖여?"

"그렇구먼. 저놈은 날 몰라볼 거여."

"얼래, 이리로 오네. 어허 우리헌티 인사도 허네 그려."

"우릴 손님으로 아는 모양인디 워쩐댜?"

"우릴 못 알어봉게 그냥 지나치자구."

"저놈헌티 미얀헌디……"

"이따 오믄 되잖여. 횟집허는 모양잉게 잘 됐구먼. 회나 팔어주지 뭐."

"그려 그려."

"멈추지 말고 싸게싸게 지나쳐라."

송두문이 기사에게 지시했다.

"그려두 횟집이 그럴 듯하다야."

"쎄픈이나 벌었겄는디."

차가 마을 복판을 지나 모래톱에 세워졌다.

"얼래 여기도 횟집이 즐비허네."

송두문이 차창을 열어 둔 채 모래톱을 따라 이어진 횟집들을 훑어보았다.

"여기도 도시구먼? 구월달인디 서울 차들이 서 있는 걸 봉게 한여름엔 엄청 득실댈거여. 증말로 대한민국 많이 변혔네. 우리가 여기서 살 땐 서울 사람은 눈 씻고도 못봤잖여?"

"지랄 말고 어여 내리기나 혀. 강 형사가 눈 빠지게 기다리겄다."

모래톱은 주차장이 된 셈이었다. 차에서 내린 그들은 뒷섬 쪽으로 길이 나 있는 걸 보고 다시 차에 올라 천천히 뒷섬 쪽으로 몰았다. 동산 자락을 돌자 포구횟집이 보였다.

"우리가 살던 디가 저기구먼."

황억배의 말에 송두문의 눈시울이 금세 뜨거워졌다.

3

동해안은 팔월 중순만 넘어도 물이 차서 해수욕을 못할 정도였다. 햇볕은 아직 따갑지만 그늘 속에 들어서면 맨살에는 닭살이 돋을 만큼 선선했다. 더군다나 포구횟집은 비탈에 세워진 집이라 바람이 잠잠할 때가 드물었다.

"오도방정을 떠는 게 사람 몸뚱어리여. 쬐끔만 더워도 헉헉대구 쬐끔만 서늘혀두 으등그리구."

황억배가 마파람에 식어가는 비닐장판의 냉기를 그런 너스레로 표현했다. 그러자 송두문이 참견했다.

"으이구 미련한 놈. 궁뎅이가 차면 방석을 달라고 헐 거지 그러큼 말을 빙빙 돌려?"

"충청도 사람은 빙빙 돌리는 걸 좋아한다죠?"

동호가 분위기를 살리려고 끼어들자 배승태가 동호를 꼬나보았다.

"기거이 칭찬하는 거네 욕하는 거네?"

욕 쪽에 가까운 말이 아니냐는, 다분히 송두문과 황억배의 입장을 배려하는 역성이었다. 동호는 배승태의 포용력에 안심이 되었다. 사실 충청도 언어에 풍자성이 농후하다는 덕담으로 내놓은 말이지만 충청도가 고향인 두 사람한테는 섭섭하게 들렸을지도 모를 일이었다. 그런데 그 섭섭함을 배승태가 풀어준 셈이었다.

"욕이구말구유. 전직 형사가 헌 말잉게 참긴 혔지만 전직 간첩이 그런 말을 혔다면 당장 멱살을 잡었을 거유."

"전직 간첩이 아니라 전직 무장공비죠."

동호가 은근히 파고들었다.

"간첩이나 무장공비나 그게 그거 아니겼슈? 곰배팔이나 쩔뚝발이나 비슷허잖남유?

예상한 대로 송두문이 동호의 말에 토를 달았다. 동호는 그걸 노렸다. 그가 자기에 대해 어떤 감정을 품고 있으며 배승태에게는 어떤 호의를 품고 있는지. 동호는 계속 송두문의 말에 곰파들 작정이었다.

"엄연히 다르죠. 곰배팔이는 팔 병신이고 쩔뚝발이는 다리 병신인데 팔과 다리의 기능이 다르잖아요."

"기능이고 뭐고 간에 병신 소리 듣기는 매한가지다 그 뜻이쥬."

"얼래, 초판부텀 요상히 돌아가는 걸 봉게 오늘 포구횟집이 시끄럽겄는디. 이러다간 증말 두 양반이 멱살을 잡겄구먼."

"기러믄 한판 붙어보라메. 기래개디구 렛날에 섭섭했던 속통을 제꺽 털어버리라요. 기래야 콩 하날도 한쪼박씩 노나먹는 형제가 되디오."

"나로선 저분헌티 섭섭헝게 읎어유. 내가 도둑놈 심보를 가졌었는디 워쩌자구 강 형사님을 원망허겄슈."

"강 형사님이 아니구 강 사장님이랑게."

"그거야 암케나 부르면 워뗘. 면장질이나 군수질 그만뒀어도 면장님 군수님 허잖여? 대통령을 그만뒀어도 각하각하 허구 말여."

동호가 과분한 비유를 해줘서 몸둘 바를 모르겠다며 능청을 떨었다. 송두문은 이번에는 배승태를 향해 정중히 목소리를 다듬어냈다.

"그러구 배 선생헌티 이참에 노골적으로 사죄를 허것는디, 증말로 죽을 죄를 졌구먼유."

"죽을 죄? 기거이 멉네까?"

"내가 억탁 부린 걸 배 선생도 잘 알잖어유?"

"기런 소리 말기오. 나한테 사죄할 거이 머 있갔소."

"아니쥬. 자수나 마찬가진디 체포라고 빡빡 우겨서 상금꺼정 탔승게 그보담 더 큰 죄가 어딨겄슈. 지금도 그 생각만 허믄 오금이 저린다우. 저 친구 말대로 죽어서 불구덩에 빠질 죄쥬. 생사람을 잡어도 유분수지 아무리 돈에 환장혔기루서니 인두껍을 써가지고 그러큼 남을 모함혀 쓰겄남유……"

"보시라요 송 사장. 내 말을 똑똑히 들으시라요. 기때 송 사장이 검거했다고 우겼으니께니 내레 안죽 살아있는 게야요. 먼 말인디 알갔시오? 정말이디 내레 자수한 기 아니야요. 총을 안 쐈다고 자숩네까? 잠결인데 총을 안 쏠 수도 있잖습네까? 길코 총을 쏘든 안 쏘든 간에 내 맘을 내가 모르갔습네까?"

"내가 솔직히 말씀드리지요."

동호는 침착하게 말을 엮어나갔다.

"방금 배 형이 한 말은 의미심장한 말입니다. 배 형의 속맘은 절대 자수할 의향이 아니었습니다. 이해하기 힘들지 몰라도 배 형 입장에서는 자수논리보다 체포논리가 합당했다는 말이죠. 체포로 우겨야 이북 가족이 무사할 수 있는 데다 자수는 바로 배승태란 사람의 진정한 죽음을 의미하기 때문이죠. 배 형은 지금도 그 투쟁의지에서 뭐랄까……"

동호는 말끝을 흐렸다. 어려운 어휘를 동원하자니 자리에 어울리지 않을 것 같고 그 뜻을 풀어 쓰자니 그 또한 사변적인 말이 될 수밖에 없었다. 그런데 송두문이 불쑥 아는 체를 했다.

"투쟁으로 말한다치믄 사람 사는 게 죄 투쟁일 틴디유? 장사도 투쟁이구 농사도 잡풀이나 벌레와 투쟁허는 거구."

"그 투쟁과는 다르죠. 배 형의 투쟁은 전략이나 전술처럼 살아가는 방편이 아니고……"

"얼래, 증말로 두 분이 끝을 볼 참인감유?"

황억배가 농담 삼아 끼어들자 동호가 그의 말을 잘랐다.

"싸우는 게 아닙니다. 배 형이 왜 두 분을 좋아했으며 여기로 초대까지 했는지 그 심정을 설명하는 것뿐입니다. 배 형은 정말 두 분을 만나고 싶어했습니다. 그때의 추억이 오죽 그리웠어야 여기에 터를 잡고 살겠습니까. 이 포구횟집이 바로 두 분이 사시던 움막텁니다. 이제 이해하시겠어요?"

"허기사 여기가 움막터 맞긴 맞는디…… 그렇다혀두 배 선생이 여기로 와 사는 까닭이 뭐냐 그건디……"

황억배가 허리를 꼿꼿이 세워 창밖을 휘 둘러보았다.

"정말이야요. 여러분을 만나니께니 살맛이 나디요. 기럼 기럼 살맛이 나구말구디."

술잔을 얼른 비운 배승태가 빈 잔을 송두문에게 건네주고 술을 채웠다. 배승태는 흥분을 누르지 못하고 연방 목소리를 높였다.

"우리 모두 여게 모여 삽시다레. 송두문 동무나 황억배 동무도 그 시절이 그리울 겁네다."

"그리운 게 뭐유. 고생바가지만 뒤집어쓰고 살었는디유. 그러구저러구 동무동무 허는 걸 봉게 배 형은 아즉두 빨갱이구먼?"

황억배가 끼어들었다.

"황 형하구 송 사장은 반동분자군 기래."

"그럼 나는 뭔가?"

동호가 웃음을 날렸다.

"얼래, 그러구봉게 우린 모다 빨갱이니 반동분자니 허구 감투를 썼는디 강 사장만 감투가 읎구먼."

"감투가 워째 읎겄어. 형사가 감투지."

어느새 술판에는 존칭어가 사라지고 나이와 신분을 떠나 친구처럼 어울렸다. 세상이 이렇게 변했단 말인가. 잡고 잡히는 사이가 한통속이 되다니. 동호는 그들의 농담이 농담 같지가 않았다. 그들이 한 패가 되어 자기를 멍석말이할 것만 같았다. 그는 소외감이 느껴졌다. 그런데 다음 순간 그 소외감에서 자부심이 느껴졌다. 자기가 소외당한 게 아니고 자기가 그들을 이끌어가고 있다는 자부심이었다. 그리고 그들을 이끄는 힘의 원천이 인간애라는 데에 더욱 강한 자부심이 느껴졌다. 그런데 동호의 그런 자부심도 연주의 모습이 떠오르는 순간 금세 물크러지고 말았다. 자기 스스로 덕목이라고 여겨온 그 인간애란 것이 한갓 위선에 불과했던 것이다.

"자 술들을 드시구래. 코가 배틀어지게 취하기오."

배승태가 빈 잔마다에 술을 채우며 흥을 돋았다. 동호도 거듭 술잔을 비우며 잔을 돌렸다. 즐비하게 차려진 생선회, 해물전, 매운탕이 하나하나 줄어들기 시작하고 그때마다 새 안주가 상에 올랐다.

"그려 그려. 한번 원읎이 마셔보자구."

"하여튼 고맙네유. 배 선생 아니믄 언제 이런 디서 취해보겄슈. 참말로 추억 어린 곳인디."

송두문이 고개를 세워 바다를 바라보았다. 생각할수록 지난 세월이 자기 팔자 같지가 않았다. 고향에서 배곯는 게 싫어 동해안까지 흘러왔다가 횡재를 하고 그 밑천으로 거부가 된 현실이 한 토막 꿈만 같았다. 그는 수평선에 떠 있는 어선에 시선을 꽂았다. 그 어선에 자기가 타고 있을 것만 같았다. 지금 그물을 거둬올리고 있겠지……

"배 선생."

송두문은 조용히 배승태를 불렀다.

"왜서요?"

"실례 말씀을 드리고 싶은디……"

"하시라요."

"들어서 아시겄지만 내가 몇 푼을 번 것 같은디, 배 선생헌티 쬐끔이라도 보답허구 싶어서유."

"고맙수다래. 하디만서두 느닷없는 일이니깐…… 암튼 말미를 주시구래."

"그러지유. 고맙구먼유."

"기런데 왜서 자꾸 부담을 느낍네까? 내가 되레 송 사장한테 빚을 진 기야요. 알갔시오?"

"그게 무슨 말이래유? 나헌티 빚을 지다뉴?"

"아까도 말했디만서두 기때 송 사장이 검거라고 주장했으니깐 내가 사람다운 사람이 됐다 기겁네다."

"무슨 말인지 도통……"

"기러케만 아시구레. 내가 빚을 졌다고 말이외다."

“하여튼 그런 어구낭창헌 말은 마시구 진솔히 생각 좀 혀줘유. 그래야 내 가슴에 박힌 못이 빠질 팅게유.”

“송 사장, 정말이디 실망이 큽네다. 내레 송 사장이 정말 사기꾼이길 바랬시요. 여게 황 선생이나 강 사장도 마찬가집네다만 솔직히 여러분들 땜에 실망이 큽네다.”

“실망이 크다니?”

동호가 정색을 하며 배승태를 바라보았다. 배승태의 말이 생경했던 것이다.

“여러분들이 너무 착하다 그 말이디.”

“착한 게 어때서?”

“여게 사람 같지가 않아서 기래.”

“여기라니?”

“대한민국이디 어디갔어.”

“그럼 여기 사람들은 어떤데?”

“약은 게야. 너무 약삭빠르디. 기래서 여겐 짜릿한 기 없어.”

“짜릿? 감동 말인가?”

“기래. 감동할 게 없으니께니 살맛이 없는 게구. 살맛이 없는데서 먼 재미로 살간.”

“그럼 북쪽은 살맛이 나는 곳인가?”

“북쪽도 살맛 나는 곳은 아니디. 기래서 북쪽도 싫어. 하디만서두 북쪽은 살맛 나게 가꿀 수 있는 곳이라메.”

“여기도 살맛 나는 곳으로 가꾸면 되잖나?”

“여게는 가꿀 수 없는 땅인 게야. 아주 오염된 땅이라 새순이

날 수 없어. 하디만 북쪽은 미개척지나 매찬가지라 새로 가꿀 수 있는 땅인 게야. 내 말 알간?"

동호는 그의 말에서 점점 흥미가 느껴졌다. 그래서 미개척지가 무슨 뜻이냐고 캐물었다. 그러자 배승태는 미련한 사람들이 사는 곳이라고 대답했다.

"미련한 사람?"

"미련한 사람은 단순하니께니 잇속을 잘 챙기지 못해. 한마디로 순수한 게라구."

"그럼 북쪽 사회는 순수하다 그말인가?"

동호가 곰파들었다.

"기건 아니라메."

"그게 아니면…… 자네 말은 종잡을 수가 없잖나?"

"내가 말한 순수는 뜻이 좀 달라. 내 말은 남쪽이나 북쪽 모두 타락했디만 차이가 있다 그 말이디. 죄와 야비의 차이점 같은 게야."

"죄와 야비?"

"죄는 벌을 받을 수 있는 타락이지만 야비는 법으로 옭아맬 수 없는 타락이다 기런 말이디."

"어려운 말이군."

동호는 말뜻을 알 것 같으면서도 배승태의 해괴한 말이 흥미있어 보여 구체적인 설명을 요구했다. 배승태는 자세를 곧추세우고 나서 차근차근 말을 엮어나갔다. 그의 말을 간추리면 대략 이런 내용이었다.

죄와 야비는 다 같이 타락의 일종이지만 본질이 판이하다는 것이다. 토를 단다면 죄는 한마디로 철이 없는 무작위적 타락으로서 속빠졌다, 미련하다, 순진하다, 라고 해석할 수도 있는데 타락이 뭔지 모르고 타락했기 때문에 구제가 가능하다. 하지만 야비는 철든 작위적 타락으로서 눈치 있다, 능숙하다, 약삭빠르다, 라고 해석되기도 하는데 타락이 뭔지 잘 알면서 타락했기 때문에 구제가 불가능하다.

색깔에 비유해도 마찬가지다. 죄의 색은 검고 흰 단색밖에 낼 수 없지만 야비의 색은 천연색과 같아서 자유자재로 변색할 수 있기 때문에 화려한 미덕의 색을 잘 흉내낼 수가 있다. 그래서 야비는 진실한 척, 겸손한 척, 의리 있는 척하고 잘 속일 수 있기 때문에 악 중의 악이요 독 중에서도 지독至毒이다. 야비가 죄보다 더 해롭다는 말은 바로 그 때문이다. 죄는 법으로 옭아맬 수 있지만 야비는 법망이란 그물로도 씌울 수 없어 더더욱 해롭다. 거짓이면서도 참인 척인 것, 범죄이면서도 법으로 다스릴 수 없는 것이 야비다. 오염되었으면서도 순수한 척인 것, 가해자이면서도 피해자인 척인 것이 야비다. 죄를 지으면 형벌이란 매를 맞지만 야비한테 걸리면 사람이 미치고 만다.

"그렁게 저쪽은 죄고 이쪽은 야비다 그 말이네유?"

"기러티오. 송 사장은 말귀가 밝습네다. 여게 사람들은 인간적인 덕목을 촌스럽게 여길 정도로 야비해졌습네다. 여게는 인간이 얼마나 야박한지를 측정하는 실험실인 게야요. 아주 무서운 곳이디오. 야비해야만 생존이 가능한 곳이다 기런 말입네다.”

“다 그렇지는 않지.”

동호가 억지스런 주장이라며 끼어들었다.

“길세 다 기러케 된다니깐 기러네. 기래야 대접받고 살 수 있으니께니 사회가 더 야비해질 수밖에 없다 기런 말이디. 알간? 물론 송 사장이나 황 형이나 자네처럼 양심을 지키는 사람도 있긴 하디. 하디만 여러분들의 그런 양심도 이기적인 순결에 불과하외다.”

“그럼 자네들의 순결성은 이타적이란 말인가?”

“기러티. 내 투쟁이 변함 없고 선명한 것도 기래서구.”

“그래서 반세기만에 혈육을 만난 자리에서도 장군님만세를 부르는가? 그런 집단적 광기를 이타적인 순결성과 결부시키다니?”

“기걸 비웃지 말라우. 기러니께니 죄라고 말했잖갔어? 기러니께니 미개척지라고 말한 게구.”

배승태는 입을 다물었다. 동호는 배승태의 말을 더 듣고 싶어 귀를 모았지만 그는 술이나 마시자며 영월댁을 불렀다. 영월댁이 앞치마에 손을 묻은 채 부엌에서 나오자 배승태는 저녁식사를 주문했다. 안주로 양이 채워진 탓에 모두 식사메뉴를 사절하고 공기밥 두어 개만을 추가로 시켰다.

동호는 금세 입맛이 깔깔해졌다. 젓가락을 들어도 음식을 집지 않고 도로 상에 놓았다. 얼굴이 달아오르기도 했다. 연주에 대한 죄책감이 배승태 말마따나 한갓 자기애적 자존심에 불과할지 모른다는 생각이 들었던 것이다. 동호는 금세 배승태의 얼굴이 낯설어보였다. 배승태의 입에서 그런 말이 나오리라고는 미처 몰랐다. 멍하니 앉아 침묵만 지키던 동호는 고개를 들어 송두문과 황억배의 표정을 살폈다. 송두문은 가만히 앉아 두 눈만 끔벅거렸고 황억배는 게슴치레한 눈으로 술잔만 바라보고 있었다.

파도야 파도야

1

내 수고가 과연 정당한 짓일가?

동호는 연주와 배승태의 재결합에 대한 자기의 시도가 정당하냐에 생각의 초첨이 모아지자 갑자기 당혹스러워졌다. 연주가 조금이라도 배승태에게 미련을 가지고 있다면야 문제될 게 없지만 전혀 관심이 없는 상태라면 무모한 억지에 불과할 터였다. 배승태 역시 진심으로 연주를 사랑한다면 모르되 외로움이나 단순한 동정심 때문이라면 그 또한 걱정이었다.

〈나연주〉
58세
미인형

고교 1학년 때 강간당한 후로 한 때 정신 이상
그 후로 나아졌다가 환경변화에 따라 가끔 정신이 혼미
동호를 항상 그리워함
배승태와의 장래 예측 불허

〈배승태〉
68세
미남형
이북에서 대학에 다님
이북에 예쁜 아내와 아들을 두었고 그들을 항상 그리워함
무장공비로 복역
연주와의 장래 예측 불허

동호는 구체적으로 양측을 검토해봐도 뾰족한 판단이 서지 않았다. 그리고 무엇보다 양측 모두 앞으로 마음이 어떻게 변할지 그게 문제였다. 그들의 결합 조건에서 영원한 해후를 첫째 조건으로 볼 때 예측 못할 그들의 정서변화가 가장 큰 장애요인이랄 수 있었다. 남북통일은 아직 멀 테니 배승태 생전에 이북의 윤희정과 지낸다는 건 기대할 수 없지만 나이가 들수록 윤희정을 그리워하는 마음은 더욱 간절해질 거고 연주 역시 평생 자기에 대한 집념에 갇혀 살아온 터여서 배승태에 대한 새로운 애정이 생길지 그게 모를 일이었다. 다만 배승태가 양심적인 인간형이어서 연주를 불행하게 만들 남자 같지는 않아 다소 마음이 놓이긴 했다.

"요즘 동생이 젊어지는 것 같애."

소파에 앉아 내동 생각에 잠겨 있던 동호는 부엌에서 커피를 챙겨오는 연주에게 너스레를 떨었다. 그녀의 맑은 얼굴이 새삼 돋보였다. 몸매 역시 나이답지 않게 매끈하고 탄탄해보였다. 깨끗하고 풍성한 환경조건도 무시할 수 없지만 무엇보다 민우를 만나본 것이 그녀의 안정에 큰 영향을 끼쳤던 것이다. 동호는 연주의 고와진 자태를 보니 배승태에게 떳떳한 배필이라는 생각이 들었다.

"동생을 어서 시집보내고 싶어."

동호는 은근히 속을 떠보았다. 연주는 담담한 표정으로 그런 건 바라지 않는다고 대꾸했다. 그리고 다소곳이 소파에 앉으며 "지금이 좋아요" 하고 말을 보탰다.

"내 말에 부담은 갖지 말고 진지하게 생각해봐. 남자는 누군고 하니…… 바로 배승태 씨야."

연주는 피씩 웃었다. 예상했던 말이었다. 동호는 틈을 주지 않고 토를 달았다.

"나이가 좀 들어서 흠이지 그 사람처럼 동생을 위해줄 사람은 드물어. 그 사람이야말로 동생 같은 사람이 필요해. 동생이 필요한 만큼 끝까지 위해줄 거구. 그 사람은 남한에서 불행한 결혼생활도 겪어봤잖아. 여기 자본주의 사회에서 장사도 해봤고 또 열심히 일한 덕에 경제적 기틀도 마련했어. 다만 여자를 잘못 만난 게 탈이었지. 지금 그 사람은 어떤 여자를 원하는지 알아? 바로 동생 같은 여자야. 동생처럼 영혼이 맑은 여자, 정숙한 여자, 근면한 여자, 덕성스러운 여자, 희생하는 여자, 고운 여자, 순결한 여자……"

"제가 어째서 순결한 여자에요?"

연주가 동호의 말을 잘랐다.

"이 세상에 동생보다 더 순결한 여자는 없지."

"아시잖아요? 제가 얼마나 불결한 여잔지요? 강간당한 여자잖아요?"

"아냐. 그건 동생이 불결한 게 아니라 세상이 불결해서지. 나 같은 인간이 살고 있는 이 세상 말야. 그러니 내가 불결한 만큼 동생은 더 깨끗한 거라구."

"오빠!"

연주가 비명을 내질렀다.

"왜 그리 저를 괴롭히세요? 오빠! 제가 오히려 오빠 몸을 더럽힌 거에요."

동호는 마음을 진정시키려고 벽에 걸린 시계를 바라보았다. 초침이 움직이는 것 같기도 하고 서 있는 것 같기도 했다. 자리에서 일어난 동호는 연주에게 다가가 그녀의 어깨에 손을 얹었다.

"동생. 제발 나를 원망해줘. 나는 아주 더러운 인간야. 아주 야비한 인간이라구. 끝까지 내 잇속만 챙겨온 놈이라구. 겉으로만 그럴 듯하게 흉내내며 살아온 아주 비열한 놈이라구. 나는 지금 동생 앞에서 떨고 있어. 그만큼 아름답고 순결한 영혼 앞에서 맥을 못 추는 거지. 나와 배승태를 비교해 보라구. 그 사람은 깨끗하고 솔직한 사람야."

"오빠! 오빠를 그 사람과 비교하지 마세요."

"동생은 그 사람을 잘 모르고 있어. 그 사람이야말로 용기 있는 사내야. 용기 있는 사내는 비열할 수가 없어. 그게 배승태 씨의 최고 덕목이지. 그런 남자가 동생을 자나깨나 흠모하고 있단 말야. 그동안 나는 배승태 씨를 세 차례나 만났어."

"네? 그럼 제 거처를 알려줬어요?"

"아직 알리진 않았어. 동생과 나와의 관계를 아직 모르고 있다구. 아무 때고 알려는 줘야겠는데…… 괴로운 일이지만."

"……"

"동생은 그 사람과 나 사이를 잘 모르지? 언니가 동생한테 얘기해줬다지만 그 사람과 나는 보통 사이가 아냐."

"두 분 사이가 깊다는 건 알지만 저는 그분을 좋아하지 않아요."

"알아. 하지만 그 사람이 동생에게 잘 못 대한 건 동생 탓일 수도 있어. 그땐 동생 몸이 성치 않아서 그랬겠지만 동생이 엉뚱한 짓을 하니 어떻겠어. 그 사람 말대로 정말 미칠 노릇이잖아."

"제가 어쨌는데요?"

"한두 가지가 아냐. 심지어 어머니가 주신 비녀를 내보였다니 얼마나 어이없겠어. 더군다나 이북 가족을 잊을 정도로 동생에게 정을 느낀 사람한테 그런 짓을 했으니…… "

"제가 그랬다고요?"

"그뿐인 줄 알아? 배승태 씨한테 나와의 관계를 자랑했다는 거야. 물론 내 이름을 대진 않았지만."

연주가 후욱 한숨을 내쉬었다. 자기의 실수를 탓하는 모양인데 그 자괴심이 그녀의 마음을 흔들지 모를 일이었다. 그나저나 연주가 자기의 실수를 전혀 모르다니, 동호는 그 당시 연주의 정신 상태를 알게되자 더욱 양심이 찔렸다. 모두가 자기 탓이었다.

"잘 생각해봐."

동호는 그 말을 남기고 집을 나왔다. 뒤따라 나온 연주가 "제 실수가 컸네요" 하고 말했다. 연주의 그런 태도로 보아 분명 가능성이 엿보였다. 이제 서둘러 배승태를 만나 다짐받을 일만 남은 셈이었다. 동호는 발걸음이 가벼웠다.

2

배승태는 생전 처음 파도를 보며 슬픔을 느꼈다. 바다를 산과 같이 투쟁의 무대로만 여겨온 그로서는 너무 뜻밖이었다. 낭만이나 슬픔 따위는 그에게 있어 버려야 할 쓰레기였다. 그 유치한 감정에 오염되지 않기 위해 늙은 몸으로 병정놀이까지 했잖은가. 그런데 파도 따위를 보며 슬픔을 느끼다니, 그는 입을 앙다물었다. 그런데 이게 웬 일인가. 입을 앙다물었는데 그 순간 어이없게도 눈물이 쏟아졌다. 배라먹을, 배승태는 자기의 의지와 감정이 서로 겉돌고 있다는 데에 부아가 나고 또한 두려웠다.

강 형사 기놈이 마약인 게야. 기놈은 사람을 환장하게 만들디. 도대체 기놈은 어떤 놈이가? 렛날에도 나를 미치게 했더랬는데 지금도 나를 미치게 만드는군. 기런데 기놈은 왜서 나를 미치게 만드는 게가? 기놈한테 귀신이 씐 게가? 내레 머가 먼디 모르갔어.

배승태는 언덕을 내려오면서 연방 혼자 중얼거렸다. 바람결이 얼굴을 시리게 얼릴 만큼 쌀쌀했다. 벌써 늦가을이었다. 또 한해가 저무는군. 그는 뭔가 한 줌 쥐고 있던 걸 흘리는 낭패감이 느껴졌다. 움켜쥘수록 자꾸 흘리고 마는 이북 가족에 대한 상념이 슬펐다. 이제는 뭘 그리워하는 것조차 부담스러웠다.

내레 와 이러네. 왜서 자꾸 이러는 게가?

그는 마음을 다잡으며 윤희정의 모습을 애써 떠올렸다. 하지만 윤희정의 고운 얼굴은 어느새 늙은 노파의 얼굴로 변해 있었다. 남북이산가족 면회 장면에서 종종 보아온 노부부의 주름진 얼굴이었다. 그는 자기 몸을 학대하려는 듯 발로 땅을 쾅쾅 다졌다. 그때 막 산자락을 돌아오는 사람이 보였다. 동호였다. 배승태의 몸에 금방 혈기가 돌았다. 팔다리에 힘이 솟구쳤다.

와 이러네? 강 형사놈을 보니게니 왜서 힘이 솟는 게가?

배승태는 그런 생각을 하며 서둘러 포구횟집 쪽으로 내려갔다. 동호 역시 손사래를 치며 이쪽으로 바삐 걸어왔다.

"강 형사네? 몇 시에 떠났길래 일찍 당도한 게가? 기러구 올라티믄 전화래두 걸 게디 왜서 사람을 놀래키네?"

"내가 그리 반가운가?"

동호가 횟집 마루에 올라앉으며 건성으로 말했다.

"반갑긴 머가 반갑네. 심심하니께니 이바구 까고 싶어 만나고 싶은 게디."

배승태는 영월댁을 불렀다. 그런데 아무 대답이 없었다. 재차 소리치자 그제야 영월댁이 치마폭을 싸쥔 채 나타났다. 그녀는 동호를 보자 반색하면서도 금방 얼굴을 찡그리며 허리를 굽혔다.

"설사통이네?"

배승태가 영월댁의 안색을 살폈다.

"자꾸 배가 싸해서……"

"기거이 상사병 아니갔어? 인자 강 사장이 왔으니께니 속이 풀릴 거라메."

배승태가 농담을 던졌다. 그러자 동호가 얼굴에 웃음을 띠며 그 농담을 받았다.

"상사병인데 가슴이 아프지 왜 배가 아파, 이 바보 같은 영감탱이야."

"영감이 머가. 통일 전사디. 민족의 영원한 광명의 길을 닦는 전사 말이디."

"민족의 길은 영월댁 같은 사람이 닦는 거지 어째서 자네가 닦아. 자넨 이제 주책떨지 말고 맘씨 착한 아낙을 만나 노후를 편히 쉬라구. 그동안 고생이 많았잖은가."

영월댁이 술상을 들고오자 그들은 방으로 들어가 술상을 가운데에 놓고 마주 앉았다. 배승태가 왜 갑자기 내려왔느냐고 묻자 동호는 당일치기로 계획을 세웠다며 오후에는 출발해얀다고 대답했다. 애초에는 전화를 걸거나 배승태를 서울로 불러올까 하다가 한번 더 진리포구를 찾아와 배승태의 심정을 자세히 파악함으로써 연주와의 재결합을 적극적으로 주선할 수 있어 찾아왔던 것이다. 두 사람의 결혼은 훗날로 미룬다해도 서로 왕래하며 정을 쌓아가는 것이 바람직한 일인데다 새로운 연애 기분으로 접촉하다 보면 서로의 장단점도 발견하게 될 테니 그걸 미리 보완하는 것이 순서일 터였다. 다시는 그들에게 불행한 관계가 재발되어서는 안 된다는 게 동호의 생각이고 그래서 재결합을 주선하는 일이 더욱 조심스러울 수밖에 없었다.

"자네의 기상이 좋아졌는데 그 이유가 뭔가? 어디 마나님감이라도 생겼는가?"

"엉뚱하긴. 마누라감 만나기가 쉽네? 이래뵈두 내레 눈이 높디야. 늙었다고 무시하디 말라우. 내레 혼자 살다 죽음 그만이디 시시한 상대완 상종하기 싫으니께니."

"그럼 연주 씨는 수준이 높아서 함께 살았는가?"

동호는 일부러 약올리는 투로 말했다. 아니나 다를까, 배승태가 발끈했다.

"연주가 어드래서? 자네가 연주의 깊은 속통을 어캐 알갔어. 연주만한 여잔 세상에 없디. 기럼 없구말구디."

"연주가 어떤 여자기에 그리 좋아하는가?"

"좋으면 기냥 좋은 거디 조목조목 따질 필요가 있간?"

동호는 말문이 막혔다. 연주와의 관계를 어떻게 밝힐까? 그냥 묻어두기에는 양심이 허락하지 않았다. 오늘 배승태를 찾아온 것도 그걸 밝히기 위해서인데 무슨 말로 사실을 밝힐지 그게 문제였다. 또 민우의 존재를 밝히는 일 역시 쉽지 않았다. 민우의 존재를 숨기는 일은 인륜마저 저버리는 파렴치한 짓이어서 도저히 용납할 수 없었다. 그렇다면 배승태와 연주의 재결합이 깨진다 해도 모든 걸 솔직히 털어놓을 수밖에 없는 노릇이었다. 동호는 조심스레 말머리를 꺼냈다.

"자네한테 묻겠는데 연주 씨와 동거 당시 그분의 정신상태는 어쨌는가?"

"정신상태? 기걸 자네가 어캐 알디?"

"들었네."

"기노므 영월댁이 조잘댄 게로군."

"대답해봐. 정신상태가 어쨌지?"

"실성기 말이네? 기거이 먼 상관이가?"

"자네의 심정을 솔직히 알고 싶어서 그래. 누구나 실성기 있는 여자를 좋아하지 않을 테니 말야."

"실성기 있는 사람은 영혼이 맑디. 영혼이 맑으니께니 실성하는 게구."

"만약 지금, 연주 씨의 병이 나았다면 어쩌겠는가?"

"기것도 좋디. 렛날 연주처럼 영혼만 고우면 그만 아니갔어?"

"그리고 만약, 연주 씨가 과거가 있는 여자라면?"

"기거이 먼 상관이네?"

"만약 연주 씨한테 자식이 있다면?"

"남자와 살았는데 애를 가진 건 당연하잖네? 긴데 기런 걸 와 묻네?"

"자네의 됨됨이를 알고 싶어서야."

"까탈스럽긴."

배승태가 빙그죽 웃었다. 처음 보는 순진하고 편안한 웃음이었다. 동호는 이참에 자기와의 관계를 털어낼까 하다가 고개를 돌려 바다를 내다보았다. 한적한 가을바다가 청결해보였다. 동호는 그 청결한 바닷물로 자기 몸에 묻은 때를 씻어내고 싶었다. 그는 부끄러웠다. 읍내 길거리에서 해바라기하던 연주의 추레한 모습에서 느꼈던 역겨움이 이제는 자기의 몸에서 느껴졌다. 그는 자기 몸에 침을 뱉고 싶었다. 그는 슬퍼졌다. 그 슬픔이 용기를 주었다. 마음이 바다처럼 넓어지는 것만 같았다. 그는 거침없이 말을 쏟아내고 싶었다.

"연주의 자식이 지금 다른 데서 살고 있다면?"

"머이?"

"실망했나?"

"실망이 머가. 데려다가니 함께 살아야디."

"자넨 좋은 사람이군."

"좋긴. 의당 기래야잖갔어? 사랑하는 여자니."

"사랑?"

배승태의 입에서 처음 사랑이란 말이 나오자 동호의 눈이 번히 열렸다. 연주와의 관계를 고백하기가 다시 힘들어진 동호는 넌지시 배승태의 속내를 떠보고 싶어 만약 말이지, 하고 첫마디를 꺼냈다. 하지만 좀처럼 다음 말이 이어지지 않았다.

"말을 해보라마."

배승태가 재밌다는 표정을 지었다.

"만약 연주의 자식이 나와의 사이에서 태어난 자식이라면 자네 심정이 어떻겠는가?"

"기렇다면 다행 아니갔어. 연주가 자네 안해였다믄 멋진 인연이디."

"진짜 그렇다면?"

"멋지댔잖아."

"멋지다는 뜻은?"

"인연이 깊다는 게야."

"나와 그런 인연이 맺어져도 무방하다는 말인가?"

"더 좋다니께니 기러네. 내 맘 알간?"

배승태의 표정으로 보아 그의 대답이 진실인 듯 싶었다. 동호는 한숨을 내쉬었다. 그때였다. 배승태가 얼굴에 자상한 미소를 지으며 동호의 눈을 바라보았다.

"참말이디?"

"뭐라구?"

"방금 한 말이 진짜디? 길코 민우가 자네 아들 맞디?"

"뭐야? 자네가 어떻게 민우를 아는가?"

"다 아는 수가 있어."

“아는 수가 있다구?”

“연주가 다녀갔더랬어. 어저께.”

동호는 입을 벌린 채 멍하니 배승태의 얼굴을 바라보았다. 배승태는 여전히 자상한 미소를 머금은 채 동호의 시선을 받아 주었다. 그리고 술잔을 비운 다음 잔에 술을 채워 동호에게 내밀었다.

“연주 걱정은 말라우. 연주와 나는 잘 살거라메. 민우도 훌륭하다디? 기런 아들을 둬서 자넨 행복하갔어.”

“……”

“연주가 너무 아름다우니께니 내레 꿀리더군. 기래서 껴안고 엉엉 울었디야. 애기처럼 울어야 젖을 주지 않간? 애기처럼 순해빠져야 연주가 날 버리디 않잖갔어? 기러티?”

“……”

“바다에 뜬 달을 보며 연주가 기러더군. 오빠가 밉다고 말이디. 왜선디 알간? 자네가 연주보다 나를 더 좋아한다는 게야. 연주는 말도 잘하더군 기래. 아주 똑똑한 여자야. 내레 어드러케 연주를 상대할지 모르갔어, 자꾸 꿀리니께니.”

“자네도 연주처럼 똑똑해지면 되잖아……”

동호는 건성으로 말을 흘리며 바다를 내다보았다. 떼를 지어 밀려오던 파도가 차례로 모래톱에 부서지고 있었다. 태초에도 저렇게 부서졌겠지, 그는 무모하게 부서지는 파도의 몸앓이를 보며 자기도 그처럼 무모하게 소멸되고 싶었다.

그래 행복해야지……

동호는 연주가 자기의 마음을 이해하고 미리 배승태를 만나준 그 배려가 고마웠다. 그는 멍하니 바다를 바라보며 면사포를 입고 바다를 거니는 연주의 모습을 그려보았다. 그리고 연주의 뒤를 졸랑졸랑 따라다니며 병정놀이하는 배승태의 앳된 모습을 그려보았다. 동호는 그런 동화 같은 그림을 마음속에 그리며 벙그죽 웃었다.

“와 웃네?”

“웃음이 나서 웃는데 왜 시비야?”

“미친놈처럼 헤죽헤죽 웃으니깐 기러디.”

배승태도 동호처럼 입을 헤 벌린 채 웃었다. 동호는 갑자기 정색을 하며 강식의 소식을 물었다. 배승태는 덤덤한 목소리로 소식은 들었노라고 했다.

“하디만 먼 곳에 있다는 게야. 아주 먼 곳 말이네.”

“어딘데?”

“절에 있어. 인자 아들이 아니고 스님이 된 게야. 긴데 와 기러디? 기래서 존 거이 머디? 가족도 싫고, 왜서 죄 버리는 게가? 강식이 죄 버린 건 애비 탓일 게야.”

“자네 탓?”

“내가 기놈을 사랑하니께니. 아니, 기보다 내가 빨갱이니께니.”

금세 배승태의 눈자위가 붉어졌다.

“자넨 빨갱이가 아니라 케케묵은 이상주의자야. 그래서 세상이 어지러워 보이는 거라구.”

"기럼 요령껏 살라, 기런 말이네?"

"그게 아니고, 자네가 사회를 너무 부정적으로만 본다는 거지."

"자네 말투는 세상과 화해하라는 의미 아니간? 점점 썩어가라는 말 아니갔어? 화해가 머네? 썩어가는 것 아니네? 화해하다 보니께니 안 썩은 거이 머가 있네? 정치도 썩었디? 종교도 썩었디? 학문도 썩었디? 길코 예술도 썩었디?"

"그게 아니고 자기를 너무 가두지 말란 말야."

"내가 어캐 나를 가두네? 세상이 나를 피하는 거디. 나를 괴물로 보는 게야. 기러티만 내레 괴물로만 살갔어."

동호는 배승태의 상기된 얼굴에 미소를 던져주며 슬며시 자리에서 일어났다. 배승태는 그냥 자리에 앉아 눈만 끔벅거렸다. 동호는 몸이 가랑잎처럼 가벼워짐을 느꼈다. 훨훨 날고 싶었다. 하지만 그 달뜬 마음이 이상하다는 생각이 들기도 했다. 자기가 괴물이 된다는 게 두려웠던 것이다.

3

연주는 창가에 서서 하늘을 바라보았다. 구름이 낀 탓인지 별은 보이지 않았다. 소파에서 일어나 연주의 고즈넉한 자태를 눈여겨보던 동호는 그녀와 둘 만의 시간을 가져보기는 이 밤이 마지막일지 모른다는 생각이 들자 그녀 곁으로 다가가 손을 잡아주었다. 연주는 동호의 손을 맞잡은 채 하늘을 보며 속삭였다.

"별이 보이지 않는군요. 별은 제 벗이었어요. 별은 항상 저를 돌봐줬거든요. 진리포구로 갈까? 하고 물으면 눈을 깜박거리고 동호 씨를 잊을까? 하고 물으면 고개를 끄덕였어요. 아주 죽어버릴까? 하고 물으면 별은 눈물을 흘렸죠."

"동생은 이제부터 즐겁게 누리며 살아야 돼."

동호는 연주의 어깨에 팔을 얹어 살포시 껴안아주었다.

"아네요. 저는 누릴 건 다 누렸어요. 오빠의 정을 확인했거든요. 그러니 이제 홀가분히 떠날 수 있죠."

동호의 품에서 빠져나온 연주는 창틀에 기대서서 하늘을 바라보았다. 그때 구름 한쪽이 걷히면서 별이 드러났다. 초롱초롱한 별빛 때문인지 하늘이 점점 더 가까워졌다. 연주는 별을 보며 무슨 말인가를 중얼거렸다. 별과 이야기하는 모양이었다. 한참동안 혼자 중얼거리던 그녀는 동호에게 고개를 돌리며 뜬금없는 질문을 던졌다.

"오빠, 배승태 씨는 어떤 사람이죠?"

"글쎄…… 박물관에 전시해야될 사람이랄까."

"그게 무슨 말씀에요?"

"가장 깨끗한 사람이다 그런 말이지."

"저를 놀리지 마세요. 그 사람은 불쌍한 사람일 뿐에요. 제가 그이를 찾아가는 것도 불행한 사람이라 그래요."

연주가 동호의 손을 잡았다. 동호는 손을 내맡긴 채 고개만 끄덕거렸다.

"손가방 하나만 챙겼어요."

"잘했어. 동생은 가방 하나만 들고 가지만 배승태 씨는 가방 백 개를 준비해놓고 기다릴 거야. 이제야 솔직히 말하지만 나도 결혼식을 안 올렸어. 결혼식 같은 요식행위는 거북살스러워. 내 체질이 언제부터 그리 되었는진 모르지만……"

동호는 차마 자기의 체질이 그리 된 건 연주에 대한 죄책감 때문이라고 노골적으로 말할 수는 없었다. 연주는 한참동안 침묵을 지키다가 나무라는 투로 말했다.

"언니한테 왜 그런 괴로움을 주셨어요."

"아냐. 언니도 형식을 싫어하는 체질이거든. 언니는 여태까지 한 번도 결혼식이란 말을 꺼낸 적이 없어. 우린 예식을 치르지 않았어도 기막힌 부부잖아?"

동호는 속내를 숨김없이 털어놓았다. 한편 형식을 무시한 채 내용만 중히 여기는 그런 의식구조를 오히려 멋으로 여기는 자신의 어둡고 칙칙한 체질이 모두 연주에 대한 죄책감에서 연유했을 거라는 생각이 들자 동호는 금세 말문이 막혔다.

그럼 내 인생과 아내의 인생이 연주의 자성에 끌려 뒤틀렸단 말인가!

동호가 그런 생각에 잠겨있을 때였다. 연주가 오빠, 하고 동호를 빤히 쳐다보았다. 강한 눈빛이었다.

"오빠, 제발 저한테 부담감을 느끼지 마세요. 저는 오빠를 만났기에 제 인생이 풍부해졌어요. 저는 늘 아무 때나 죽어도 좋다는 생각을 품고 살아왔어요. 늘 자신을 살기 싫은 사람으로 여기며 살아온 거죠. 그런데 어쩐지 그런 생각에서 자부심 같은 게 느껴졌어요.”

동호의 온 몸에 전류와도 같은 찌릿한 흥분이 흘렀다. 그는 마음을 진정시키려고 지그시 눈을 감았다. 그리고 눈을 감은 채 두 손으로 연주의 손을 모아 쥐었다.

“언젠가 어머니가 이런 말씀을 하셨어. 연주는 고통 그 자체라고. 그래서 가장 행복한 여자라고.”

“저는 그 말뜻을 잘 모르겠네요.”

“나도 마찬가지야.”

동호의 입가에 잔잔한 미소가 흘렀다. 방금 어머니가 하셨다고 한 말은 모두 자신이 꾸며낸 말이었다. 하지만 그런 거짓말이 양심에 걸리진 않았다. 어머니가 하신 말씀이라고 둘러대지 않을 경우 연주는 그 말을 깊이 새겨듣지 않을 터였다. 어머니의 말을 더 그리워할 연주였다. 동호는 연주의 손을 놓아주었다. 연주의 손이 빠져나간 그의 빈 손아귀에 금방 싸늘한 냉기가 고였다.

작품 해설

옥비녀와 은장도 사이에 낀 실성기失性氣

-김용만의 『칼날과 햇살』 읽기

김윤식(서울대 국어국문학과 명예교수)

1. 얘기와 원근법적 단축

객 " '……했을 때'라든가 '……하기 전에'라든가 '……한 뒤에'라고 말할 수 있는 자는 복되도다"라는 말이 있지요. 뮤질의 『특성 없는 사내』(1930)의 주인공이 한 말입니다. 설사 그렇게 말하는 자의 신상에 불상사가 일어났을지라도 그러한 사건을 시간적 경과의 순서로서 묘사할 수 있다면 막바로 그는 직사광선을 뱃속에 받아들이는 것처럼 행복하리라는 것.

주 유식하게 말해 '오성悟性의 원근법적 단축'이라 부르는 것이지요. 우리들은 자기를 에워싼 복잡한 현실이나 세계를 얘기의 단순한 질서의 법칙에 따라 순서 있게 파악하고자 하는 본능을 갖고 있다는 것. 그렇게 함으로써 미지의 세계 속에 살고 있는 불안에서 벗어나 안정을 얻는다는 것. 또 다르게 말하면, 얘기가 우리 마음을 안정시켜주는 것은 사건의 단순한 순서라는 것. 삶의 압도적 다양성을 1차원의 질서 속에 묘사해 보일 때 마음이 그럴 수 없이 안정된다는 것.

객 '오성의 원근법적 단축'이란, 복잡한 것을 단순화하기로 정리될 수 있을 법한데요. '……했을 때' '……하기 전에' '……한 뒤에'란 시간성을 가리킴이겠는데, 얘기란 그러니까 선적線的으로 된 이음줄이겠죠. 이것만이 가장 원초적이라는 것으로 이해됩니다.

선적인 시간성에다, 공간적 개념을 도입하여 이른바 서사구조를 형성함으로써 성립되는 소설이라는 근대적 장치에 비하면 그렇다는 뜻입니다.

주 좋은 지적을 했네요. 얘기의 단순성. 여기에 대중성의 근거가 있다는 것. 복잡성에서 멀어지기야말로 보통 사람들의 마음을 안정시킨다는 것. 그렇다면 단순성과 대중성이 친족 관계에 놓이겠고. 자칫하면 그것이 통속성으로 떨어지지 않을까요.

객 대중성 나름이 아닐까요. 이 단순성을 오해하거나 오용하면 대중성을 지나쳐 통속성으로 치닫게 마련. 문제는 그 오해 및 오용의 정도이겠는데요.

주 그렇군요. 이 단순성의 오해 및 오용이란 두 가지로 구분될 수 있을 터입니다. 작가가 이 사실을 알고 있는 경우와 그렇지 못한 경우가 그것. 작가 김용만 씨의 작품이 이러한 물음을 안고 있어 소중해 보입니다. 설사 위의 물음에 대해 작가도, 우리도 만족할 만한 해답을 이끌어내지 못한다 할지라도 조급할 필요는 없겠지요. 이 작품을 열면 맨 앞에 두 개의 비석이 버티고 있습니다.

배승태 씨가 내 손을 잡고 이상한 말을 했다. 내레 자수한 기 아니었디/ 어드러케 김일성 수령님을 배신하갔어. 그런다. 무슨 말인지 도통 모르겠다.

(1996년경에 쓴 것으로 추정)

서울에 가서 동호 씨를 찾아야겠다. 헤어진 지 30년이 넘었지만 언제나 그이는 내 남편이다.

(2001년경에 쓴 것으로 추정)

누가 보아도 수수께끼이지요. 여기 씌어진 비문이란 단순한 몇 줄로 되어 있지만 이를 판독함에는 참으로 많고 복잡한 사연이 깃들어 있을 터. 개개인의 삶이란, 모두 이처럼 겉으로 보기엔 수수께끼로 되어 있게 마련. 이른바 '나'가 타자인 세계를 이해하기 위해서는 이 수수께끼 속으로 들어가 해독해야 하는 법. 해독하기란, 그러니까 복잡한 것을 선적인 구조, 곧 1차원적인 상태로 바꾸어야 하지요. 단순성 말입니다. 모든 얘기란, 원리적으로는, 추리소설 기법을 요구함도 이와 무관하지 않지요. 추리소설, 수수께끼, 복잡성이라 하고 여기서 헤어나오는 방도가 단순화이며 여기에 마음의 안정감이 얻어진다는 것, 이런 논법을 따라 이 작품을 읽기로 하면 어떠할까요.

2. 두 개의 비석과 비문 판독의 실마리

객 작가는 위의 두 비석의 판독에서 시작합니다그려. 우선 기본적 흥미 유발엔 합격한 셈. 비문이란 금방 판독되지 않는 법, 제1차적 독법은 어떠한가. 한 중년 여인이 길에서 쓰러졌다. 경찰에서는 행려자로 취급할 수밖에 없었는데, 이 여인의 몸에서 수첩이 발견된다. 수첩 내용에 적힌 것이 바로 비문의 내용. 이 비문의 내용을 제1차적으로 판독할 수 있는 인물이 등장하게 마련. 강동호라는 인물. 전직 대공對共 작전 담당 형사. 현재는 모 회사 사장. 그의 이름이 여인의 수첩에 적혀 있었으니까, 경찰의 연락을 받은 강씨는 비석만은 대번에 알아봅니다. 나연주라는 여인이라는 것. 34세 된 자신의 아들의 생모라는 것. 그런데 비문만은 쉽사리 판독하지 못하는군요. 아들을 낳아준 이 여인이 어째서 배승태와 관련이 있을까. 이 곡절을 알아보는 것이 장편소설 한 권 분량을 이루어내었습니다. 그것이 이른바 선적 단순화하기이겠지요.

주 신의 시선으로 보면 실로 단순명쾌한 것인데, 어리석은 인간의 시선으로 보면 그럴 수 없이 복잡하겠지요. 얘기꾼은 신의 시선을 갖고 있습니다. 내막을 처음부터 훤히 알고 있지요. 동시에 그는 인간의 어리석은 시점도 갖고 있습니다. 모든 얘기는 이 두 시선의 교차 속에 놓여 있지요. 소설쓰기란 이 두 시선의 교차 속에 있다고 할 것입니다.

객 잠깐, 얘기꾼만 그러한 것일까요. 독자인 우리 역시 마찬가지일 터, 우리 보통 사람도 자기의 지난 과거를 되돌아보면 '아, 그땐 그렇게 하지 않고 이렇게 해야 했을 걸' 하고 반성할 때가 있지 않습니까. 이게 또 신의 시점이지요. 그러다 현재 또는 미래를 향할 땐 한치 앞도 못 보는 불확실성, 복잡성 속에 놓여 있는 형국이니까요.

주 선적 시간성 속에 인물들이 대추나무에 연이 걸리듯 걸려 있습니다. 그런데 여기서는 반드시 연줄을 쥔, 그러니까 연줄 임자가 있는 법. 설사 3인칭으로 되어 있으나 강동호는 이 경우 초점 화자인 셈. 이 점을 놓치면 안 되지요. 왜냐면 작가의 열정이랄까 얘기의 무게중심(얘기의 생성력)이 강동호에 놓여 있기 때문.

객 강동호는 거의 젊음을 온통 대공 형사로 일관해온 인물이더군요. 초점 화자가 강동호인 만큼 대공사업이 얘기의 배경이자 소재인 셈. 배경이 동해안 주문진 부근으로 제한되는 것도 그 때문. 34년 전 동해안 주문진 근처 무장간첩 사건에 직접 개입했던 형사 강동호가 이 사건을 혹은 신의 시점에서 혹은 인간의 시점에서 다루고 있다함은 이 얘기의 권위랄까 신뢰감에 관련되겠지요. 강씨야말로 그 방면의 최고 전문가이니까.

주 아주 중요한 지적이군요. 얘기꾼이란 아무리 꾸며내는 거짓말쟁이라도 자기의 전문 영역이 각기 있는 법. 『어린 왕자』의 작가 생텍쥐페리도, 자기의 편향성(전문 영역)의 발휘와 무관하지 않지요. 대공 형사 또한 그 방면의 전문 영역이야말로

이 소설의 활성화를 결정짓는 원동력이겠고, 또 얘기의 신뢰성이 깃든 곳이지요.

객 선생은 시방 '체포의 논리'와 '자수의 논리'에 주목하고 있습니다그려.

주 그렇소.

객 남파 무장간첩 배승태가 자수했느냐 체포당했느냐. 이를 둘러싼 해석에 작품의 실감, 곧 전체 무게가 걸려 있다는 지적이겠는데요.

주 어째서 날고 기는 훈련을 쌓은 간첩이 작대기를 든 두 허술한 민간인 황씨와 송씨에 의해 붙잡혔을까. 이 물음에 이른바 참주제가 걸려 있지 않겠습니까. 전문가인 형사의 안목으로 보면 자수에 다름 아닌 것. 보상금을 타기 위해 황과 송씨가 간첩을 때려잡았다고 우길 때, 정작 간첩 배승태의 태도는 어떠했던가. 가장 궁금한 대목.

객 그런데 배씨는 황과 송씨의 편을 들더군요. 그들이 보상금을 탄 것은 물론이고. 그렇지만 현장에 개입한 전문가인 형사의 처지에서 보면 도무지 수긍이 되지 않지요. 그렇다면 어째서 간첩 배씨는 체포당했지 자수가 아니라고 우기는가. 이 대목에서 문득 떠오르는 것은 김은국의 평판작 『순교자』(1964)입니다. 어째서 주인공 신 목사는 신을 믿지 않으면서도 신을 부정하라고 강요하며 온갖 고문을 감행하는 공산당에게 신을 증거하며 버티었던가. 그 진상을 알아보기 위해 정보장교 이 대위가 맹활약을 하고 있지 않습니까. 실상 간첩 배씨가 자수했음을 직감적으로 알아차린 형사 강동호가 그 진상을 알아보고자 했으나 당시로서는 역부족이었지요. 어째서?

주 그야, 정부 쪽이 그렇게 원했으니까. 민간인이 간첩을 잡았다는 사실을 전 국민에 알림으로써 큰 정치적 효과를 노렸으니까. 강 형사가 더 이상 파헤칠 수 없었지요. 이것이 『순교자』와 다른 점이지요.『순교자』의 이 대위는 혼신의 힘을 기울여 신 목사의 그 진상(내면 탐구)을 알아내고자 덤볐지요. 내면의 문제이니까. 어려운 형이상학적 과제인 만큼 세계성(보편성)을 가질 수 있었지요. 그러나 간첩 배씨의 경우는 당국의 압력, 곧 정치적 논리의 개입이었고, 이것은 분단 상황이라는 특수성 곧 지방성에 속하는 것이라고나 할까요. 그만큼 제한적이랄까요. 강 형사가 끝까지 '자수의 논리'를 추구하지 않고 슬그머니 물러났고, 그런 상태로 34년간이나 살아왔다는 사실이 이를 잘 말해주지요.

객 그 문제가 형사 강동호의 내면에까지 미치지 못했기 때문이지요. 어떻게 보면 한갓 남의 일이고, 방관자적 처지였다고나 할까요. 선생 식으로 말해 간첩 사건이 34년의 시간성 속에서 너무 단순화되었다고나 할까요. 단순화가 지나친 경우가 아닐까요.

주 이렇게 말해보면 어떠할까요. 자수의 진상을 알아보기 위해, 34년이라는 너무도 긴 시간이 흘렀지만 이제라도 알아보아야겠다고 덤빈 사실에 그 나름의 의의가 있다 하고, 그만한 이유가 응당 있었을 테니까.

3. 사람을 미치고 환장케 하는 실성기

객 나연주의 수첩에서 그 실마리가 풀려나갑니다그려. 첫번째 비석에서 강씨가 판독한 것은 배승태와 나연주의 모종의 관계 사항이지요. 뜻밖의 일이었던 셈이니까. 이 비석으로 말미암아 강씨는 잃었던 형사로서의 직업적 감각을 되살려냅니다. 수소문해서 배승태가 있는 곳을 찾아가서 만나지요. 목적은 나연주와의 관계 알아내기. 마침내 배승태와 나연주가 동거했다는 사실이 확인됩니다.

주 뿐만 아니라, 배승태가 나연주를 진짜로 사랑했다는 사실도. 반면 나연주는 그렇지 않았다는 사실도. 나연주가 떠나자 배승태는 정신적 혼란에 빠져 병정놀이(간첩놀이)를 일삼았다는 사실도.

객 문제는 두 번째 비석에 있습니다. 강동호와 34년 전에 헤어진 나연주가 여전히 강동호를 사랑하고 있을 뿐 아니라 '영원한 남편'으로 여기고 있었음이 판명됩니다.

주 갈 데 없는 삼각관계. 『무정』(이광수, 1917) 이래 대중소설의 기본틀이지요. 나연주를 사이에 둔 두 사내의 관계 설정이니까.

객 그런데 이 삼각관계가 조금 묘합니다그려. 역삼각형이라고나 할까. 강동호가 나연주와 끝없이 멀어지고자 하는 반면 배승태는 가까이 가려고 하니까. 나연주가 끝없이 강동호에 가까이 가려 하고, 배승태로부터는 멀어지고자 하니까. 평행선으로 변해버린 삼각형이라고나 할까.

주 더 근본적인 문제가 가로놓여 있지 않을까 싶네요.

객 더 근본적이라면?

주 '은장도' 말입니다. 배승태가 자수한 근본 동기를 파들어가자 마주친 것이 '은장도'가 아니었던가. 유년기, 배승태가 팽이를 만들기 위해 과부인 어머니의 은장도를 몰래 꺼내어 그것으로 깎다가 어머니에게 발각되어 야단맞는 장면. 이것이 자수한 근본 동기이지요. 아이가 칼을 가져서는 못쓴다는 것. 네 아비도 칼(총)로 망했다는 것. 이 유년기의 은장도의 환각이 자수의 진짜 동기라는 것.

객 은장도가 진짜 자수의 동기라 친다면 썩 부적절한 대목이 금방 드러나지 않겠습니까. 이북에 두고 온 처자가 그것. 남한 출신 배승태가 의용군으로 입대, 월북하자 당 간부가 아름다운 딸을 주지 않았던가. 그렇다면 그 그리운 처자란 한갓 허깨비인가. 그 정도의 허술한 이데올로기로 무장한 남파 간첩인가. 그만큼 시시한 사건이 되는 셈. 배승태, 그는 그 아름다운 북에 두고 온 처자 때문에라도 절대로 자수하지 않고 살아서 돌아가야 도리가 아닐 것인가.

주 날카로운 지적이군요.

객 그 '은장도' 모티프에 짝을 맞추기 위해 작가는 '옥비녀' 모티프를 내세웠지요.

주 그렇긴 합니다. 바로 그 점이 이 작품의 볼 만한 데이지요. 또 작가를 향해 독자인 우리가 따져볼 만한 문제가 깃든 장면이기도 하고요.

객 배승태가 우연히 나연주를 만나 동거하게 되었을 때 그야말로 진짜 사랑의 대상을 만났던 셈이지요. 난생처음 배승태는 여인을 알게 된 셈. 그러고 보니 선생 지적처럼 북한에 두고 온 처자 운운은 납득되기 어렵군요. 좌우간. 사랑에 빠진 배승태가 어떤 곡절로 나연주를 물리쳐야 했고, 발광해야 했고, 간첩놀이를 하는 미치광이 노인으로 되고 말았을까. 작가는 이 대목에서 여간 민첩하지 않습니다. 나연주가 겁탈당한 처녀 적에서부터 실성기가 있었다는 것. 이 실성기가 가끔 도지곤 했다는 것. 이 실성기 모티프야말로 작품을 버티게 한 거멀못이라고나 할까. 그 장면들 보이지요. 나연주가 지녔던 '옥비녀'와 '은장도'가 마주치는 데 작동되는 실성기.

"기러케 나를 보호하시려던 오마니가 연주한테도 현몽하셔서 우리한테 부부 연을 맺게 하셨구나. 기러케 착각한 거라메. 연주는 나하고 살면서 병이 도진 게야. 고년은 이런 말도 했더랬어. 오마니가 자기한테 옥비녀를 주셨다는 게야. 고년과 내가 부부 연을 맺은 증표라면서 비녀를 꺼내놨어. 정말 미치갔더라구. 누구 껀디 모를 비녀를 우리 오마니한테서 받았다고 하니께니 환장하잖갔어? 나는 방에서 혼자 소리를 질러댔디. 김일성 동지 만세! 하고 말이디. 기걸 보고 연주가 놀라 개디구 밤중에 도망친 게야.”

주 마침내 ‘은장도’와 ‘옥비녀’ 사이에 놓인 실성기고 단순화되었습니다그려. 이른바 ‘오성의 원근법적 단축’. 작가의 깊이 있는 통찰력이 깃든 곳.

4. 단순화와 안이함

객 그렇기는 하나, 아직 단순화에 이르기란 난관이 버티고 있어 조금은 답답하외다. 독자인 우리의 욕심이라고나 할까요.

주 뭐가 그런지 짐작됩니다.

객 ‘은비녀’ 모티프가 그것. 어째서 아들까지 낳은 나연주를 강동호가 그토록 물리치고자 발버둥치고 있었을까가 그것. 자 보십시오.

동호가 주문진 집에 다시 들르기 시작한 것은 어머니의 건강이 악화되고부터였다. 그때는 성미와 동거 중이었고. 연주에게서 태어난 애가 벌써 두 살이 되어가고 있었다. 동호는 한 달에 두세 번 정도 집에 들렀는데 어머니를 자주 뵙지 못한 죄책감이 가슴을 쳤지만 연주 때문이라는 핑계로 위안을 삼았다. 연주가 민우를 안고 있는 모습을 보면 민우 엄마란 생각이 들 수밖에 없고 그런 생각은 소름을 끼치게 했다. 연주의 몸에서 태어난 자식으로 여겨질 때마다 민우가 마치 기형아처럼 보였다.

어째서 소름이 끼쳤을까. 나연주는 백정 딸. 여학교 때 겁탈당해 실성기가 있는 처녀. 이 갈 데 없는 처녀를 과부인 강동호의 어머니가 거두었고. 함께 살기 시작했던 것. 그런데 강릉의 경찰서에 근무하던 아들 강동호가 가끔 들렀고. 어느 날 처녀와 통정했고, 아들 민우를 낳았던 것. 물론 강동호에겐 따로 성미라는 애인이 있어 그녀와 결혼했던 것.

어째서 사내가 책임을 질 줄 모르는가. 그런 문제라면 남녀 사랑의 복잡성으로 능히 해명될 수 있겠는데. 이 경우는 사정이 썩 다릅니다. 강동호의 어머니가 나연주를 며느리로 받아들여, 그 증표로 죽으면서 은비녀를 주었다는 사실이 그것. 실성기 있는 나연주는 이를 영원히 기억하고 있다는 사실.

주 그러고 보면, 형사 강동호의 성격에 멈추지 않고 그 이상의 것으로 향하게 되겠습니다그려. 어째서 많은 직업 중 하필 경찰관이 되었을까. 형사 강동호가 이 작품의 초점 화자이자 중심인물인 만큼 직업으로서의 과제를 피해나가기 어렵지요. 작가도 이 점을 의식한 듯 강동호의 내력이랄까 족보를 밝혀놓고 있습니다.

동호는 어머니의 감정이 진정되자 왜 그처럼 연주를 아끼는지 조용히 물었다. 하지만 어머니는 대답을 삼킨 채 동호의 손을 잡아주었다. 난생처음 받아보는 어머니의 다정한 정표였다.

어머니는 그 정표를 통해 자식에게 아버지에 대한 이야기를 갈음했던 것이다. 차마 아들에게 남편의 추한 모습을 들려줄 수는 없었다.

남편의 추한 모습. 곧 강동호 아버지란 어떤 모습을 지녔던가. 그 추한 남편과 아들 동호는 얼마나 닮고 있는가. 그의 어머니가 말하고 싶었던 것은 바로 이 점이 아니었던가.

객 그러고 보니 부전자전이란 느낌이 듭니다. 작가의 말을 그대로 옮겨오지요.

어머니는 처녀 시절에 연주처럼 겁탈을 당한 적이 있었다. 그때 어머니는 도씨 성을 가진 한 소작농의 총각과 언약을 맺은 상태였는데, 어머니를 겁탈한 가해자는 그녀 아버지가 머슴살이하던 참봉네 아들이었고 종국에는 그 아들과 결혼하게 되었다. 하지만 어머니는 그런 일로 남편을 원망하진 않았다. 그 후의 일이 어머니를 실망시켰던 것이다.

어머니가 아버지와 결혼한 해는 일제日帝가 한창 기승을 부릴 때였다. 지주의 아들이었던 아버지는 당연히 친일에 동조할 수밖에 없었고 그러던 중 해방이 되자 몸을 움츠리며 지내던 아버지에게 6 · 25는 재기할 기회를 주게 되었는데 수복이 되자 아버지는 맨 먼저 반공의 기치를 내걸고 희생양을 고안해냈으니 어머니와 언약을 맺었던 도씨가 바로 그 희생양이었다. 아버지는 재기의 기회를 노리기 위해 도씨에게 부역 사실을 덮어

씌워 공로를 세웠고 지역에서 유지 행세를 하다가 나중에는 국회의원에까지 출마하게 되었다. 물론 낙방해서 살림만 거덜낸 꼴이 되었지만 어머니는 지금까지 억울하게 죽은 도씨에게 죄책감을 느끼며 지내야 했다.

그 아비에 그 자식 꼴이지요. 오늘날 사장으로 성공한 강동호와 닮은꼴이라고나 할까요.

주 정말로 닮은 점은. 오늘의 출세한 사람 강동호가 자기의 죄의식에서 빠져나오는 실로 약삭빠른 방식이 아니겠는가. 나연주를 잘 먹이고, 치료하여, 병정놀이 하고 있는 늙은 미치광이 배승태에게 넘겨주기가 그것.

객 그렇다고 그 죄의식이 사라질 수 있을까요.

주 그렇지만 그가 우리와 닮은 성숙한 인간 욕망에 사로잡힌 생활인이기에 여기까지 이르기까지만 해도 큰 진전이 아닐까요. 이 점을 음미케 함에 또한 이 작품의 그다운 몫이 있다고 하면 어떠할까요. 그러나 참으로 이 소설이 지닌 그다운 의의는 따로 있지요.

객 시대적 의의이겠군요.

주 그렇소. 그 남파 간첩 사건으로부터 34년이 흐른 오늘에야 비로소 그 의의를 올바로 드러낼 수 있었다는 이른바 소설적 진실 말이외다. 저 지랄 같은 20세기 중심에 놓인 이른바 분단 상황을 21세기에 접어든 오늘의 시점에서는 어떻게 소화해갈 수 있을 것인가. '민족 화해'가 물심양면에서 행해지고 있지 않습니까.

객 그런데 소설적 화해란 어떠해야 할까.

주 맞습니다. 김용만 씨에 의해 그 유려한 소설적 방식이 창출되었지요. '실성기'가 그것. 옥비녀와 은장도 사이에 두루 낀 실성기가 그 확실한 한 가지 방도이지요.

객 그냥의 옥비녀는 물질이겠지요. 은장도도 마찬가지. 실성기로 말미암아 이 두 물질이 비로소 원광을 쓴 성스러운 표정을 얻어내었다는 것.

주 소설이라는 장치가 할 수 있는 이른바 문학적 상상력의 빛남이라 할까요.

문학 르네상스 1

칼날과 햇살

초판 1쇄인쇄 2017년 9월 27일
초판 1쇄발행 2017년 9월 29일

저 자 김용만
발행인 박지연
발행처 도서출판 도화
등 록 2013년 11월 19일 제2013－000124호

주 소 서울시 송파구 중대로34길 9－3
전 화 02) 3012－1030
팩 스 02) 3012－1031
전자우편 dohwa1030@daum.net
인 쇄 (주)현문

ISBN | 979－11－86644－40－9 *03810
정가 13,000원

도화道化, fool는

고정적인 질서에 대한 익살맞은 비판자,
고정화된 사고의 틀을 해체한다는 뜻입니다.